2022 | 黑龙江省社会科学
学术著作出版资助项目

认同、建构与反思
——马尔克斯小说研究

于 萍/著

中国社会科学出版社

图书在版编目(CIP)数据

认同、建构与反思：马尔克斯小说研究／于萍著.—北京：中国社会科学出版社，2024.6
ISBN 978-7-5227-3492-7

Ⅰ.①认… Ⅱ.①于… Ⅲ.①马尔克斯(Garcia Marquez, Gabriel 1928-2014)—小说研究 Ⅳ.①I775.065

中国国家版本馆 CIP 数据核字(2024)第 083616 号

出 版 人	赵剑英
责任编辑	安　芳
责任校对	张爱华
责任印制	李寡寡

出　　版	中国社会科学出版社
社　　址	北京鼓楼西大街甲 158 号
邮　　编	100720
网　　址	http://www.csspw.cn
发 行 部	010-84083685
门 市 部	010-84029450
经　　销	新华书店及其他书店

印　　刷	北京君升印刷有限公司
装　　订	廊坊市广阳区广增装订厂
版　　次	2024 年 6 月第 1 版
印　　次	2024 年 6 月第 1 次印刷

开　　本	710×1000　1/16
印　　张	12
字　　数	205 千字
定　　价	78.00 元

凡购买中国社会科学出版社图书，如有质量问题请与本社营销中心联系调换
电话：010-84083683
版权所有　侵权必究

目　录

绪　论 …………………………………………………………（1）
 一　"拉美文学爆炸" ………………………………………（6）
 二　"魔幻现实主义"的争论：一种新的倾向 …………（10）
 三　马尔克斯：拉丁美洲魔幻现实主义的璀璨明珠 …（13）

第一章　马尔克斯小说的后殖民景观 ……………………（22）
 第一节　殖民历史下的伤痕记忆 ………………………（25）
  一　可追溯的源头：寓言式书写拉美历史 …………（26）
  二　被外来者发现的"乌托邦" ……………………（28）
  三　追寻之旅：终将走向徒劳 ………………………（31）
 第二节　后殖民景观：循环命运与独裁统治 …………（33）
  一　循环叙述：书写环形历史 ………………………（33）
  二　家族悲剧：隐喻双重创痛 ………………………（36）
  三　战争记忆：控诉独裁威权 ………………………（41）
 第三节　种族融合下异质文明的共生 …………………（46）
  一　后殖民的时间滞差：持续的身份焦虑 …………（47）
  二　马尔克斯的新蓝图：文明共存的愿景 …………（50）

第二章　马尔克斯小说的"魔幻现实主义"风格 ……………… (54)

第一节　马尔克斯与"魔幻现实主义"文学 ……………… (55)
一　拉丁美洲的"魔幻"现实 …………………………… (55)
二　在"魔幻"与"现实"之间 ………………………… (59)

第二节　他者的映射与观照：中心的消解 ………………… (68)
一　说书人的超越性视角 ………………………………… (69)
二　宿命观与"他者"的真实存在 ……………………… (73)

第三章　马尔克斯小说的身份书写 ………………………… (78)

第一节　记忆召回与真空身份的追忆者 …………………… (79)
一　身份认同与缺位 ……………………………………… (80)
二　写作内倾：双重意义上的父辈缺位 ………………… (82)
三　《回归本源》：回溯成长历史的旅行 ……………… (86)

第二节　模仿与建构中开启的"马孔多"叙述——魔幻世界的创造者 ……………………………………………… (91)
一　亦步亦趋：以福克纳为规范 ………………………… (92)
二　双重分离："外来者"视角的评价独白 …………… (95)
三　转型与扬弃：自我风格的变化历程 ………………… (97)

第三节　永恒的双生花："死亡"与"孤独" ……………… (102)
一　双主题的建立：文化冲击与自我认知 ……………… (103)
二　死亡叙事文本的三重书写之维 ……………………… (107)
三　死亡叙事中的孤独心史：必将走向虚无 …………… (112)

第四章　马尔克斯小说的权力图式 ………………………… (118)

第一节　独裁者的另类诗意书写 …………………………… (119)
一　未完成的独立道路：独裁者的统治历程 …………… (121)

二　被诗化的多维批判：独裁者的内心世界……………………(125)
　　三　新秩序的文明重建：独裁者的死亡预言………………(129)
第二节　权力网的崩塌解构方式………………………………(132)
　　一　缺席：权力与意识形态的龃龉……………………………(132)
　　二　发泄：权力争夺与狂欢……………………………………(135)
　　三　狂舞：性与权力的博弈……………………………………(138)
第三节　救赎者的启蒙主义乌托邦……………………………(141)
　　一　孤独前行：试图扮演启蒙领袖的无果尝试………………(142)
　　二　真实记录：自由主义理想的艰难探索之路………………(143)

第五章　马尔克斯与中国当代文学…………………………(147)
第一节　马尔克斯在当代中国的影响与传播…………………(147)
　　一　马尔克斯作品的汉译与接受………………………………(148)
　　二　中国当代文学中对魔幻现实主义的吸纳与变形…………(150)
第二节　多元文化融合对中国当代文学的影响………………(153)
　　一　魔幻现实主义的多元文化因素……………………………(154)
　　二　魔幻现实主义的社会批判价值……………………………(158)
第三节　现实主义内核与中国当代文学观……………………(162)
　　一　马尔克斯的文学创作与现实………………………………(162)
　　二　马尔克斯与中国当代文学的共鸣与观念…………………(166)

结　语……………………………………………………………(171)

参考文献…………………………………………………………(174)

绪　　论

20世纪的拉丁美洲，是被划分为主流之外的"第三世界"的土地。在这片混乱的土地上，一端是无产者的游行、罢工和暴动，另一端是由宪兵、宵禁、独裁组成的铁幕，被哥伦布"发现"的拉丁美洲，就此承受着两端带来的波动与困苦、倾轧与剥削。文学，作为再现历史的工具，总是应和着具体历史的发展过程，拉丁美洲文学呈现出丰富的历史内涵与坎坷的时代历程。拉丁美洲的作家、知识分子们见证了这片土地承受的磨难，他们试图用文字铭记和批判、检视与反思。伴随其思索过程的是一种沉甸甸的负担和不可推卸的责任。正如《拉丁美洲被切开的血管》一书所说："知识分子如何在人生中体现不可分割的真善美，如何协调思想者的政治责任，和作为创作者的艺术自由"，他们"穷尽一生试图回答，命悬一线仍在拷问"。①

要理解拉美作家的创作动机、解读拉美文学的思想内涵，需要将他们的创作与思考放入更大的语境中，换言之，就是要尊重拉美民族文化并将其树立于世界文化之林中，要建立与各国各民族优秀文化进行平等对话与交流的文化语境。同时，我们也要尽量避免以外在尺度、主位观念的标准来简单评价和大刀阔斧自由界定拉美文学的解读方式。马尔克斯身为拉美作家，作品与意识形态、身份话语等问题有着密切关系，这种密切首先体现在对话语权的文化生产以及身份认同的思考与讨论之

---

① ［乌］爱德华多·加莱亚诺：《拉丁美洲被切开的血管》，王玫等译，南京大学出版社2018年版，第7页。

中。从赛义德到霍米·巴巴，再到斯皮瓦克，不论秉持后殖民还是帝国主义的观点，西方学术界对很多"第三世界"民族文学的思考，其出发点仍然值得深究，他们的话语始终未完全摆脱西方中心主义论断，而这一"未脱离"，也需要我们在借助其理论理解作品时，注意挖掘其理论隐藏的前提与假设。拉美地区地缘政治环境复杂，因此，我们更有必要在将这种研究与评价对象置换成拉美作家、拉美文学时，摒弃用一个尺度简单评判其内涵或价值的方法。综上，笔者认为，运用后殖民主义理论观点透视马尔克斯创作背后的意识形态因子，将更有利于我们深入地理解马尔克斯作品。另外，以种族、权力与文化身份贯穿本书整体研究思路，意味着本书既结合了后殖民主义理论的部分概念，同时又贴近马尔克斯本身的创作，从而为我们理解马尔克斯的魔幻现实主义文学提供一个新的理解角度。

　　后现代主义是后现代社会的一种文化思潮，涉及哲学、文学艺术、社会心理等几乎全部方面的文化意识形态表现。后现代主义是从现代主义中发展出的，相对应于之前社会历史中存在的各种严肃、理性的文艺作品，后现代主义倡导去严肃、去思考、去确定性地满足人的感官本能刺激的文学艺术风格，并在社会中相应地出现了一系列满足感官享受的文化工业。后现代主义中，以20世纪60年代开始的后结构主义、解构主义倡导的"解构一切"的反叛传统、反权威的思想为代表，以法国思想界为主要潮流指引。美国文学理论家詹姆逊曾对文学艺术领域中的后现代主义思潮有比较详尽的论述，在此可以参考。詹姆逊将美国资本主义社会分为三个阶段，分别是国家资本主义、垄断资本主义和晚期资本主义，并以三种文学形态与之对应："第一阶段的艺术准则是现实主义的产生了如巴尔扎克等人的作品；但随着时间的流逝，时代的进步，生物学意义上的变异在不断地发生，于是第二阶段便出现了现代主义；而到第三阶段现代主义变成为历史陈迹，出现后现代主义。"[①] 晚期资本主义社会就是詹姆逊对应的后现代社会，相应地出现了一系列后现代主义文化产业。

---

① ［美］詹姆逊：《后现代主义与文化理论》，唐小兵译，北京大学出版社1997年版，第6页。

绪 论

后殖民批评与后现代主义关系匪浅，这种受益于工业全球化、反殖民运动带来的跨学科、跨文化的交流研究，也对世界产生了广泛的影响。一般而言，后殖民主义批评起于 20 世纪 70 年代。后殖民主义同样与法国 20 世纪 60 年代的巴黎"五月风暴"后兴起的解构主义关系紧密。在德里达、福柯等解构主义者们反权威、反语言逻辑中心主义的风潮影响下，后殖民主义批评在批判旧的殖民主义批评过程中，对话语权力、身份历史确认等问题进行反思的再思考。[1] 后殖民主义批评的代表人物有萨义德、霍米·巴巴等人，他们主张对葛兰西所说的"文化霸权、欧洲中心主义"等西方意识形态想象进行解构与重建，并且重思"沉默的"东方世界在"他者"问题中的身份与认同。可以说，后殖民主义批评关注的身份、话语、权力等问题，是对第二次世界大战后开始的世界性重建与区域认同等问题的讨论与思考，因而不仅从文化方面，还牵涉经济、政治等历史问题。

后现代理论是一种对法国后结构主义理论的继承与发展，也给后殖民理论提供了新的视野和方法，二者存在千丝万缕的联系；但由于后现代理论大多以欧洲为关注重点，缺乏对殖民地、第三世界的关注，因此笔者将二者融合运用于此文，以期形成对马尔克斯作品更加全面的认识。关于后殖民主义兴起时间的表述，西方学界一直存在争议，最终达成共识，将 1978 年爱德华·萨义德出版的《东方主义》作为起点。后殖民主义的研究涉及问题较为广泛，它以种族、阶级、性别等为主要参照，含纳人类学、政治经济学、历史学、哲学、地理学以及文学文化研究等不同学科。如前所言，后殖民理论增加了后现代理论缺乏的对第三世界的关注。但受到种种因素的制约，后殖民理论关注的重点放在白种人/非白种人、宗主国/殖民地等"对立"关系的研究上，形成了一种二元对立论调。

萨义德曾略带戏谑地提出，大概只有魔幻现实主义才是后殖民主义与后现代

---

[1] [英] 艾勒克·博埃莫：《殖民与后殖民文学》，盛宁、韩敏中译，辽宁教育出版社 1998 年版。[澳大利亚] 西蒙·杜林：《后殖民主义和全球化：一种辩证的关系?》，陈太胜译，《东方丛刊》1999 年第 1 期。

之间的重叠，① 以此暗示后殖民理论是从西方中心主义视角出发的，一种不可能做到真正中立或内省的局限视角。实际上，马尔克斯的写作实践可以说自觉地跨越了西方中心主义的局限，不仅是作为拉美作家，而是作为人类生活的记录者的层面，他所考量的不是何者具有文化话语权力的问题，而是构建"他者"视角能够如何解构文化话语使用者的狭隘性。

自福柯发表《乔治·康吉扬：一位有过错的哲学家》一书，其所代表的后现代理论便开始将欧洲的哲学话语同殖民主义政治霸权和经济压迫等同视之，②福柯提取出"西方话语权"这一关键词，认为其在殖民世界中拥有难以摆脱的神话地位。随后，萨义德发表了《东方主义》，而福柯的话语理论就是其中的基本方法，同时也选取与福柯概念互相制约、互相矛盾的另一概念——源自葛兰西的文化领导权——对殖民话语问题进行探讨。他认为，福柯并不具备殖民地本身的视野，他关注的对象仅仅为横亘欧洲的权力话语。霍米·巴巴相较于萨义德而言，更加具有"后现代"的特征，他从拉康有关"主体构成中，自我与他者不可或缺"的角度和观点出发，讨论主体与种族之间存在的关系。在《文化的定位》之"结论"（《种族，时间和现代性的修订》）中，霍米·巴巴认为，福柯所谈论的诸如法国大革命等事件的现代性，具有种族局限性，未关注西方之外的殖民地的种族。③ 在整个后现代理论语境中，较为全面关注殖民地的理论家是德里达，著名理论批评家罗伯特·扬在《白色神话》等哲学文本中的隐喻：德里达将西方理性与种族主义放在一起进行研究，认为所谓"理性"是帝国主义的帮凶，④ 表达了关于阿尔及利亚殖民地的文化思考。⑤

我们看到，无论是批评福柯理论视野的"特殊对象性"，还是引入对西方之外殖民地的关注，"种族"问题在此讨论语境中一直相对突出。相较于自然

---

① 赵稀方：《后殖民理论》，北京大学出版社2009年版，第37页。
② 张京媛主编：《后殖民理论与文化批评》，北京大学出版社1999年版，第55页。
③ Homi K. Bhabha, *The Location of Culture*, New York: Routledge, 2004, p. 420.
④ [法] 德里达：《白色神话：哲学文本中的隐喻》，《外国美学》2007年第27期。
⑤ Robert Young, *White Mythologies*, London and New York: Routledge, 1990, p. 18.

属性的种族，本书所讨论的"种族"更倾向于一种被建构的"种族身份"，这种身份在认同自身的过程中，时刻萦绕着来自"他者"的焦虑。"种族"（race）原本是一个相对自然的概念，起源于生物属性，其关注对象多集中于相似的文化背景中，因而"只有在研究中将某一种族置于某一社会中才能得到更好的透视"[①]。在人类社会形成后，种族开始带有社会属性，更加强调区分性，逐渐与"民族主义"概念混同，并作为反抗殖民主义最有力的工具。在人类学的研究中，思想家们早已开始关注拉美地区的不同部落及文化心理，尤其在大航海时代之后，拉美地区作为西方的原材料产地和殖民地，不同地区的种族被强制性划分为不同生产属性，直接影响到20世纪拉美地区的民族国家的形成。因此，我们必须意识到，经历了数百年殖民统治的拉丁美洲，若要讨论其文化，"种族"是必然难以摆脱的概念，这种举足轻重不仅源于其真实发生的历史，更因为曾作为殖民地的拉丁美洲地区，若要走出一条自我体认之路，不可或缺的便是对其种族身份的思考。

从拉丁美洲被欧美世界发现，到被其开发，每一次所谓"进步"都伴随着剥削和血泪，但在西方话语的统摄下，出现了界定优劣的区分性话语，拉丁美洲有关"种族"身份的探讨也因而显得愈发混沌，深受殖民之害的拉丁美洲由此形成了真诚而厚重的悲哀、隐性而绵长的焦虑。这种威胁在文学领域的鲜明表现之一，就是拉美文学作品中经常出现的独裁者形象，文学作品以象征的形式内含着对政治结构的批判，以马尔克斯为首的作家们对自身处境展开了广泛而深刻的思考，他们的思考与写作也进一步催生了"拉丁美洲文学爆炸"这一现象。《拉丁美洲被切开的血管》一书，爱德华多·加莱亚诺在提到这一"被殖民历史"时，表示这种深沉而厚重的苦难是在这个世界之外的人难以体会的，由此所产生的身份焦虑以及他者困境更呼唤这一世界之外的更多人看到、听到、了解到。

---

① 赵一凡、张中载、李德恩主编：《西方文论关键词》，外语教学与研究出版社2006年版，第865页。

关于拉美文学和殖民主义的关系，很多记述拉丁美洲历史的著作已经进行了比较和透析，但对于马尔克斯本人来说似乎还不够完善，因为很多分析大多只是详述历史，没有详述被殖民的历史与魔幻现实主义文学之间的生成关系，这也是本书致力关注的重点。马尔克斯始终认为自己所写的就是拉美世界的现实，只不过这种现实在旁观者眼中似乎是一种魔幻，这也是他在访谈中曾多次拒绝将他的作品归类为魔幻现实主义的原因。在《百年孤独》中经典的开场："多年以后，面对行刑队，奥雷里亚诺·布恩迪亚上校将会想起父亲带他去见识冰块的那个遥远的下午"，①正于现实中对应着当时欧美对于拉美地区的商业倾轧，拉美地区不仅是欧美的原料生产地，更是欧美的主要客户——欧美常常向拉丁美洲人推销他们并不需要的产品，冰鞋、冰块等就是其中典型。②拉美地区本属于热带，他们并不生产冰块，他们也不知道甚至从来不需要冰鞋，正如向中国输出鸦片一样，欧美对拉美同样采取着资本主义式的压迫。可以说，这是在后殖民之下的新的殖民形式。马尔克斯的作品之所以经典，原因之一就在于他对自身处境有着非常深刻的认识和思考，同时又将这种思考以文本的形式介入现实。因此，在马尔克斯的作品中经常萦绕着现实与理想之间的困境与矛盾，这种困境与矛盾正是深刻吸引读者阅读其作品的趣味之一，也是其作品丰富性之所在。

一 "拉美文学爆炸"

"拉美文学爆炸"（Boom Latinoamericano），主要指20世纪六七十年代的拉丁美洲涌现出大量优秀文学作品的现象，其影响之大、范围之广、程度之深，波及全世界，让拉丁美洲的作家、作品及思想价值得到了世界性的普遍认可，并持续而广泛地影响了之后的世界各地作家。其影响力主要体现在文学作品的数量与

---

① [哥]加西亚·马尔克斯：《百年孤独》，范晔译，南海出版公司2011年版，第1页。
② [乌]爱德华多·加莱亚诺：《拉丁美洲被切开的血管》，王玫等译，南京大学出版社2018年版。书中的描写直观地体现了拉丁美洲的悲惨历史，一度引起轰动。该书曾在20世纪70年代被拉美数国政府封禁，后于2009年被委内瑞拉总统查韦斯作为国礼赠送给时任美国总统的奥巴马，再次引起世界关注。

质量的高速上升，一众优秀的拉美作家在西方现代主义的推动中快速地找到了属于地域文化的独特文学景观。

1967年被视为"拉美文学爆炸"元年，智利批评家路易斯·哈斯（Luis Harss）在这一年发表了第一部研究"拉美文学爆炸"（Latin American Boom）时期作家的专著——《在主流中》（Into the mainstream），他将阿莱霍·卡彭铁尔、胡安·科塔萨尔、加西亚·马尔克斯、胡安·鲁尔福、卡洛斯·富恩特斯和巴尔加斯·略萨视为这一文学现象的代表作家，路易斯·哈斯又顺势将"文学爆炸"一词引入批评界。虽然在"拉美文学爆炸"这一概念的时间和定义界定上，学界并未达成统一共识，但不能否认，这一时期确然存在着，并因其爆炸式的出现和深远的影响而在拉美文学史上具有相当的话语效力。杰拉德·马丁（Gerald Martin）认为，"拉美文学爆炸"的本质在于，它第一次将拉丁美洲小说成功地推向了世界舞台，使之在世界文坛上占据一席之地并受到真正的认可与重视；同时，他还提出了这样的观点：这场文学爆炸既见证了拉美现代主义文学的顶点，同时也昭示了它的衰退与终结，进而推动了后现代主义文学的形成。

"拉美文学爆炸"期间，涌现出了很多的优秀作品，其中，以这四位作家的四部长篇小说最具代表性：墨西哥作家卡洛斯·富恩特斯（1928—2012）的《阿尔特米奥·克罗斯之死》（1962）、阿根廷作家胡利奥·科塔萨尔（1914—1984）的《跳房子》（1963）、秘鲁作家马里奥·巴尔加斯·略萨（1936—   ）的《城市与狗》（1963）和哥伦比亚作家加夫列尔·加西亚·马尔克斯（1927—2014）的《百年孤独》（1967）。

墨西哥作家卡洛斯·富恩特斯当属拉开"拉美文学爆炸"序幕之人，他在1958年凭借长篇小说《最明净的地区》收获拉美乃至世界文坛的广泛关注，该作品"上至工业企业主阶级和封建官僚贵族，下至中产阶级和处于最底层的无产阶级"[1]，投射出作家对墨西哥20世纪以来的现实面貌与历史变迁的倾情关注；

---

[1] 陆龚同：《试论拉丁美洲文学的"爆炸"》，《国外文学》1983年第1期。

而他的另一部作品《阿尔特米奥·克罗斯之死》，以墨西哥革命为背景，用倒叙的手法叙述主人公在墨西哥革命中的奋斗、投机、斗争过程，表达了人在权力斗争中的冷血与残酷。富恩特斯的其他作品基本上也都是以墨西哥革命为历史背景，记录墨西哥革命，展现拉美地区权力争夺，艺术风格淳朴厚重，小说内容真实直观，有着非常强烈的批判色彩，其现实主义韵味在以上四人中最为明显而强烈，因此享誉全球。

五年后，长篇小说《城市与狗》问世，作者是秘鲁作家巴尔加斯·略萨。这部小说包含了巴尔加斯·略萨在未来的创作中频频提到的主题：残酷冰冷的军事学校生活、黑暗污浊的政治现实以及个人与集体、国家之间的撕扯等。小说采用双线或多线结构，串联其中命运多舛的各式人物，情节多变但并不突兀，同样体现出厚重而深刻的现实主义风格。阿根廷作家胡里奥·科塔萨尔的文风被认为是四人中最接近路斯·博尔赫斯的一个，不同于富恩特斯和略萨浓重的现实主义风格，科塔萨尔更倾向于用天马行空的想象去创造另一个幻想世界，"（科塔萨尔创造的）是此间的奇境，是布宜诺斯艾利斯市加拉伊街的房子里第十九级台阶上的阿莱夫"[1]，这个故事在灵动缥缈中又夹杂着残忍含混的现实。相较于身处"文学爆炸"中心的前三位主将，加西亚·马尔克斯的作品中明显透露出更为广阔的历史视野和作家对于民族身份的探寻，马尔克斯将现实主义与魔幻风格完美融合，其写作具有鲜明强烈的个人色彩，这也使得马尔克斯成为这场"文学爆炸"中最耀眼的存在。

马尔克斯早年曾加入巴兰基亚的一个文学小组，受到了大量的西方现代主义文学作品的熏陶，并因此开阔了视野，增长了见识，同时也获得了丰厚的文学滋养；这种影响反映在马尔克斯自己的创作过程中，他尝试着高度抽象拉美的历史和现实，融合内容与形式，为读者提供一种浸入式阅读体验。和前面三位大师一样，马尔克斯也善于从丰富的人生经历中提取挥之不去的记忆作为写作母本加以

---

[1] 范晔：《向科塔萨尔致敬》，《艺术评论》2010 年第 4 期。

虚构，但这种虚构既不同于富恩特斯和略萨的"以现实写现实"，亦不同于克萨塔尔的"以想象创造想象"，马尔克斯用看似虚构的文本承载着来自生活的记忆，从而创造出一个全新的、令人信服的"现实"世界。《百年孤独》中的"现实"世界马孔多令人感到焕然一新，这虽然是一片由作家杜撰的土地，却在历经种种崎岖之后仍带有轻盈和自由之感，这便是马尔克斯通过艺术真实所表达的——拉美现实于他而言的生活真谛，一个精神孤独又想象自由的世界。

与此同时，读者和这种"艺术真实的生活"之间，仍旧隔着一层闪烁着魔幻手法的膜，使他们对文本中的生活看得见，但又摸不着，捉摸不透。马尔克斯以他特有的观照现实的方式审视着拉丁美洲所面对的未来，他借《族长的秋天》中的人物说道："要是现在不真实那么也没有关系，因为未来的某个时候它会是真实的。"在再现现实上，马尔克斯贡献了极为特殊的认识视角，他选择了个体—家族叙事，最终却以他们的故事唤醒了一种生而为人的普遍命运感。

发源于拉丁美洲的"文学爆炸"究竟因何产生如此巨大的能量，以至于能够以燎原之势席卷世界文坛呢？西班牙语文学研究专家罗伯托·冈萨雷斯·埃切维里亚（Roberto Gonzalez Echevarria）在《现代拉丁美洲文学》中提出，有必要重视"在西班牙语世界以外，孕育这些伟大作家的叙事传统"；[①] 同时，他认为，"文学爆炸"反映出作家们首次萌生了"本土文学"这一集体创作意识，而这种集体意识，一方面是由于地理空间的变换使作家们"以批判的视角重新审视殖民遗产，视其为新发现的文学传统的发端"；[②] 另一方面，从19世纪初拉开帷幕的拉丁美洲独立运动孕育着拉美大陆上主张独立自由的精神火种，这为形成统一的文学场域提供了一股爆发性的力量。因此，文学批评者应循沿这样两条线索研究拉美"文学爆炸"这一现象，一是拉美文学自身发展的脉络，二是西方现代主

---

① ［美］罗伯托·冈萨雷斯·埃切维里亚：《现代拉丁美洲文学》，金薇译，译林出版社2020年版，第23页。
② ［美］罗伯托·冈萨雷斯·埃切维里亚：《现代拉丁美洲文学》，金薇译，译林出版社2020年版，第25页。

义运动。这不仅反映出拉美文学形态的复杂性，也丰富了拉美文学内在的异质性，并拓宽了它内在的精神维度。

在"拉美文学爆炸"的创作高潮中，拉美地区的一些作家开始吸收西方文化思潮，其中受到发动"先锋性文学运动"的现代主义作家们（如米格尔·阿斯图里亚斯、路易斯·博尔赫斯和阿莱霍·卡彭铁尔等）的影响，再加上西方自然主义和批判现实主义的传入，20世纪拉美出现了地域主义小说，形成拉美文学创作的又一个高潮。这批作家的文学主张主要仍是以社会问题作为反映现实生活的中心，而地域主义小说也被看作拉丁美洲的现实主义文学，对拉美本土神话的发展和提炼做出巨大的贡献，赋予自然和人物以神话色彩，这也为后来"魔幻现实主义"的产生与发展奠定了坚实的基础。

二 "魔幻现实主义"的争论：一种新的倾向

20世纪40年代，国际理论界就"魔幻现实主义"的理论问题掀起了一场争论：何为"魔幻现实主义"的历史，何为"魔幻现实主义"的实质？这场争论持续长达二十多年，"魔幻现实主义"这一批评术语也以不可思议的生命力被沿用与传播着，随着时代洪流不断向前，写作状况不断变化，它的含义也处于流动与丰富中。

"魔幻现实主义"一词，首先由德国艺术史家和批评家朗兹·罗（Franz Roh）在评论视觉艺术领域中的后表现主义（post-expressionism）时使用，以对柏格森等人的表现主义显露出反叛性。"魔幻现实主义"一词于20世纪中叶被运用于描述在拉丁美洲的文学评论中，概括拉美文学作品中以让人惊奇的神奇神话现象来表现现实的风格。这种风格大多充满离奇怪诞的人物及情节，将拉丁美洲的社会现实以带有神话般的浓烈象征意味进行表现。从马尔克斯的《百年孤独》开始，以拉美地区的胡安·鲁尔福、阿莱霍·卡彭铁尔、加西亚·马尔克斯和豪尔赫·路易斯·博尔赫斯为代表，魔幻现实主义风格在小说中开始被人们所熟知。学术界大多数批评观点认为，所谓"魔幻"，是指文学形式中所蕴含的一些特殊元素，如神话、寓言、预言等；而"现实主义"则体现出这些作家关心国家、民族命运的人文理念。"魔幻"只是作品的表现手法，反映"现实"才是其目的。

魔幻现实主义并非起源于马尔克斯。1955年，《论西班牙语美洲小说中的魔幻现实主义》一文发表，作者安吉尔·弗洛里斯认为西班牙美洲的魔幻现实主义文学诞生于1935年，路易斯·博尔赫斯的短篇小说集《世界丑事》问世，并成为魔幻现实主义的标志，将"魔幻现实主义"概括为"现实与幻想融为一体"。《百年孤独》出版之后，针对弗洛里斯的观点，拉丁美洲文学评论界提出了异议，其中最有影响力的观点的提出者是路易斯·莱阿尔。他在1967年发表的《论西班牙语美洲文学中的魔幻现实主义》一文中指出，博尔赫斯并不是魔幻现实主义的鼻祖，真正的源头应是阿莱霍·卡彭铁尔，后者在他的小说《这个世界的王国》的序言中对魔幻现实主义作出了详细的探讨。同时，莱阿尔重新定义了魔幻现实主义的概念，并获得了包括安赫尔·阿斯图里亚斯与加西亚·马尔克斯在内的多数人的认可。他认为"魔幻现实主义首先是对现实所持的一种态度。那么何为魔幻现实主义面对现实的态度呢？我们说过，不是去臆造用以回避现实生活的世界——幻想的世界，而是要面对现实，并深刻地反映这种现实，表现存在于人类一切事物、生活和行动之中的那种神秘"。此定义指出，魔幻现实主义的主要特点"并不是去虚构一系列的人物或者虚幻的世界，而是要发现存在于人与人、人与其周围环境之间的神秘关系"。这一观点与马尔克斯的看法是相符合的。

事实上，马尔克斯并不赞同用"魔幻现实主义"这种说法来定义自己的作品。他坚持认为自己写的是"现实"，所谓的"魔幻"，只是拉美社会历史状况不可割裂的一部分，采取这种形式和内容再现现实，不是为了另辟蹊径，而是因为他所要表现的真实就是如此——地理大发现时代欧洲殖民者对拉美世界的奇思怪想、拉美各国独裁者荒诞的行为与病态的心理，这些都是马尔克斯文学创作的现实素材。

因此，当我们谈及马尔克斯创作之时，一个不可回避的问题是他对当时的社会环境与文化氛围的认识。在某次访谈中他曾说："某种意义上，拉美文学在美国的爆炸是由古巴革命引起的。这一代的每一个拉美作家都已经写了二十年，但是欧洲和美国的出版商对他们没有什么兴趣。古巴革命开始后，对古巴和拉美却突然大为热衷了。革命转变为一宗消费品。拉丁美洲变得时髦了。"[①] 由此可以想见，事实上政治气候的变化对马尔克斯的创作产生了很大影响。尽管《百年孤独》的创作种子早就在青年马尔克斯的心中扎根，但这一漫长的孕育过程伴随的是马尔克斯的人生经历与心得感悟。而将《百年孤独》推向世界文学舞台的，是古巴革命，就如马尔克斯所说，这场革命作为一个政治事件，点燃了世界关注拉丁美洲的热情，不仅提供给世界一个认识拉美的机会，更重要的是帮助这片大陆的子民重塑自我认知。其实，在这个意义上，《百年孤独》的伟大之处更在于引导读者进行双重的审视，因而，马尔克斯始终认为自己是站在现实主义的立场上进行写作，坚称自己是一位"现实主义作家"，并多次表明自己写作所具有的政治意味——"我终于领悟到，我关于童年的写作事实上比我所认为的要更富于政治性，与我国家有着更多的关系"[②]。

马尔克斯关注现实，在一定意义上还希望介入现实，这使马尔克斯在写作时持有一种对整个民族与整片大陆的反思视角：他勾勒出整片大陆与生存于其中的人们身上存在的某种混沌状态，而这种混沌感来源于他们对于自身的历史的一无所知以及消极接受如斯历史命运的态度，因此，这片土地的人民就在贫穷、无知与疯狂的泥淖里挣扎，同时也被他者话语摆弄着、塑形着并因此变得驯顺。放眼拉美历史，拥有觉醒、反抗的精神以及解放的事实，乃是少部分领袖人物要带领整片大陆努力去向的地方：

---

① [法]米兰·昆德拉等：《巴黎评论：作家访谈1》，黄昱宁等译，人民文学出版社2012年版，第160—161页。

② [法]米兰·昆德拉等：《巴黎评论：作家访谈1》，黄昱宁等译，人民文学出版社2012年版，第151页。

我们是人类种族中的一个小分支。我们有一个独立的世界，为大洋所包围；我们在艺术和科学方面几乎从零开始；在公民社会的运转中较为落后。我看看美洲的现状，就像看着刚刚解体的罗马帝国……但有一点不同：那些从罗马帝国分离出来的国家，在旧有的制度上直接加入新时代的要求，而我们几乎没有任何过去可以参考——我们既非印第安人，也非欧洲人，而是由土地合法拥有者和西班牙殖民者共同组成的中间民族。①

这番自白来自西蒙·玻利瓦尔，作为南美的解放者，他是意识到这种身份困扰的第一批人，也是拉丁美洲的革命家、领路人与先行者。马尔克斯以他的故事为原型创作了《迷宫中的将军》，其意图可见一斑：拉美人民的自我身份探索是一个漫长的过程，而西蒙·玻利瓦尔的这份觉醒则是这一探索过程的起点。行至20世纪，拉美人民对身份的追寻、确认变得更为清晰化，也更群像化，"拉美文学爆炸"便是这一现象在文学领域的明朗体现，对于这批作家而言，他们需要发出属于自己的语言，也需要借此向欧洲乃至世界表达他们数百年来因压抑而被模糊化的内心声音，同时面对来自他们自己与外面世界的复杂声音。马尔克斯通过他的一系列创作，贡献了一种"新的现实主义精神"，为着拉丁美洲，他给予了世界文坛一份深切的回应。

三　马尔克斯：拉丁美洲魔幻现实主义的璀璨明珠

作为20世纪后半叶世界文坛中最重要的拉美作家之一，加西亚·马尔克斯从1947年创作完成第一部短篇小说《第三次忍受》至2004年的封笔之作《苦妓回忆录》，在长达57年的创作生涯中，于长、中、短篇小说领域都贡献了艺术价值非凡的文学作品。1971年，在一篇题为《两百年的孤独》的访谈

---

① 陆国俊、郝铭玮：《新世界的震荡　拉丁美洲独立运动》，上海社会科学院出版社1991年版，第140页。

中，乌拉圭记者埃内斯托·贡萨莱斯·贝梅霍已将这位作家誉为"最伟大的西语作家之一，或最伟大的西语作家，拉丁美洲的阿玛迪斯，哥伦比亚的塞万提斯，当代最重要的小说之一或当代最重要的小说《百年孤独》的作者"①。此时，距离《百年孤独》1967 年成功在布宜诺斯艾利斯发表，仅仅过去了 4 年时间，但这部石破天惊的作品造成的空前轰动从整个拉美地区迅速蔓延至北美直至全世界。伴随着"《百年孤独》热"而来的不仅仅是旷日持久的阅读热，同时还有文学批评界那经久不息的批评热。一直到 2017 年，当代著名的马克思主义文学批评理论家詹姆逊发文再谈《百年孤独》，其旷日持久的影响力可见一斑。

总体来说，西方国家对于马尔克斯作品的研究有着"入手早、范围广、角度多"的特点。西方各国着手翻译和研究马尔克斯的各类著作始于 20 世纪 60 年代，② 正因如此，有关马尔克斯及其作品的研究，英美等西方国家明显要先于中国。从最初的译介作品到研究马尔克斯其人，从研究作品结构形式的神话原型到研究作品内容的主题和写作手法，再到解析其中所蕴含的殖民主义历史背景等，西方学界对马尔克斯及其作品有着比较完整的研究体系及成果。

西方国家中最早引进并对马尔克斯作品进行翻译的国家是美国，自 1968 年起，哈珀出版社陆续出版《没有人给他写信的上校》（1968）、《枯枝败叶》（1972）、《族长的秋天》（1976）、《霍乱时期的爱情》（1988）等作品，这些翻译作品不仅大受欢迎，有的还荣登了欧美畅销书榜单。早在 1970 年，便有评论者罗伯特·基里在《纽约时报》发表关于《百年孤独》的评论文章——《真正的魔幻》，赞其以"精心设计的怪诞情节、古老的神秘故事、不可告人的家族秘事以及独特的内在矛盾揭示出其意义"，给读者带来极大的阅读享受。③

---

① [美] 吉恩·贝尔-维亚达编：《加西亚·马尔克斯访谈录》，许志强译，南京大学出版社 2019 年版，第 1 页。
② [哥] 达索·萨尔迪瓦尔：《马尔克斯传》，卞双成、胡真才译，世纪出版集团上海人民出版社 2018 年版，第 6 页。
③ 曾利君：《马尔克斯在中国》，中国社会科学院出版社 2012 年版，第 194 页。

绪 论

随着相关作品的发表与出版,学界开始了对马尔克斯的研究,这些研究首先来自他的生平介绍。至早在1977年,乔治拉·麦克默里便出版《加西亚·马尔克斯》① 一书,将马尔克斯列入世界作家的行列,同时注意到马尔克斯作品与海明威的相似性。史蒂芬·敏塔（Stephen Minta）也是较早出版马尔克斯传记性作品的作家,他的《哥伦比亚作家:加夫列尔·加西亚·马尔克斯》② 一书,在分析马尔克斯作品的同时对其进行了比较全面的介绍。

之后,开始有了对马尔克斯的比较研究,将马尔克斯本人及其作品与欧美文坛著名作家如海明威等对比,或将其影响与世界性影响联系的比较研究。瑞吉纳·简同样发现了马尔克斯和海明威在风格与手法上的相似,并提出马尔克斯的写作风格是受到了海明威的影响,她认为两人在文学方面的卓越成就在一定程度上都应归功于他们各自的记者经历。1991年,她再次发表《〈百年孤独〉:阅读模式》③ 一书,为众多的美国读者阅读和了解《百年孤独》提供了非常直接的有效途径。卡洛斯·福恩斯特（Carlos Fuentes）发表的《加夫列尔·加西亚·马尔克斯与美洲的创造力》④ 一书中,肯定了马尔克斯的创造性贡献,他认为,马尔克斯用《百年孤独》一书奠定了自己在文坛的坚实地位。苏联也在自己国家的报刊《外国文学》和《文学报》中介绍了马尔克斯的诸多作品,认为其作品对本国的某些作家有较大影响。

随着对马尔克斯关注的深入,相关研究开始深入到思想性方面。1988年,哈罗德·布鲁姆主编《加西亚·马尔克斯:现代批评观》⑤ 一书,此书收集了研究马尔克斯作品的论文和随笔,如巴尔加斯·略萨、雷蒙德·威廉斯等,从现代主义的角度对马尔克斯进行分析,这位批评大师敏锐地注意到马尔克斯作品中的现代性批判的闪光。以上文章或著作,皆以作品介绍为主,直到杰拉德·马丁的

---

① George R. Mac Murray, *Gabriel Garcia Marquez*, New York: Ungar, 1977.
② Stephen Minta and *Gabriel García Márquez*, *Writer of Colombia*, London: Jonathan Cape, 1978.
③ Regina Jane, *One Hundred Years of Solitude: Modes of Reading*, Boston: Twayne Publishing, 1991.
④ Carlos Fuentes, *Gabriel Garcia Marquez and the Invention of America*, Liverpool University Press, 1987.
⑤ Harold Bloom, *Modern Critical Views: Gabriel Garcia Marquez*, New York: Chelsea House, 1988.

认同、建构与反思——马尔克斯小说研究

《马尔克斯的一生》问世,① 作者才通过调查和询问马尔克斯身边的亲人、朋友甚至是为他出版作品的人,经过五年的时间写作完成讲述马尔克斯成长及创作的传记作品,作者本人也被马尔克斯选为其官方传记的唯一作者。

在欧洲国家中,英国最先开展马尔克斯研究。20世纪70年代,第一位将马尔克斯的作品介绍给英国民众的是一位名为汤姆·麦奇勒的英国人,他斥巨资购入了《百年孤独》《枯枝败叶》《没有人给他写信的上校》等多部马尔克斯作品的版权。② 20世纪80年代以后,英国学者对马尔克斯的研究也逐渐增多,其间出版大量专著,如《新解读:加西亚·马尔克斯》和《加夫列尔·加西亚·马尔克斯:孤独与团结》等。

现代性、批判性的作品一直是法国思想界所追求的目标,法国也是另一个十分关注马尔克斯创作的国家,许多法国官方的文学类报纸和杂志,如《新观察家》都出现过对于马尔克斯和魔幻现实主义的介绍,加之后现代主义的兴起,法国学界对马尔克斯等一众拉丁美洲作家都兴趣盎然,其中,《百年孤独》的法文译本在1969年还被授予"最佳外国小说奖"。③

除了常规的文学批评与传记研究,西方学界也将更多样的理论与马尔克斯的作品相结合,除运用文化研究、后人类主义等理论进行切入外,还从伦理性、身体与性、医学、生物研究等视角等进行分析,④ 对小说中的人物形象、人物关系与情节发展进行人类主义甚至后人类的反思。比如提议从医学角度对《百年孤独》《霍乱时期的爱情》等展开卫生学研究:⑤ 提出喜欢吃土的养女蕾贝卡是一个由瘟疫导致的"异食癖"患者,赫雷米亚则是一个对年龄非常恐惧的"恐老

---

① Gerald Martin, *Gabriel Garcia Marquez: A Life*, Bloom Berly 2008. 中译本为[美]杰拉德·马丁:《马尔克斯传》,陈静妍译,中信出版社2014年版。
② King and Bruce, *New National and Post-colonial Literatures: an Introduction*, Oxford: Clarendon, 1998.
③ 李冰清:《论马尔克斯的"革命"写作》,硕士学位论文,西北大学,2014年。
④ MacLeod, Roy and Lewis Milton eds, *Disease Medicine and Empire: Perspectives on Western Medicine and the Experience of European Expansion*, London and New York: Rout ledge, 1988.
⑤ Sutphen, Mary P. and Bridie Andrews, *Medicine and Colonial Identity*, Rout ledge Press, 2003.

症"患者，这些研究进一步拓展了马尔克斯作品研究的向度。

总体来说，受限于长期"西方中心主义"的思想，欧美学界对马尔克斯的研究没有真正触及后殖民批评中的身份、权力、话语等问题，他们对马尔克斯的相关研究仍是在西方意识形态想象中进行的。

相比之下，中国的马尔克斯研究从时间上来说比较滞后，这主要是因为译介其作品的时间较晚。最早研究马尔克斯的是中国台湾和港澳地区，主要得益于这些地区与英美学界的交流，但由于其译介的模糊，当时的研究将马尔克斯和其他拉丁美洲魔幻现实主义作家混为一谈，没有对其进行明确的区分性评价。

1979年，《外国文学动态》上发表了《拉丁美洲当代小说一瞥》一文，这篇文章的作者陈光孚由此成为大陆地区第一个将马尔克斯推到中国读者面前的学者。文中首次单独介绍了马尔克斯的生平，为读者打开了认知马尔克斯的大门。同年，学者林旸发表文章《哥伦比亚魔幻现实主义作家加西亚·马尔克斯及其新作〈族长的秋天〉》，明确了马尔克斯的魔幻现实主义风格，并详细介绍了小说《族长的秋天》之结构新奇、语言通俗易懂、情节曲折离奇三大特点，极大地帮助了中国读者更好地理解马尔克斯本人及其优秀的作品。

20世纪70年代末期，在南京大学成立的"拉美文学、葡萄牙文学、西班牙文学与中国文学联合研究会"，给更多的读者创造了进一步了解和接触马尔克斯及其作品的机会。

从以上几点可以看出，早期的中国学者将研究马尔克斯的重点放在了《百年孤独》和《族长的秋天》两部作品上，但对其作品的认识仍停留在"部分情节过于荒诞离奇、笔法过于粗俗鄙陋"等观念，因而没有予以过多的重视。20世纪80年代后，伴随着"马尔克斯热"以及《加西亚·马尔克斯研究资料》和《加西亚·马尔克斯研究》两部资料的出版，众多中国学者开始从欧洲和拉美地区的学者的研究成果中汲取营养用以扩展自己的研究视野。

随着研究的深入，中国学者对马尔克斯的研究方向从研究角度出发，主要分为以下几种：主题学研究、艺术手法研究、平行和影响研究等。

认同、建构与反思——马尔克斯小说研究

　　主题学研究主要包括结合具体作品探究其背后的文学主题，以及从主题入手分析不同文学作品两个方向。前者以研究《百年孤独》这一作品最多，如王安忆、阎连科等曾发表对《百年孤独》及其作品中家族命运史的感叹，并在写作实践中借鉴马尔克斯作品的奇异风格。后者则主要表现为对孤独、生存、死亡、爱情等主题的探究，如王仁高在《马孔多——文化孤独的象征》中以《百年孤独》为分析媒介，指出马孔多和整个布恩迪亚家族的灭亡是"孤独"，是一种难以在自我文化和外来文化中寻求平衡的"孤独"和自我迷失；徐培在论文《百年的孤独——加西亚·马尔克斯小说中的死亡内涵》中，同样以《百年孤独》作为分析文本，指出马孔多的灭亡正是轰轰烈烈的革命运动中各个殖民地不断消亡、走向现代文明的真实写照。

　　艺术手法研究主要着眼于对马尔克斯作品中魔幻现实主义手法的探知，从小说的叙述手法分析作品及其思想。如陈光孚先生于20世纪80年代发表的《魔幻现实主义评介》一文中指出，魔幻现实主义写作手法包括"鬼魂的出现、东西方神话和典故的结合、象征性"三点，同时还说道：

　　　　在时间观念上，虽然吸收了西方现代派的一些手法，打破了客观时序，但"魔幻现实主义"又有自己的特点，它强调一个"慢"字和一个"长"字。在这两方面，魔幻现实主义作品一般都做了高度的夸张。[①]

　　由此可见，相较于现实主义作品，"魔幻现实主义"更倾向于以一种虚构或者虚幻的手法来折射现实生活，从而建构起一种全新的现实视角。

　　此外，由于受到作家福克纳的影响，马尔克斯的作品中还体现出叙述视角流动性变化的特点。如冷国辉的文章《百年孤独的空间叙事研究》、苏洋所作的《马尔克斯百年孤独时间观念的文化意蕴》等文，通过空间叙事等理论对作品叙

---

① 陈光孚：《魔幻现实主义评介》，《文艺研究》1980年第50期。

事手法的分析，阐释作品对时间和空间的超越性，如作品《枯枝败叶》中的多视角的流动。另外，还应关注影响作家手法的研究。卡夫卡是福克纳之外对马尔克斯影响第二深远的作家，卡夫卡的写作常常将笔力聚焦于空间本身所承载的社会性以及它对于个体精神世界的映射作用，因此其写作对象在表现为空间时，经常有高度的象征性，在马尔克斯的作品中这一点也有所体现，虚构的马孔多或是其他的小镇，所传达的是一种"'乌托邦式'的非历史思维"，它"把既定的社会看成一种压抑性的忧虑结构"，因而这一空间往往贯穿整部作品，作者无意把读者引向对细节之处的留意，而是全局性地去把握整体氛围。正如罗杰·弗莱在评价西方现代主义艺术时所作的精确总结：

> 这些艺术家并不力图映射现实的外观，归根结底那只能是苍白的映射，而激发人们去相信一种明确存在的新现实。他们并不力图模仿形式，而是要创造形式；不模仿生活，而是要找到生活的对应物。我的意思是，他们希望自己创作的映象能够凭借清晰的逻辑结构，凭借严密统一的质感，凭借生动鲜活的特质，激发我们公正客观而深思熟虑的想象力……①

事实上，马尔克斯作品中的小说空间既具有整体性，又不缺乏变化——其内在是流动的，这种流动性的形成在很大程度上来自马尔克斯对现代主义文学之中重要流派——意识流文学所开创的技法的借鉴。在自传《活着为了讲述》中，马尔克斯提到了20世纪意识流巨著《尤利西斯》对他在"语言运用、时态安排和结构处理"②等方面的影响，而伍尔夫的《达洛维夫人》中"等到伦敦沦为一条杂草丛生的道路，这个星期三上午在人行道上匆匆走过的人们全都变成了白骨，几枚婚戒散落其中，还有无数腐烂的牙齿里的黄金填塞物，好奇的文物学家

---

① [英]克里斯托弗·巴特勒：《现代主义》，朱邦芊译，译林出版社2018年版，第23页。
② [哥]加西亚·马尔克斯：《活着为了讲述》，李静译，南海出版公司2015年版，第226页。

翻检时间的废墟，才能弄清车里的人是谁"①的这段话则完全改变了"我的时间概念，也许还使我在一瞬间隐约看到了马孔多毁灭的整个过程，预测到了它的最终结局"②，甚至直接启发了马尔克斯动笔创作《族长的秋天》。

中国研究马尔克斯也同样遵循传记研究的路径，如林一安的《加西亚·马尔克斯研究》及曾利君的《马尔克斯在中国》，通过对其传记性的分析，对作家作品进行了比较全面的介绍。1980年后，中国学者更倾向于使用平行和影响研究的方式入手研究马尔克斯及其作品。比如田祥斌将《百年孤独》视为一种独特的"寻根文学"与托尼·莫里森的《所罗门之歌》进行比较，《霍乱时期的爱情》也被研究者从"爱情"和"死亡"等不同角度与苏联作家鲍里斯的《日瓦戈医生》加以比较。而在现代，同获诺贝尔文学奖的莫言则成为与马尔克斯比较的最佳人选，其作品《红高粱》《丰乳肥臀》在人物形象和主题的建构上都不同程度地受到了马尔克斯的影响，莫言在访谈中表示，"他的书改变了我的文学观念"。"魔幻现实主义文学从根本上颠覆了我们这一代作家"。

自获得诺贝尔文学奖以来，马尔克斯已经吸引了来自全世界的目光。中国对马尔克斯的研究也可以说是汗牛充栋，成果丰硕。既有陈众议、赵德明、史国强、朱景东等马尔克斯研究专家，也出版了众多研究马尔克斯的著作与论文。这些论著或仅限于作品的某一个主题，没有形成对这一作家全面的解读，或只论作家背景，缺乏对作品生成语境的关注。因而对其研究的主题多集中于孤独、死亡和爱情等方面，缺乏对文本中广泛存在的殖民背景下引起的权力冲突，以及由于西方文化传入所导致的对民族身份的探求等方面的思考。此外，学界对于小说中的魔幻现实主义手法的研究，多从"魔幻"角度着手，甚少研究其中的另一个角度，即"现实"的成分。而本书则希望通过对于马尔克斯小说中的后殖民景

---

① ［哥］加西亚·马尔克斯、门多萨：《番石榴飘香》，林一安译，南海出版公司2015年版，第60页。

② ［哥］加西亚·马尔克斯、门多萨：《番石榴飘香》，林一安译，南海出版公司2015年版，第60页。

观、魔幻现实主义风格、权力架构变化、民族身份探求四个角度出发，补充前人相关研究视角，为后来的研究者、写作者提供一些力所能及的帮助。因此，本书从后殖民主义和后现代主义的理论观点透视马尔克斯创作背后的意识形态，从非他者的角度理解其个体认同，将有利于我们更深入地理解马尔克斯作品。另外，以种族、权力与文化身份贯穿本书整体研究思路，切近马尔克斯本身的创作，为理解马尔克斯的魔幻现实主义文学提供了一个新的视角。

第一章 马尔克斯小说的后殖民景观

加西亚·马尔克斯（Gabriel José de la Concordia García Márquez, 1927年3月6日—2014年4月17日）独具特色的拉美魔幻现实主义文学被描述为"采用夸张和虚实交错的艺术手法，将现实化为幻觉，将幻觉变为现实"。马尔克斯的写作将两方面的特点糅合：其一，融合实在与想象，鲜明反映其流派（魔幻现实主义）文本特色；其二，是在采取这种创作形式的同时具有强烈的"自我指涉"和"表征现实欲"，作品所再现的"现实"蓝本为拉美独特的地域文化——印第安古老文化。这两方面的特点揭示出其作品具有敏锐的当代意识，并且在实践其先锋文学写作时也同时关注着拉美生活的现实。因此，美国学者在研究马尔克斯作品时，经常将它们与美洲殖民史、美洲政治经济以及异化历史相联系，认为"意识形态和写小说是彼此相关的"，将他的小说放在后殖民语境中研究。

为了说明马尔克斯小说与后殖民的关系，必须厘清"殖民"这个概念与马尔克斯作品的关系，明辨其作品在后殖民主义向度中的位置，至此，我们需要先谈一谈与美洲大陆有关的"殖民"。众所周知，克里斯托弗·哥伦布（Christopher Columbus）是美洲大陆的发现者，这位15世纪的意大利航海家曾经获得了来自西班牙女王——伊莎贝拉一世的资金支持，于1492年8月3日带上"开拓与东方国家贸易往来业务"的使命踏上了寻找日本、中国的航海之旅，船队从西班牙的巴罗斯出发，在历经两个多月海上艰辛的跋涉之后，到达位于美洲加勒比海中的某一座岛屿（1492年10月12日，巴哈马群岛）。这座岛屿被当地人称作瓜纳阿尼，意思是"鬣蜥"，哥伦布则命名此岛为圣萨尔瓦多岛（意思是"救主耶稣基督的荣耀"），以此表示对上帝恩施的感谢。① 第一次抵达这片西方人从未踏足的土地，哥伦布认为这里就是东方，虽然这一发现实属意外，但无论对发现者还是被发现者来说，这次意外都开创了人类历史发展进程中的一个新纪元：美洲开始被发现。如卡丽·吉布森之评价："加勒比印第安人成为了新旧世界相遇的标志；它是所有活动的中心，连接着东方和西方，以及南方和北方。"

如果仔细分析"哥伦布发现美洲新大陆"类似的表述，可以看出，"被发现"是有着明确的主客体区别的，这句话的预设立场即为"美洲大陆并非主动向世界呈现自身的样态"。并且，"新大陆"的新旧之分，实际上并不合理，拉美人民在这片大陆上生活的时间并不比欧洲人在欧洲大陆上生活的时间更短上多少，但这"新旧"之分，就隐喻着相对于欧洲文明而言，美洲文明是"旧物"，这样一种"旧物"需要接受"新物"对它的凝视与改造的偏见视角。在"哥伦布发现美洲新大陆"这一表述里我们得出的隐含话语是，现代资产阶级式的生产方式相对于美洲的生产方式而言，是社会形态演进的方向，是更为"先进"的存在。这种总结所显示出的话语特点，其眼光就是殖民主义式的，所谓的生物进化理论或是生物社会学，实则是殖民主义最原初的哲学，它们由于试图赋予欧洲人侵占、掠夺殖民地资源以合理性而被强烈批判。

"殖民"一词指向的绝不仅仅是民族在历史上的地理迁移，而意味着资本主义时期，各资本主义强国通过海外移民、奴隶贸易、海盗式的烧杀抢掠，对不发达国家压迫、剥削乃至统治。"哥伦布发现美洲"所带来的结果对于发现者和被发现者而言是截然不同的，同样，发现者与被发现者掌握的话语也是截然不同的。对于被发现者而言，1492年的哥伦布航行是灾难的开始，开启了西方接下来长达3个世纪的侵略进程。尽管这片新大陆上拥有过非常灿烂的文明（例如产生于中美洲的玛雅文明以及后来的继承者阿兹特克文明，还有产生于南美洲涵盖

---

① 吴兴勇：《世界航海家列传哥伦布传》，中国海洋大学出版社2015年版，第105页。

秘鲁与玻利维亚等国家的印加文明），但是在更强大、更残酷的武力侵略面前，它们都被无一例外地毁灭殆尽。被当作"物"来使用的殖民地，承受着宗主国的商品倾销、原料掠夺、劳动力剥削，为了使土著人变成不具备独立思考能力的木偶，除了武力征服与镇压之外，有效的文化统治同样必不可少。殖民主义、帝国主义话语与当地的权力机关构成合谋关系，同时，各个方面都实行专制独裁统治，类似"低等种族""落后文明"这样的话语被强加于美洲本土居民，从而形成一种普遍性的知识甚至认识。到了19世纪，南美洲的大部分国家独立之后，仍持续不断地与独裁专制进行斗争。"殖民化"既意味着资本操控，也包含着文化渗透，以弱化并瓦解殖民地人民的生活方式和民族意识。可以说，美洲大陆的发展烙印着此类话语与反抗此类话语的斑斑血痕。

反殖思想因社会发展形成了不同的阶段，从最开始对殖民行为的批评（如16世纪的拉斯·加萨斯到18世纪的卢梭、伏尔泰等人），到对帝国主义的研究（如霍布森《帝国主义：一项研究》，不有意区分帝国主义与殖民主义，而揭示殖民话语如何被强加于大众从而形成普遍共识），但基本上都是强势国一方的学者对殖民这种掠夺形式的批评，可以说它们都是"西方本位"的。随着第二次世界大战结束，民族独立、人民解放思潮的兴起，旧的殖民者式微了，但跨国公司以及跨国贸易体系的建立，实际上指向了全球化进程背后的实力悬殊和话语权问题，在此背景下发展起来的"后殖民"（post-colonial）理论，虽然意味着殖民控制在时间上的终结，但问题意识仍然直指我们所处的时代的不平等以及某些群体的被遮蔽。

早在帝国主义发展巅峰之际，就有马克思主义者（列宁、洛森堡等）撰文批判殖民主义，只不过他们探讨的重点在于反思帝国主义国家之间的血腥斗争，只把殖民地视作反帝革命的爆发据点。第二次世界大战之后，不同身份的知识分子们（第三世界、西欧等）将目光转向殖民主义给殖民地留下的精神创伤，正值解放黑人运动如火如荼，黑人学者法侬（Frantz Fanon）执笔探讨了欧美黑人在被殖民后的时间里作为思考、行动"主体"的两面性（《黑皮肤，白面具》），

第一章 马尔克斯小说的后殖民景观

法侬对民族文化的非本质主义看法深深影响了之后的萨义德（Edward W. Said）和霍米·巴巴（Homi Bhaha）等人。德里达（Jacques Derrida）用"白色神话"来指示白人中心主义，解构列维－斯特劳斯和索绪尔所谓的"自以为反人种中心主义的人种中心主义"，后殖民主义理论一部分来源于德里达的解构策略，同时以巴赫金（M. M. Bakhtin）的对话理论、葛兰西（Antonio Gramsci）的霸权理论和福柯（Michel Foucault）有关权力与话语的理论为理论依据，萨义德正是此派理论的主将。这些学者倾向于从文化的角度对"独立后的殖民控制"问题进行论述，他们探讨的重点更多地放在文化控制、意识形态、主体身份确认上，因而也成为后殖民思想的重要版本之一。同时，"后殖民文学"在反抗与实践中亦形成了自己的样态：文本语言上使用原住民方言土语，故事内容上展现文化冲突，在形式的自我指涉上，则有意识地采取不同于帝国文化笼罩下的文学形式，以叙事形式的本身差异彰显自身民族特点，对读者阅读产生影响。

基于此，笔者希望深度挖掘马尔克斯小说呈现的后殖民景观，探讨马尔克斯对被殖民的大地——拉丁美洲处境的体认，揭示文本隐含的"态度结构和指涉结构"。在关注文本故事主线的同时，笔者希望通过分析那些带有暗示和附带性的描述，参照帝国边缘地区及文化事实，展现马尔克斯小说特殊的文化历史意义。

第一节 殖民历史下的伤痕记忆

"死亡"以类似"种族屠杀"的形式存在于拉丁美洲的被殖民史上，给拉美大陆带来深重的灾难。马尔克斯曾说："没有本人的亲身经历作为基础，我可能连一个故事也写不出来。"在考察其文学创作活动的基础上，同为作家的略萨（Mario Vargas Llosa，拉美结构现实主义文学代表人物）称他为"拉丁美洲的弑神者"，"弑神"一词不仅意味着马尔克斯在作品中经常刻画暴君的凶残无能与殖民者的巧取豪夺，还意味着他希望在作品中重建那个饱经苦难折磨的拉丁美洲。在具体的作品层面，马尔克斯的小说也暴露出他意欲书写历史的野心，他希望把自己对于整片大陆历史的感悟与体验无形地融化在小说创作里,而这一意图却需要我们为其小说"摸骨",将它一寸寸地揭示出来。

一　可追溯的源头:寓言式书写拉美历史

从19世纪末到20世纪初的至少50年间,拉丁美洲各地区经历了大同小异的帝国主义剥削时期,美国资本取代了曾经遍布拉美大小角落的英国资本,在拉丁美洲地区建立起经济霸权,于大西洋沿岸种植香蕉,其他地区则有甘蔗、咖啡、棉花,与此同时开采石油。当时的民众并未察觉这一经济侵略实际上是对本地资源的盘剥,甚至认为这一时期是"幸福的时代"。此后壮大于20世纪20年代的工会运动便是对资本主义无情盘剥的反抗,从马尔克斯出生那年开始,各地罢工运动此起彼伏,时有罢工者遭机枪扫射屠杀,这便是《百年孤独》中阿拉卡塔卡发生的工人罢工事件的历史渊源。对于血腥化的场景,马尔克斯采用一种变形化的呈现方式,将集体屠杀的情形在个体的死亡之中重演。

何塞·阿尔卡蒂奥被枪杀的时候,有"一道血线从门下涌出,穿过客厅,流到街上,沿着起伏不平的便道径直向前,经台阶下行,爬上路栏,绕过土耳其人大姐,右拐又左拐,九十度转向直奔布恩迪亚家,从紧闭的大门下面潜入,紧贴墙边穿过客厅以免弄脏地毯,经过另一个房间,划出一道大弧线绕开餐桌,沿秋海棠长廊继续前行……"[①] 从何塞·阿尔卡蒂奥右耳流出的血线似乎沿着文本无限地流淌下去,表现"无限"的语句是克制而冷静的,但却用不动声色的方式察觉到这种无限背后暗含的残忍。马尔克斯在诺贝尔文学奖颁奖演说中赞美拉丁美洲这片广袤而生机勃勃的土地,却也表达出生活于欧洲人视野中的拉美人民"从未享过半刻安宁"的愤怒。他细数拉丁美洲遭遇的战争(5次)、军事政变(17次),也控诉着借所谓上帝之名进行种族文化灭绝的独裁者。文学评论家或将《百年孤独》的书写分成代表前现代和现代社会的上下两部分,或以时间的

---

① [哥]加西亚·马尔克斯:《百年孤独》,范晔译,南海出版公司2011年版,第118页。

流转将小说划分为四个阶段，贝尔-维亚达还认为这本书隐喻着人类文明的兴衰历史。然而，本书的开端是有章可查的，小说第一章，何塞·阿尔卡蒂奥·布恩迪亚的祖父讲述了一个"炮弹猎鳄鱼"的故事，而故事的主角德雷克爵士，正于真实历史中的16世纪，也就是欧洲后殖民者首次造访南美的东北海岸（今哥伦比亚、委内瑞拉）的时间，到达炮击鳄鱼的地点——利奥阿查。故事的起点对于理解小说的基调十分重要，在这一书写的背后，蕴藏着作者自身对于整片大陆历史的感悟与体验，他将这份体验无形地融化在小说创作之中。

除此之外，加勒比地区潮湿、闷热的气候环境极大地影响了马尔克斯对于小说中空间感受的传达，这些空间内常常弥漫一股腐败、密闭的气息，成群的蚂蚁既是对环境的塑造，也是对生存境况的一种象征——被压抑的欲望苦苦寻找着宣泄的途径，无论是血流成河还是蚂蚁肆虐的情景，它们都是这片大陆所有不幸遭遇的一种文学化的反应。在叙述阿玛兰妲·乌尔苏拉和奥雷里亚诺在宅子中完全沉浸在爱情的疯狂中时，作家提到了"幽禁"，作家认为马孔多是一个充满飞尘、常年酷热的地方，在这里，连呼吸都异常艰难，而奥雷里亚诺和阿玛兰妲却被"爱情的孤独""幽禁"，而他们的家则是一个充斥着红蚂蚁疯狂啃噬噪声的囚牢。① 意乱情迷、神魂颠倒之际，阿玛兰妲看见了许多似真似幻的"意象"：受远古饥饿驱使的"蚂蚁横扫花园""啃食家中的一切木制品"，② 最后他们的孩子被蚂蚁吃掉，"那孩子只剩下一张肿胀干瘪的皮，全世界的蚂蚁一齐出动，正沿着花园的石子路把他拖回巢去"③，展现了整片大陆孤绝、卑微而最终走向疯狂境遇的文本意象。

詹姆逊（Fredric Jameson，马克思主义文学批评家）于2017年再次发文述说《百年孤独》艺术特点及艺术价值，此时距离1967年《百年孤独》在阿根廷布宜诺斯艾利斯的首次出版已整整半个世纪，越来越多的批评家意识到，美洲大陆

---

① ［哥］加西亚·马尔克斯：《百年孤独》，范晔译，南海出版公司2011年版，第348页。
② ［哥］加西亚·马尔克斯：《百年孤独》，范晔译，南海出版公司2011年版，第349页。
③ ［哥］加西亚·马尔克斯：《百年孤独》，范晔译，南海出版公司2011年版，第350页。

这片神奇之土是理解加西亚·马尔克斯作品的关键，而《百年孤独》则是串联其所有作品的核心密钥——一切秘密殊途同归，最终抵达那个叫作马孔多的地方。詹姆逊在其评论文章也再一次指出了这样一个无可否认的事实——马孔多在象征意义上的独特性指向了拉丁美洲之于全世界的特殊性，哥伦比亚之于全拉美的特殊性，作家故乡之于全哥伦比亚的特殊性。胡利奥·科塔萨尔作为《百年孤独》的最早阅读者之一，也有言，只有从马孔多那样被天才般创造出来的土地起步，我们才能真正进入瓜纳哈尼，理解我们的土地，从而确定我们真正的土地以及我们真正的同类。

科塔萨尔的评价实际上反映了整片拉美大陆拥有一种以真实的面貌展现在世界面前的强烈愿望，事实上，《百年孤独》中对于美洲大陆的历史书写便是这种愿望最淋漓尽致的映现。马尔克斯始终拥有双重身份：西方文明记忆的体验者和被殖民者、南美文化记忆的亲临者与代言者，他所书写的乃是一种被诅咒的愿望。换言之，从最初的诞生到最后的毁灭，马孔多始终蕴含着一层被作者深埋于历史底部的创伤性记忆，这一层记忆犹如遥远的光晕一般隐隐地笼罩于书中，暗示着他们无法真正被外部世界所理解，也是他们深刻孤独感形成的本质根由。更准确地来说，真实的历史以一种隐喻的方式在小说中呈现，吉卜赛人梅尔基亚德斯手中的那一卷手稿中所给予的预示早就说明了马尔克斯对这段历史的体认："家族的第一个人被捆在树上，最后一个人正被蚂蚁吃掉。"

二 被外来者发现的"乌托邦"

詹姆逊将马孔多视为"一个乌托邦式的实验室"，认为这里是一个避免于双重影响的地方：未遭西班牙殖民者侵扰，也未受土著文化影响。在他看来，马孔多是一个完全崭新的世界，一片未受玷污的处女地，它所诞生的土壤事实上是其所展现出来的相反面。但是，这座浓缩着整片大陆历史的虚构小镇，又恰恰饱受了因殖民主义侵扰而带来的万千磨难，这段关于美洲大陆的漫长的伤痕性记忆，是印第安土著文化与欧洲文明以及二者混合衍生的矛盾复杂体。最

第一章　马尔克斯小说的后殖民景观

初的马孔多只是一个小村落,居住着二十户人家,河流清澈如玉带,卵石洁白如鹅蛋,没被赋予名字的许多事物仍然需要用手势指示,这些特点都很好地诠释了詹姆逊所认为的"纯粹""无辜"与"自由"等特质,它看似是没有负担的,是轻盈的而非沉重的,是纯洁的而非复杂的,但这座镜子之城的命运却以归于寂灭而告终。但是在结尾处,如羊皮卷预示的那样,马孔多将会覆灭,被飓风卷噬,被世人遗忘,从此消失于人间。马孔多命运的谜底隐存于整部小说,直至将整片大陆过往所承载的痛苦揭示的那一瞬,也是它彻底解脱与被毁灭的这一刻。爆发之后即为陨灭——谜面与谜底完全重合。痛苦与幸福、纯真与复杂、自由与束缚、无辜与罪恶、真实与虚幻,不过是马孔多这座小镇的一体两面,它的毁灭既是涅槃重生,也是永不再复存,小说便也在此戛然而止。马尔克斯对于整片大陆命运独一无二的理解与感知,淋漓尽致地反映于《百年孤独》这一部小说中。他对于历史的把握与书写方式是寓言式与象征式的,他没有事无巨细地向读者描绘一幅美洲大陆自15世纪以来便饱受磨难的侵略史,而是要求我们跟着人物、情节以及作者呈现于文本中的独特呈现方式来感悟这片大陆曾遭受的痛苦、黑暗与无助。

小说开始部分,梅尔基亚德斯,一个吉卜赛流浪者,把磁铁、望远镜、放大镜、星盘、罗盘、照相机和六分仪带进了马孔多,还"留下一些葡萄牙人的地图和多种航海仪器",最后还馈赠了一间炼金实验室。事实上,作者设计了这样一位漫游到马孔多的流浪式人物,隐射的是一种更高级的文明进入了相对落后于梅尔基亚德斯所代表的那个世界——马孔多,陌生而奇异感受的产生来源于差异,梅尔基亚德斯则是这一差异的带来者。而望远镜、放大镜以及航海仪器是在将时间语境推回至15世纪的地理大发现时期,也就是说作者需要借助一个类似于哥伦布这样的发现式的人物来使这片隔绝的大陆从封闭的状态中脱离出来,但马尔克斯避免了直接把一个完全相同类型的人物引入小说,而是让这个人物具有了某种浪漫化的不确定色彩——一个吉卜赛人,他突兀地出现在了马孔多,情节上缺乏任何历史背景的解释与说明,可是吉卜赛四处飘游的民族特质又使得他的出现被合理化了。

　　作者在此安排梅尔基亚德斯出场，目的是展现一种外来者的眼光和视角，引入梅尔基亚德斯，反映了马尔克斯在一定程度上始终力图表现西方发现者看待这片大陆的视角与心态：西方的发现者从一开始便以一种居高临下的姿态来认识这片大陆，而未曾带有过谦敬与谦卑之心。马尔克斯对这一带有西方强烈知性文明色彩的视角给予了质疑和批评，希望可以破除惯有的西方中心主义式偏见，他认为"欧洲人作为悠久的理性主义传统的继承者，仍在竭力用他们自己看问题的方式来评判我们，而不注意另一些区域的不同生活，不考虑对拉丁美洲、亚洲和非洲来说需要过舒适的生活，需要有自己的地位，也是一种充满活力、富有戏剧性的现实"①。

　　作为小说作者，马尔克斯站在一个既是受害者同时又是施害者的角度，书写着《百年孤独》这个关于"寻找"的故事，双重的视角极大地丰富了文本的情感意蕴，也包含了复杂、矛盾与激烈的内在纠缠。在阅读过程中，作为读者的我们会不断地滑入任意一方的视角，如此自由的穿梭形成了两方之间的沟通与交流，而在小说之中，这两方的交流总是处于一个不平等状态，因为作者常常让梅尔基亚德斯站在具有主宰地位的一方，并以他的行为引导、影响着马孔多的居民。

　　小说伊始，梅尔基亚德斯给马孔多带来一场盛大的、令人眼花缭乱的科学之宴，这唤醒了何塞·阿尔卡蒂奥·布恩迪亚对科学探索的痴迷，在成功与失败的交替之间，布恩迪亚的正常生活被梅尔基亚德斯以及而后到来的吉卜赛人完全地打乱，同样被扰乱的还有马孔多居民朴素的生活，他们在自己生活已久的街道中不知所向，在自己寻常习焉的集市中迷失目标；而当何塞·阿尔卡蒂奥·布恩迪亚以为自己已经掌握了某样科学之物的奥秘，并在全村掀起怀疑的风波时，也是

---

　　① ［哥］加西亚·马尔克斯：《两百年的孤独——加西亚·马尔克斯谈创作》，朱景东译，云南人民出版社1997年版，第309页。

梅尔基亚德斯走向众人，澄清真相，赞许这个男人单单依靠观测和推理就得出了已经被外界实践所证明的天文理论，梅尔基亚德斯的判定仿若尘埃落定的重锤、平息异见的利器，他始终是那位主宰者，他将一切奥秘写于羊皮手卷上，并预见了主角一家的命运和整座村庄的未来："它会变成一座光明的城市，矗立着玻璃建造的高楼大厦，却再没有布恩迪亚家的丝毫血脉存留。"①

作为读者我们可以感受到的是，马孔多这一看似宁静的"乌托邦"，在与外界的交流不可避免地陷入了一种因被他者主宰而导致的无法真正认清差异的迷失之中。作为作者，要做的是以这个外来吉卜赛人的角度俯瞰主角家族，暗示了西方殖民者流露出的优越意识——马孔多的命运不过是任不属于这片土地的外来者掌握与摆弄，直至奥雷里亚诺·巴比伦揭开羊皮卷上的谜底时，马孔多从未创造过属于自己的历史，也未曾拥有过属于自己特殊的回忆。马孔多的历史只是被他者的书写所决定与创造的，"乌托邦"只是一个不能流动的幻梦，随着时间的敲打而露出虚无的底色来，这是马尔克斯在小说结尾处给出的具有浓厚悲观色彩的宿命主义式结论。

三 追寻之旅：终将走向徒劳

《百年孤独》不仅仅是关于"寻找"的故事，同时也始终是一场叙述关于寻找的"徒劳"的故事。在对马孔多百年历史的书写中，马尔克斯使读者意识到，外部的世界于无意中嘲弄了整片大陆的存在。那些五花八门、闪耀着奇光异彩的科学之物是将何塞·阿尔卡蒂奥·布恩迪亚与马孔多居民带入一座新世界的开始，并促使何塞·阿尔卡蒂奥·布恩迪亚最终决定带领村民向梦想的文明世界探索，他们一路披荆斩棘，穿过潮湿幽暗、植物密布以及没有回头路可走的丛林，直至发现了"一艘覆满尘埃的白色西班牙大帆船"②。布恩迪亚意识到他们的抵

---

① ［哥］加西亚·马尔克斯：《百年孤独》，范晔译，南海出版公司2011年版，第47页。
② ［哥］加西亚·马尔克斯：《百年孤独》，范晔译，南海出版公司2011年版，第10页。

达之处可能离海边不远,在走了四天之后,面对一片汪洋大海,他失望至极,这一现实让他认定"马孔多周围全是水",丧气地向妻子抱怨道他们所处的困境:"我们一辈子哪儿也去不了","我们注定要在这里活活烂掉,享受不到科学的好处"。① 这次关键性的探索或者说是一次失败的寻找之途,向我们展现了外部世界与马孔多之间巨大的隔阂与不平等:梅尔基德斯可以轻易地来到这个闭塞之处,而当马孔多村民试图向外拓展寻找那个文明的外部空间时,却是困难重重,毫无希望,他们联系外界的欲望始终受阻,而反过来外部世界总是能长驱直入这片处女地。

西方殖民者从未真正认真、严肃、诚挚地对待这片他们入侵的土地——整部小说弥漫着的无处不在的戏谑意味。既是作者对西方看待这片大陆目光的故意模仿,也包含了拉丁美洲深受西方浸染后他们所展现出来的愤怒而绝望的自嘲,他们试图认识自己、寻找自己,但总是一次又一次地陷入迷宫中。依据于外来他者,拉美大陆居民"被看到""被确立自我价值",当他者需要进一步认识自身时,他们借由被自己发现、阐述的拉美大陆以确认自己的前卫与优越,这种现实是复杂而又无奈的,却也是真实存在的,它会衍生出一个切实存在的"心理存在主义复杂体",基于这样一种如实的,又或许是荒谬的现实中,马尔克斯写出了拉美遭受殖民后的时间:缠绕而绝望、边缘而无奈的自我理解。表面上看,有关殖民的文本论述挑战的是线性的历史发展及其背后的历史主义逻辑,然而,这种挑战指向了更为隐秘且深层的对象,那便是人类主体不曾明示却暗流涌动的社会表现及其心理表现。

马尔克斯借助文本审视现实,以吉卜赛人梅尔基亚德斯作为"他者"论述出现的标志,实际上有着认识论上的意义,他把拉美文化推至边缘的做法实际上是在质疑西方的认识传统。霍米·巴巴认为,对某一种既定身份的首肯,或对自我完型的预告,这些都不是身份认同所要指向的问题,身份认同"通常只是一种

---

① [哥]加西亚·马尔克斯:《百年孤独》,范晔译,南海出版公司2011年版,第11页。

身份'形象'的生产和设定这种形象的移动"①。而所谓"形象",是要在与他者的差异中得到体现的,因此这种"形象"是主体分裂于他者的标记。通过我们之前的论述,可以说,梅尔基德斯这一"他者"被看作对马孔多本来文化的否定,他使文本呈现出的马孔多成了差异得以表明的系统,通过安排马孔多的建立者何塞·阿尔卡蒂奥·布恩迪亚不可避免地坠入谵妄的状态,传递出一个明确的信息,即马孔多人将注定无法找到真正的自我。

第二节 后殖民景观:循环命运与独裁统治

后殖民主义研究关注"一个已经被斗争所改变的世界和一个实践者想要进一步改变的世界"②,现实的复杂、当下的变化决定着文本书写与相关批评以不断建构与解构的形态出现在后殖民主义的领域之中。引入后殖民景观,意味着笔者的关注中心并不简单指向作家对殖民主义带来的各种事实、伤痕的批判,而是希望梳理出,当作家身处殖民事实之后的时间、空间,他是如何看待殖民、反思殖民,以及如何通过文本建构"殖民记忆"和"对殖民的态度"的。在后殖民语境中,无论是书写者还是批评者,常常不时退回到那个被剥夺最初身份的记忆原点,徒劳地追溯与抵抗这一不可逆的改变,不断地撕开这一历久弥新的精神伤疤。以这样的思路,我们或许可以理解,马尔克斯为何要在《百年孤独》开篇便向读者描述马孔多这样一处未经外界侵略的伊甸园式的存在——作者试图带我们回到一切改变与伤害发生以前的那个时空之中。

一 循环叙述:书写环形历史

殖民主义者所掌握的话语经常将被殖民者的所属历史遮蔽,并认为是自己将

---

① 赵稀方:《后殖民理论》,北京大学出版社2009年版,第105页。
② [英]罗伯特·J.C.扬:《后殖民主义与世界格局》,容新芳译,译林出版社2013年版,第7页。

这些被殖民者带入历史。在小说中，我们看到伴随着梅尔基亚德斯以及后来大批吉卜赛人的到来，一个崭新的世界涌入了马孔多，以马孔多村民中的代表者——布恩迪亚家族为例，一代大家长何塞·阿尔卡蒂奥·布恩迪亚陷入探索科学的疯狂热情，七代奥雷里亚诺·巴比伦则破解了羊皮手卷上整个家族预先被设定完成的命运。七代人虽然始终陷落在各自的人生沼泽之中，但仍然逃脱不了梅尔基亚德斯最初的预言。这一情节实际意味着，是殖民主义者们将被殖民者拖入历史，拖入本来互不关涉的历史轨道，使之离开了自己的本源，走向另一个既定的历史方向，还被美其名曰"前进的历史方向"。

七代人因两个不同的名字而拥有了两种不同的性格气质（所有奥雷里亚诺都性格孤僻、头脑敏锐、富于观察，所有何塞·阿卡尔迪奥都性格冲动、有事业心，但命中注定悲剧色彩），马尔克斯通过人物性格的不断重复、人物命运的相似循环来加强整部作品具有的迷失感，我们得以意识到，作者在线性向前推进故事的同时，仍然让叙述不断陷入一段又一段的循环中。形式上自我循环的叙述，流露出马尔克斯对整片大陆的过往历史、当下现实的感知与理解：15 世纪，殖民者自西班牙远道而来，使用蛮力征服这片大陆；19 世纪 20 年代，拉美各地掀起独立解放运动——近 4 个世纪如噩梦般漫长的殖民历史雕镂着美洲大陆的面貌，殖民主义始终以残酷且直露的经济剥削方式把控着整片大陆的命运。现如今，殖民统治尽管结束了，但它对这片大陆的影响持续至今。有学者将欧洲殖民主义定义为"对土地和经济的强行控制……是对非资本主义经济体的一次重组旨在为欧洲资本主义的发展助燃"，因而"近代欧洲的殖民主义不是带着一种超越历史的冲动去征服，而是将之视为资本主义经济发展中的一个组成部分"。这种经济征服与规训，使得殖民地一直"作为西班牙索取渴望的货物的基地而存在"，因此，到了后殖民时代，整片拉美大陆依然缺乏经济共同体，殖民主义时期殖民统治者秉持着从自身利益出发，在殖民地建立以满足宗主国需要为目的的产业经济，这使得拉丁美洲各区域之间的联系与交流十分匮乏，与被殖民之前的状态相比，它们仍然互不相通、支离破碎，拉丁美洲的发展极度缓慢，甚至是停

第一章 马尔克斯小说的后殖民景观

滞的，殖民者留下的残局依然无形地控制着拉美人民，他们一再地陷入由殖民者植入的模式中，找不到属于他们自己并且适合自己的出路，只能迷茫地挣扎于恶性发展的循环之中。马尔克斯已经意识到，殖民主义的时代已然过去，但殖民主义不断变换新的形式和面貌，呈现并束缚着这片大陆。

让我们把目光投向一个十分耐人寻味的情节：在与保守派长久斗争后，奥雷里亚诺·布恩迪亚上校主动弃战，返回家之后便开始了他的金鱼制作生涯，他整天待在家里的炼金实验室里（这间实验室是梅尔基亚德斯赠送给上校父亲的）制作小金鱼，用制作好的小金鱼去换金币，接着用换来的金币维持自己的小金鱼制作，上校的小金鱼卖得越多，恶性循环就越严重，这一步骤的反复令上校越来越辛苦，对于上校的这一行为，母亲乌尔苏拉评价道："实际上上校在乎的不是生意，而是干活本身。"① 我们之前已经论及，马尔克斯对于整片大陆历史与现实的书写方式是象征与隐喻式的，作为读者，我们能深切地体会到马孔多存在过的这一百年中已经从诞生、成熟、发展直至毁灭的整个过程，这一过程又涵盖了拉丁美洲从殖民前至殖民时代再至殖民结束后的一整段岁月。上校制作小金鱼这一情节不仅表达了上校本人一种与人生意义对抗的姿态，还二而一地意味着，上校选择沉沦于人生的虚无之中，他选择拥抱徒劳。即便我们感到上校这样义无反顾地自动投入恶性循环的姿态是令人颓丧的，但我们不得不注意到，即使是这种心甘情愿的沉沦，也依然严肃且绝对投入。作家写道："他必须全神贯注地投入，嵌上片片鱼鳞，用红宝石微粒鱼眼，锤出鱼鳃，添上尾鳍，再没有余暇为战后的失落而烦恼。"② 制作小金鱼的过程消耗着上校的生命力，那种特有的充沛而又盲目的生命力随着时间的逝去而日渐衰弱，换来的是心灵的专注与平静，其实，沉溺于这样一种巨大的徒劳，上校最终的目的也不过是获得内心的平静。

---

① ［哥］加西亚·马尔克斯：《百年孤独》，范晔译，南海出版公司2011年版，第176页。
② ［哥］加西亚·马尔克斯：《百年孤独》，范晔译，南海出版公司2011年版，第176页。

上校的一生在少年情爱受挫、中年戎马厮杀、晚年落寞度日中流逝。机械地制作小金鱼流露出了一种个体无法再承受命运，但也不愿就此放弃人生的倔强与感伤。上校放逐自我、跌入一处深不可测的旋涡看起来是悲凉的，而在小说形式层面，马尔克斯又一次将读者带入叙述的循环——无限的循环往复不仅仅是整片大陆命运的一种象征，更是后殖民时期拉美经济发展的隐喻。小说借个体命运映射出一定时空（从殖民时代延续至后殖民时代）中的社会面貌，个体与历史之间的关系由此而被强化。

二 家族悲剧：隐喻双重创痛

除了通过从个体行为角度来理解整片大陆的经济图景之外，《百年孤独》所建立起的重要的叙事范式之一——家族小说，为我们提供了一个切入点：村庄经济的兴衰与家族命运的起落始终彼此呼应。小说伊始，万物如初生般光洁如新，马孔多村落的人家依河而建，马孔多的建立者、马孔多村落的村长何塞·阿尔卡蒂奥·布恩迪亚与妻子白手起家，通过乌尔苏拉贩卖糖果生意挣得的财产，将他们用棕榈叶铺盖房顶的家得以翻新修整，乌尔苏拉与丈夫一同养育子女，在他们两人所孕育的第二代中，乌尔苏拉生了两个儿子、一个女儿——何塞·阿尔卡蒂奥、奥雷里亚诺·布恩迪亚、阿玛兰妲·布恩迪亚，还领养了一名被人送上家门、与整个家族无任何血缘关系的小女孩丽贝卡·布恩迪亚。在家族血脉传承过程中，男性的这一支承担起了血脉延续的任务，女性的这一支则因她们个人坚决的意志保持了绝对的孤独，最终一辈子未能孕育儿女。

生命的繁衍本身蕴含着一股巨大的生命力，呈现为《百年孤独》中不容阻挡的审美力量与叙述动力。不仅如此，马尔克斯让整部小说一以贯之地保持着这样的力量强度，正如评论家詹姆逊所指出的，马尔克斯取消了代与代际之间的意义，因此在这个人口数量相当之大的小说世界中，更重要的是共时性的循环，相形之下，历时性的、代际的故事发展就显得不那么重要。通过家族繁衍，小说内部的力量生生不息，即使到了家族的第五、六、七代衰败的图景渐渐展露时，它们也没能消解小说蕴含的生命力。如果说第一、二、三、四代是家族建立、兴旺、持续的开枝散叶的过程，那么第五、六、七代则显然是家族滑向下坡、人丁凋零的过程，但伴随着人物命运的展开，事件的密度始终没有降低，使得小说犹如永动机一般源源不断并且生猛地将时间向前推进，历时性的体验被这种叙事手法加粗放大，甚至模糊到只能使读者感受到小说发展那涌动不停的向前之力。乌尔苏拉一直勤勤恳恳地为整个家操劳忙碌，同时又在关键时刻力挽狂澜、主持正义，她既是布恩迪亚家族呕心沥血的参与者，同时也是一位冷静清醒的旁观者，在乌尔苏拉漫长的一百多年的生命旅途中，她见证了布恩迪亚家族其中五代人的人生轨迹，但她所有的努力终究没能挽救这个由她和丈夫亲手建立起的家族最后衰亡的结局。

在粗线条的代际变化交替中，稳定不变的是不同的小说人物不断重复着的戏剧性命运，布恩迪亚家族后代的身上时常隐现着父辈的性格特质，以至于到了家族第四代的时候，时光反而仿佛退回到第二代。与何塞·阿尔卡蒂奥第二与奥雷里亚诺第二这对双胞胎兄弟一生的故事相携而下的，便是家族血液里疯狂的那一部分基因，这一深刻于基因的特质驱使着这一对双胞胎兄弟做出了许多匪夷所思的荒谬行为，其中最明显地体现于他们赚钱这一生存方式上。何塞·阿尔卡蒂奥第二在观看枪决犯人的情形之后，莫名受到触动，异样地萌生起救赎的念头，开始自愿到钟楼上去做一位敲钟人，"他一边为斗鸡修剪颈羽，一边跟神甫学习教理问答"，[①] 在好奇心的引领下，小男孩走向了一条奇妙的堕落之路，迷恋上了斗鸡，从一名敲钟人变成了一名斗鸡人，"挣的钱不仅够他扩大养殖，也可以满足他作为男人的需要"[②]，何塞·阿尔卡蒂奥第二在斗鸡这件事中获得了金钱与性欲复杂交织于一起的感官享乐，他的人生纯粹被欲望所主宰，像家族中的男性曾祖父何塞·阿尔卡蒂奥·布恩迪亚一样，极度感性且自我地生存着，这一感性

[①] [哥] 加西亚·马尔克斯:《百年孤独》，范晔译，南海出版公司2011年版，第165页。
[②] [哥] 加西亚·马尔克斯:《百年孤独》，范晔译，南海出版公司2011年版，第166页。

的特质完全指向内心世界，从而又呈现出一种孤绝、傲慢又冷淡的状态。而他的双胞胎兄弟奥雷里亚诺第二和他有着极为相似的性格，童年时期痴迷于破译梅尔基亚德斯的手稿，接着与何塞·阿尔卡蒂奥第二同时沉沦于佩特拉·科特斯情欲的怀抱，最后他终于与这个黑白混血女人生活在一起，过上了整日在家中举办喧闹的聚会的日子，他们养的母马、母鸡、猪拥有魔法一般荒唐的生殖能力，他也因为这种神奇的繁殖能力，成为数一数二的富商巨贾，赚得盆满钵满，甚至在某天清晨心血来潮，"拿起一箱钞票、一罐糨糊和一把刷子，哼着《好汉弗朗西斯科》的老歌把家中里里外外、上上下下贴满了一比索的纸币"，① 他开启了一段穷奢极欲的生活，而衰败如一场狂风骤雨让这些财富顷刻化为乌有。马孔多在爆发了香蕉工人大罢工并被血腥镇压的事件后，一场大雨下了四年十一个月零两天，满圈牲畜无一幸免，奥雷里亚诺第二操起卖彩票的旧业，艰难地讨起了生活，昔日的生活是如何风光，那么此时的生活就有多么落魄，他从巨贾的巅峰重又跌入了贫民的深谷。

这对双胞胎兄弟的人生命运代表了整个布恩迪亚家族的命运走向，同时也隐喻着整片大陆的经济图景——从一无所有到一无所有，完全陷入一种巨大的盲目与非理性中。对于外部的诱惑或是侵略，既不能坚决抵抗也不能坦然接受，于是选择沉溺于其中并肆意享受这一状态，而这一沉溺与挥霍的姿态给读者的感受不是生命力的贫弱，却是充斥着蓬勃旺盛的生命力，在尽情随性的享乐之中，他们在内耗着生命力的同时又矛盾地创造着它们，最终迎来衰败、陷落与徒劳的结局。殖民社会里，美洲大陆人民被他者所侮辱与损害着，到了后殖民社会中，他们依然无法抹平前殖民社会给他们精神世界中所留下的斑斑伤痕，一直持续性地停滞在原地，无论是个体还是家族都不完全拥有掌控自我命运的能力，也并不具有这种清晰的意识，因而这片既富饶又贫瘠的大陆一次又一次陷入发展的怪圈中。布恩迪亚家族起伏曲折的命运是这片原始朴素的大陆

---

① ［哥］加西亚·马尔克斯:《百年孤独》，范晔译，南海出版公司2011年版，第170页。

被强行带入另一条迥异发展之路的真实写照：资本原始积累时期无情地被剥削、资本入侵之后的措手不及与无所适从乃至最后资本撤离后始终摆脱不了的停滞与颓败的局面。

　　个体、家族与整座马孔多村的行进轨迹，完整地映射出美洲大陆的经济发展状况。在《百年孤独》中，马孔多村所经历的一次巨大的经济重创是何塞·阿尔卡蒂奥第二亲眼见证的香蕉工人大罢工事件。自从上校之子奥雷里亚诺·特里斯特在马孔多修建成铁路，市镇与外界开始有了更便捷的沟通与交流。火车这一预示工业化社会到来的事物第一次出现在马孔多村，美国人赫伯特在布恩迪亚家做客吃饭并吃掉了一把香蕉后，不动声色地嗅到了商机，然后在马孔多村搭建起香蕉种植园。接着，所谓文明世界的商业热潮席卷而来，将整个村子搅动得人心不安，所有人都陷入迷失的躁动之中，接下来"自从香蕉公司到来，当地官员被外来势力所取代，布朗先生还把他们接进电网鸡笼里生活，据他说是去那里享受与他们地位相称的待遇，不用再忍受酷热、蚊虫以及市镇上各种不便与匮乏"①，在享乐生活的诱惑之下，人性逐渐堕落，金钱比权力更加令人难以抵挡，金钱甚至可以为个体赢得他所想要的地位，马孔多出现了官商勾结的现象，奥雷里亚诺上校曾经为自由、民主而挺身作战的地方滑入了一个他自己都未曾预料到的境地。当奥雷里亚诺上校为这群暴戾的、凶残的外来者而怒火中烧并喊着他要带上手下和武器打死这群美国佬时，随之而来的是一周之间他的十七个儿子被暗藏于各处的凶手全部猎杀，仅仅因为这句戏谑（因为我们知道，奥雷里亚诺上校从投降的那一刻开始便再也不具备这样的反抗能力）且含有些许悲哀的反抗之语，便让奥雷里亚诺上校为之付出了惨痛的代价，这一阴森可怖的现实不仅投影于个体之上，不久也降临在了整个马孔多村。

　　何塞·阿尔卡蒂奥第二在首批香蕉狂潮中出手自己的全部优种斗鸡，并当

---

① ［哥］加西亚·马尔克斯：《百年孤独》，范晔译，南海出版公司2011年版，第210页。

上了香蕉公司的庄园督工，然而他很快发现了香蕉公司内部运作中的种种劣迹，种植园内的工人也越来越不满于现有的恶劣的工作条件，骗人的医疗服务，以及用券来代替本应现金支付的工资的情形，于是他们向公司的上级提出自己的诉求，而公司的领导者布朗先生通过与法庭间的暗箱勾结、互相包庇，顺利逃脱这些指控。在与美国佬杰克·布朗先生的对峙中，他们始终被更高一层的阶级玩弄于权力之间而处于绝对的被动与下风。于是，被激怒的工人开始大罢工，对抗之中，工人们破坏铁路轨道系统、烧毁植物园、剪断电话电报线路，布朗先生及其家人同胞则被送至军事安全区，当局发布通告召集工人在马孔多集合，并宣布军政主席将前来调解争端，但是，调解的方式是将罢工的三千人聚集于火车站前的空地，并由一位中尉宣布这群罢工者为"一伙不法分子"，授意军队予以枪决。尽管被告知有五分钟的时间撤离，但这三千人无人愿意离开，女人、小孩全部都如此，何塞·阿尔卡蒂奥第二身处其列，见证了这一壮烈的情形，接着枪声响起，一排排地扫射，三千人命丧黄泉，除了何塞·阿尔卡蒂奥第二自己，在那几个月的紧张局势里，他经历过狱中的苦难，目睹了车站里的恐慌，也置身于过满载死尸的火车，而所有的一切，固然是惨绝人寰的，但更令人生畏的一点在于本应作为群体性记忆而存在的大屠杀事件，最终随着他们的死亡而被遗忘，也即意味着从历史记录中被全然地抹杀掉了，只有何塞·阿尔卡蒂奥第二作为唯一的幸存者记住了它。经历苦难或许是这片大陆注定的命运之一，那么"被迫性地遗忘"事实上成为对这些不幸遭遇的最大背叛。

因此，香蕉工人大罢工事件不仅仅预示了外部的经济侵略将把这片大陆带向一种动态的停滞之中，也表明了在接下来的很长的一段时间里，内部与外部的激烈冲突将不会轻易地平息，资本强硬的入侵与经济上的绝对征服会以外部的冲突——战争——这一形式来继续伤害着他们，造成美洲大陆人民精神空间的剧烈震动。

第一章 马尔克斯小说的后殖民景观

三 战争记忆：控诉独裁威权

詹姆逊认为，在描写战祸的小说中，拉美版本的此类小说具有复杂化的倾向。奥雷里亚诺上校带领他的部下展开了一段旷日持久的征战，从参加自由党活动，到拒绝两个对立党派、进行游击战，再到"匪徒活动"，在小说的第六章，马尔克斯这样总结了上校的一生：

奥雷里亚诺·布恩迪亚上校发动过三十二场武装起义，无一成功。他与十七个女人生下十七个儿子，一夜之间被逐个除掉，其中最年长的不到三十五岁。他逃过十四次暗杀、七十三次伏击和一次枪决。……他拒绝了共和国总统颁发的勋章。他官至革命军总司令，从南到北、自西至东都在他的统辖之下，他也成为最令政府恐惧的人物，但从不允许别人为他拍照。他放弃了战后的退休金，到晚年一直靠在马孔多的作坊中制作小金鱼维持生计。他一向身先士卒，却只受过一次伤，那是他在签署尼兰迪亚协定为长达二十年的内战画上句号后自戕的结果。①

19 世纪末发生于马尔克斯的祖国哥伦比亚的千日战争是这场战争的历史原型，而千日战争中最著名的军事领袖乌里布则是奥雷里亚诺上校的原型。他曾指挥自由军从 1899 年 10 月到 1900 年 8 月进行了桑塔德战役，在布卡拉曼战役中他的军队击败保守派。此后，虽然将军没有离开军队，但他开始倡导和平。1902 年 6 月 12 日，哥伦比亚政府原谅了起来造反的自由派，内战宣告结束。同年，将军在尼尔兰德亚庄园放下了武器，② 对应着上校签署尼兰迪亚协定的小说情节。但内战的结束并没有真正带来和平，正如当年战争的爆发一样，一旦出现问

---

① [哥] 加西亚·马尔克斯：《百年孤独》，范晔译，南海出版公司 2011 年版，第 92 页。
② [美] 依兰·斯塔文斯：《他创造了〈百年孤独〉——加西亚·马尔克斯的早年生活（1927—1970）》，史国强译，现代出版社 2014 年版，第 13 页。

题时习惯于用暴力来解决，那么接下来只要遇到问题，这片大陆便不断复刻相同的模式去应对这些问题。

尽管历史之中千日战争只持续了三年，但在《百年孤独》中这场战争显然被作者拉得时间更长，因为不满于保守派的种种行迹，奥雷里亚诺上校起义反抗，随着时间的推移，战争的冰冷残酷在他的身上留下越来越深的印记，这位本带有布恩迪亚家族孤独气质的战士在戎马征战中变得日益警觉与无情，甚至不再相信身边亲近之人——那些陪他出生入死的兄弟们。在处置惩罚战功等身的蒙达卡将军时，蒙达卡将军点出了奥雷里亚诺上校的这一转变，憎恨军人的上校一直以来都在与军人们缠斗，最终却与军人"同流合污"，变成了和他们一样的人，这种转变既显得讽刺又令人感到悲凉。蒙达卡将军这段对上校行为处事作风的改变的透辟评价，同样也适用于概括整片大陆的发展命运。美洲大陆被殖民统治了那么久，而在殖民统治结束以后，解放了的人民仍在用那种曾经的专制与镇压模式管理自我。

1819年，玻利瓦尔（1783—1830）成立了大哥伦比亚共和国；1821年，南美大陆基本独立于西班牙殖民统治；1826年，南美大陆真正成为一个独立体。南美虽然解放，但战争与冲突并没有随之而结束，美洲大陆内部出现了意料之外的分裂情形，很多地方开始处于长时间的无政府状态，在关于国家的政治制度、总统如何产生等关键性问题上，不同势力的领导者有着各自不同的见解，在遇到这些冲突时，他们的解决方式便是发起战争。殖民时期统治者的武力征服的方式一直延续至后殖民时期。

战争对个体精神世界的伤害在奥雷里亚诺上校身上得到了最明显的印证，事实上，随着战争陷入持久阶段，双方拖入了漫长的拉锯之中，在身心极度的疲倦里，包括奥雷里亚诺上校在内的所有战斗者越来越怀疑战争发起的目的，领导者奥雷里亚诺上校也已经不再是为自由与正义而战，而只是在为满足自己的权力欲望与膨胀的自尊心在维持着这场战争，在意识到这一点时，他选择自己结束这场内战，面对战争的虚无与徒劳，他在战后甚至平静地讽刺道："如今自由派和保

第一章 马尔克斯小说的后殖民景观

守派的唯一区别就是,自由派去做五点的弥撒,而保守派去做八点的。"① 他们是一群走在战争迷宫里的迷途羔羊,也成了一群战争爪牙之下的牺牲品。奥雷里亚诺上校一开始是为马孔多争取自由而发动战争,但却因为自己陷入迷失之中而结束了战争,这种迷失在作者看来是战争所带有的政治斗争的属性对于人性的摧残。由此,在作者的作品中衍生出现了一类以书写独裁者的人生故事为题材的小说(例如格兰德大妈、《恶时辰》中的镇长、《迷宫中的将军》里以南美解放者玻利瓦尔为原型的将军等诸多形象),马尔克斯曾表示:"独裁者是拉丁美洲特有的、唯一有神话色彩的人物。"② "我一贯认为,极权是人所创造的最高级、最复杂的成果,因此,它同时兼有人的一切显赫权势以及人的一切苦难不幸。"③

在后殖民时期,独裁作为一种政治现象广泛地存在于南美大陆。对于统治者来说,他们见证过那些拥有过无上权力的殖民者们的无限威势,在殖民统治结束后,他们同样也获得了自由,而他们释放被压抑的个性的方式是去攫取曾经不属于他们现在却是唾手可得的统治权力;对于被统治者而言,一旦枷锁被解除,他们在庆幸于获得自由的同时,又对这万分不易争取所得的自由感到无所适从。在《族长的秋天》这一部小说中,作者将权力对于人性的戕害演绎到了极致,"秋天"除了蕴含成熟这一层意思之外,还带有凋零与衰亡之义,它既说明了族长死亡的季节,同时还代表着权力的最终腐朽。

《族长的秋天》描写了族长在抵达权力巅峰时,无所不为的狂妄之姿与病态心理——秋天具有的成熟意味即体现于此;但登上极权宝座后便不可避免地开始走向低谷,在自然界的运行法则中,任何一种事物要维持在最高处的状态,都必然付出消耗大量能量的代价。处于权力顶点的族长,一边享有权力带给他的无限荣光,一边承受着巨大的内心煎熬,而一旦他无力再支撑,则时刻有大厦将倾的

---

① [哥]加西亚·马尔克斯:《百年孤独》,范晔译,南海出版公司2011年版,第214页。
② [哥]加西亚·马尔克斯、门多萨:《番石榴飘香》,林一安译,生活·读书·新知三联书店1987年版,第123页。
③ [哥]加西亚·马尔克斯、门多萨:《番石榴飘香》,林一安译,生活·读书·新知三联书店1987年版,第127页。

覆顶之灾。族长像是行走在悬隘处，在极致的快乐与恐惧间起落沉浮，最终迎接他的是在冰冷秋叶的飘零声中与人群的欢歌声中"被死亡一棍击中、连根折断"①。小说围绕族长的生活轨迹出现了六位重要的人物：官方替身帕特里希奥·阿拉贡内斯、选美皇后玛努艾拉·桑切兹、亲信罗德里戈·德阿吉拉尔将军、母亲本蒂西翁·阿尔瓦拉多、第一夫人莱蒂西娅·纳萨雷诺、长官德拉巴拉，他们最终或是死亡或是无故失踪，其与族长之间发生的故事分别构成了作品的六个章节。它们涉及族长一生中的各个方面，包括他的政治生涯、家庭生活与复杂纠葛的情感关系，马尔克斯在叙述话语层面上展开了一场前所未有的叙述实验，大量的独白式交流以及第一、第二、第三人称的混杂交织，使得读者能最大限度地沉浸于族长与其他六位人物的内心世界。

作品中的族长成为一名拥有无上权力的统治者后，被虚幻、谎言所包围，不容许任何威胁和挑战其权威的行为和事件发生。一旦发生，便以最残酷的方式迅速处理和解决，民众没有任何权利，唯有拥护和遵守他的一切安排。在这样的极权社会里，每个人都处于"伴君如伴虎"的焦虑不安中，这种由权力形成的两个被割断联系的"泡沫式"封闭环境，以及由此带来的上下之间等级森严、不可僭越的情境，成为马尔克斯予以抨击和讽刺的对象之一。在表达权力之牢对个体灵魂的损害与腐蚀的同时，小说还全方位展现了族长受命运诅咒、被权力围困、因欲望扭曲的不幸一生。因而，我们可以理解马尔克斯为何以带有魔幻色彩的笔触来塑造拉丁美洲的考迪罗们，② 它最终向我们表明了个体处于极权状态时所可能遭遇的一切离奇、神秘与意外之事。在《族长的秋天》中，马尔克斯反复写到族长死亡时的状态以及关于他充满迷惑色彩的死死生生。小说伊始，族长的形象透过外人寻找他尸体的过程而展现出来：族长此时正在以面部朝下、头枕右臂的姿势睡觉，他比地球上任何生物都要显得更加衰老，穿着粗布制作的衣服

---

① ［哥］加西亚·马尔克斯：《族长的秋天》，轩乐译，南海出版公司2014年版，第258页。
② 考迪罗：指以暴力攫取并靠暴力维持地主资产阶级统治的独裁军人。源于拉丁美洲，后引申为军事独裁者。

第一章　马尔克斯小说的后殖民景观

和军靴，只有脚后跟的金质马刺隐约透露出他应有的身份，在孤独暴君的漫长生命中，他用这样的姿势睡过了一个又一个黑夜。①马尔克斯的描写未曾停止于此，他继续写道，制服对于直到百年都还在发育，150岁时还经历了第三次长牙期的族长而言实在太小了，族长的身体大小虽然与普通人无异，但"有着乳牙般健康小巧不甚锋利的牙齿和布满老年斑且无伤疤的胆汁色皮肤，他周身满是垂坠的包囊，仿佛他一度臃肿发福，那曾经沉默的双眼已经几乎不见，只留下空洞的眼窝，除去肿胀的睾丸，看上去唯一与他尺寸相符的就是那双方正扁平、趾甲碎裂、因嵌甲而扭曲的巨大的脚。"②

夸张离奇的传言始终围绕着族长本人，极度衰朽的状态与不相称的生长情形并存于同一具躯干，性器官的奇异膨胀与其他身体部位的迥异之处，产生了令人恶心与不适的感觉，而这正是马尔克斯所试图创造出来的人物形象。通过身体上的变形，读者真正地触摸到了独裁者内心世界的痛苦、扭曲与不幸，从而使作品中达到身体与精神互相的交融。精神层面所忍受的极致感情通过与族长身边的亲近之人的种种失败的交往而被宣泄出来。在第一章关于族长与他的替身帕特里希奥·阿拉贡内斯的故事还有第三章他与亲信罗德里戈·德阿吉拉尔将军的故事中，马尔克斯将族长的残忍与无情刻画得入木三分，替身帕特里希奥·阿拉贡内斯被族长利用殆尽后无辜代他受死，亲信罗德里戈·德阿吉拉尔将军因为受到族长的怀疑而被烹饪成一道菜端上宴会，此时的族长已经完全由内心的权力欲所主宰，在一步步被邪恶的魔鬼所吞噬着。一方面，他必须确保牢牢占据权力的最高处；另一方面，他时刻担心存在权力被颠覆的危险，疑惧心日益强烈甚至达到了不信任任何人的地步，狂欢与忧惧复杂混合在一起每时每刻刺激着族长的神经。尽管如此，族长最终还是无法避免生活中的失败。在小说中，他陷入了对选美皇后玛努艾拉·桑切兹的疯狂单恋。我们可以看到

---

① ［哥］加西亚·马尔克斯：《族长的秋天》，轩乐译，南海出版公司2011年版，第4页。
② ［哥］加西亚·马尔克斯：《族长的秋天》，轩乐译，南海出版公司2011年版，第43页。

被爱与占有欲控制下的一个极度卑微的老者，他在满是中午剩饭恶臭的现实中呼唤着桑切兹，现实越是如牢笼一般窒息，他的呼唤便越是迫切哀伤。但最终他的所爱之人伴随着日食的来临一同消失；而他的结发妻子莱蒂西娅·纳萨雷诺与他们的儿子走在集市上时被疯狗咬死，他失去了他的家庭，在之后追忆与妻子一起度过的岁月时，一个被驯服的猛兽形象跃然纸上：脱下靴子、摘下背带、卸下军刀、褪去一身干戈。自大与自卑、不可一世与自甘谦卑这两种矛盾的情绪同时存在于族长的身体里。事实上，族长意识到即使拥有无上权力，也摆脱不了命运的自由安排，这世间注定有他永远所得不到的事物，也永远存在他注定要失去的事物。

从《百年孤独》中奥雷里亚诺上校身上自由不羁、无所畏惧的革命精神，演化成《族长的秋天》中族长身上具有的一种暴虐、疯狂与扭曲的独裁欲望，族长成为文学作品中一位独具拉美本土特色的代表性的恶魔式统治者。这一系列形象也告诉他的读者：在摆脱了殖民统治的后殖民时期，这片布满伤痕的大陆依然蒙受着殖民时期留下的持续性阵痛。这种阵痛不仅施加于整座大陆，也施加于阵痛的发出人——独裁者，痛苦既在此，又在彼，是一种双向的伤害，也是循环往复的诅咒。

第三节　种族融合下异质文明的共生

马尔克斯的宝贵之处在于，身处后殖民困境笼罩的拉丁美洲，他始终用文本思考、探索着殖民者/被殖民者，自我/他者的关系，也就是说，他并没有站在单一主体和文化的角度进行论述；同时，虽然叹惋于殖民活动给拉美大陆带来的伤害，但他的作品却保留了思考的复杂性，看到了需要与外部那否定的"他者"相互作用的文化本源与心理本源。复杂性，这一殖民话语本身构成的特质，实际上衍生了反殖民话语生产、发展，具有了被听见、被重视的可能。

一 后殖民的时间滞差：持续的身份焦虑

在具体的文本分析中，我们可以看到，土著文化是《百年孤独》所呈现的现实表征之基础。马尔克斯在阐释拉美文化时曾经说过，拉丁美洲拥有着各式各样混合于一体却传播于整片大陆的文化因子。因此，未来拉丁美洲文化的发展与内涵的丰富充满了可能性，这种可能性具体体现在："在拉美大陆原有的、在哥伦布发现新大陆以前就存在的各种土著文化的基础上，又增加了西方文化、非洲文化和某些东方文化。所以我觉得，可以认为还存在一种可以称之为'哥伦比亚文化'或'墨西哥文化'的文化。"① 马尔克斯的表述在提醒我们，面对拉美文化、面对他的小说，土著文化这一基础地位不应该将我们导向本土中心论或民族本位主义，需要意识到，丰富多样性和种族杂糅反而构成了拉美别具一格的独特文化形态。

其实这种独特样态也引发了学者思考跨国多元文化所形成的"混合空间"，在"混合空间"中，隐含着自身文化面对强势文化时被边缘化之后的自我认知，也包含着主体身处"西方文化和本土文化的双重介入和双重逃离"（Bacarisse 14②）的复杂向度。在这一认识下，问题意识上承袭于法侬的霍米·巴巴，对"自我与他者""主体身份暧昧性"等问题的思考，实际上可以为这一向度的马尔克斯小说研究提供一定的理论启发。

霍米·巴巴认为萨义德《东方主义》虽反对二元对立却不免本质主义，仍然是一种潜在的二元对立思维方式，从批评这一向度出发，巴巴丰满了自己的殖民话语研究，他要做的是用矛盾、分裂、双向、模棱两可代替萨义德论述的主体/客体、自我/他者辩证法。巴巴从主体间性思维出发，参考拉康"镜像理论"，提出"殖民者的主体构成并非单方面"这一观点，也就是说，若要构成殖

---

① [哥] 加西亚·马尔克斯：《两百年的孤独》，朱景东译，云南人民出版社 1997 年版，第 305 页。
② Bacarisse and Salvador, *Contemporary Latin American Fiction: Seven Essays*, 转引自许志强《"后现代"视野中的拉美魔幻现实主义》，《学术前沿》2012 年第 5 期。

民主体，被殖民者必然不可或缺，这意味着关系的建立与结构的生成，剥除既定的批判视角，殖民者与被殖民者的关系，也是相互构成而非单纯对立的，这一视角并非在赋予"殖民"行为某种合理性，而在于启发读者，在此意义上的"他者"乃是一种"双重的进入模型"。

由此延伸对于马尔克斯小说的理解，我们知道，拉丁美洲通过一种非正常的方式艰难地走出殖民困境，并一路承载着殖民地的精神负重，形成一份笼罩于西方文明的失落感。要到19世纪初叶，西、葡两国的殖民统治才事实上从这片土地消失。而在后殖民时代，南美各国的发展困境丝毫没有改观，根植于这片土地的误解也从没有消失。在这样的情况下，我们必须承认，拉美文化在某种程度上乃是殖民者的人工制品，而这种文化身份的形成则在互为他者的关系中呈现其面貌和位置。因此，与文化身份有关的问题就不是去确认一种既定的身份，而是要辨认身份图像是如何被生产出来的。

在《奇迹的符号：1871年5月德里城外一棵树下的威权与矛盾问题》中，巴巴站在被殖民者的角度探讨殖民话语。他认为，殖民统治下的土著并非单纯抵制或单纯接受殖民行为，通过分析早期印度基督教和本地土著的相遇故事，本地土著对外来文化的接受是有选择的，就文化而言，真实的历史情形可能是混杂的，不同文化碰撞出许多疑问，也带来许多互相修改，这一互动不仅对被殖民文化影响深远，也同样使殖民文化变得面目模糊。事实上，马尔克斯在近二十部的小说中勾勒出了一幅关于南美大陆的后殖民景观，以文学形式建构着他对拉美历史与现实的探寻与领悟。通过对美洲大陆历史的追溯，正如其他殖民地一样，揭示它发展的基本特征是不同种族的融合；另一方面，曾经生活于这片大陆的印第安人由于缺乏必要的团结与交流，始终没有建立起一种强有力的文明或者组织来抵御西方文明的入侵，很快被外界的力量所征服。这使得到了马尔克斯生活的这一代各个不同的种族之间的沟通日益加深，不同于北美大陆或者非洲与亚洲的殖民地，拉美不同种族间的融合最为深入。在同化过程中，他们接受了西方的语言、宗教等精神归化，使得它们的文化与文学在一种几乎被摧毁的基础之上重新被创造出来。因此,拉美文学发展过程中带有西方文化深刻的烙印,或者说在一定程度上笼罩于它的阴影之下,经过内部系统自身不断地调整、更新与融合,最终获得了真正成熟的文学话语。

巴巴在理论构建上有三个标志,"杂交"(Hybridity)、"模拟"(Mimicry)和"第三空间"(Third space)。他认为,在殖民与被殖民者之间,有一种重要的联系——"模拟",这种"模拟"内含着嘲弄与变形,作用在殖民与被殖民者的沟通交流之中,同时,它或是以部分重复的方式,或是以部分颠覆的方式,使殖民主体趋向于稳定和不稳定之间;在被殖民者这边,通过对殖民者语言、文化方式的"模拟",被殖民者会在话语实践上呈现出与殖民者水乳交融的状态。在这种情况下,两种语言和身份可能会发生"混杂","双声表述"也就浮现于模仿者所持有话语的差异化和边界的模糊化现象中,这样一种边界的模糊化,恰好是异质文本、文化"他性"得以产生的基础。这里呈现出的"殖民者与被殖民者互渗"的状态,被巴巴表述为"第三空间",巴巴认为,在完全接受殖民文化、选择消失自我的决断中,还存在着介于两种状态之间的空间,殖民事实下,"权利和统治作用于符号和主体化的过程"是复杂的。对于拉丁美洲的文学而言,进入20世纪,这种"他性"带来的边界模糊已经隐于它所建立起的、充分克服了矛盾的文学话语里,另外,现实环境也为之一新,殖民地与被殖民地直接的对立转换为拉丁美洲内部面临的一系列的新问题。

《百年孤独》中通过"长出猪尾巴"的孩子这一隐喻向读者暗示了马孔多村中存在的文化交融现象。猪尾巴明显带有一种原始的动物性,阿玛兰妲·乌苏拉生出长着猪尾巴的孩子,意味着这个家族即便对文明向往、对科学渴求,也仍然难以抑制原始欲望的诱惑,猪尾巴就像一个诅咒,于故事的一头一尾暗示着撒旦般的罪恶与诱惑,也说明了在企图摆脱封闭、靠近文明的同时,布恩迪亚家族仍然会走向凋落,仍然要在孤独中走向衰亡。因此,对于这种交融,作家的态度是异常悲观的。《百年孤独》的结局告诉我们,这种盲目而无法自知的混杂带来的是一种巨大的灾难,马尔克斯指出:"五个世纪过去了,我们这些西班牙和土著人的后代仍不知道我们是谁。"① 对个人身份的追问与求索,显示了作家清醒的社会责任意识,其背后也流露出拉美历史发展过程中所固有的身份焦虑。

霍米·巴巴曾将法侬笔下的概念——"时间滞差"(time-lag)——拎出来,认为所谓的"滞差"正体现了殖民地所象征的边缘世界与现代西方世界的不平衡,在这种不平衡之中,巴巴以为,现代性在殖民、后殖民的历史之中显露自身的矛盾性与未完成性。在面对西方现代话语时,唯有本源于这一现代性的断裂能够打破这种话语,在受到压制的被殖民空间里,也唯有"文化差异"这一现实能够打破本质主义的观点,对产生文化差异的过程进行充分的描述,将社会文化差异理解为复杂而持续的协商过程。巴巴强调后殖民文学的作家应该站在一种"离家"位置,处于文化边缘,疏离地看待眼前的一切,不以某种特定文化为归宿,而是冷静地做一个旁观者。从这点而言,我们可以看出,马尔克斯的写作也是面对着一片"废墟",冷静地书写着自己的拉丁美洲。

二 马尔克斯的新蓝图:文明共存的愿景

如前所言,《百年孤独》不仅仅是关于"寻找"的故事,同时也始终是一场叙述关于寻找的"徒劳"的故事。这一"徒劳"不仅反映于全体拉美人民的精神状态,还深刻地映照于整片大陆上的个体所怀有的复杂的身份意识。我们曾通过对马尔克斯"前《百年孤独》小说系列"的分析管窥过马尔克斯作为哥伦比亚人的内心世界,而对于身份的探讨,到《百年孤独》时便呈现出一个更为成熟、宏观,更涉及国家社会意识的思考。小说中,布恩迪亚家族的大部分个体都沉溺于一个不被外部所真正了解的自我之中,尽管马尔克斯在小说中围绕每个人物都展开高密度事件的叙述,并以一种带有铺陈与演绎性质的语言来表达,但这一系列的事情事实上全部都具有内倾性,而马尔克斯敏锐地指出问题所在——因

---

① 谢大光:《拉丁美洲散文经典》,学林出版社2011年版,第192页。

为本质上"我们仍然属于殖民地的排他的、形式主义的、自负的社会"①。从哥伦布发现美洲大陆开始，外部世界便于无意中嘲弄了整片大陆的存在，属于这片大陆的人民从未被认真、严肃、诚挚地对待过，反过来影响他们对于自我的认知，变得模糊而错位，缺乏某种自省意识而又陷入一个过于密闭的空间的危险，这一认知视角深刻地影响了生活于此片大陆上的普通人。也就是说伴随着殖民统治而来的是一种相对狭隘化而非开放化的包容心态，其根本原因在于在种族融合的过程中，异质文明之间的碰撞以一种文化对另一种文化的压倒性胜利而呈现，因而属于失败者阵营的群体承受着寻找自我而不得的艰难困境，最终陷入迷失与混乱之中。正如评论家所总结的："马孔多是微缩的拉丁美洲：地方自治不能违抗国家；反教会倾向；党派政治；联合果品公司的到来；徒劳的革命；历史对纯真的强暴。布恩迪亚们似乎注定要骑在生物学的三轮车上兜圈子，从孤独骑到魔术、诗歌、科学、政治、暴力，然后再骑回孤独里去。"② 布恩迪亚家族的个体在直线行进过程中一次次不断地被打回进迷宫中。

在马尔克斯的一些短篇小说中，也展现出了异质文明共存的某种失败。例如他创作的第一篇小说《第三次忍受》，这篇小说反映了个体内部与外部的强烈分隔感，而这种感受的源头便是整片大陆异质文明间的剧烈冲撞而给个体精神空间带来的震荡。异质文明融合的失败最明显地体现于《巨翅老人》这一短篇小说中：长着翅膀的老人带着满身海藻搁浅在海滩上，在老人寄居佩拉约家里的过程中，其外形的怪异和行为的不可理解，导致大家始终把他当作一个异类来对待，老人也未能真正得到任何人的理解，最后，老人身体恢复，振翅起飞，离开了佩拉约的家，老人本就不属于这个世间，不能与之共存，因而无法在此处停留。

同时，马尔克斯也在另外一些作品中流露出了积极的倾向。《世界上最美丽

---

① 谢大光：《拉丁美洲散文经典》，学林出版社2011年版，第197页。
② [美] 依兰·斯塔文斯：《他创造了〈百年孤独〉——加西亚·马尔克斯的早年生活》，史国强译，现代出版社2014年版，第188页。本书以下凡引用此文，均引自这一版本，不另加注，仅在引文后注明这本书的名称和页码。

的溺水者》讲述了一个关于海边小镇发现溺水的人的故事，这个溺水者"也比其他所有男人都要高大许多"，在小镇妇女的眼中，"这人不但最高最壮，男人味儿最重，身材比例也是她们见过的最完美的，而且，她们越看越觉得自己的想象力不够用。"① 接着，怀着对溺水者无比赞美和钦羡之情，小镇为他举办了一场最华美的葬礼，溺水者唤起了全镇人民对美好事物的想象，全镇因溺水者的光临而变得与众不同，他们给溺水者取名为"埃斯特班"，村庄为纪念他而被称为"埃斯特班的村子"。在小说结尾处，全村的人种鲜花于悬崖、挖泉水于乱石，因为他们希望乘坐轮船而来的游客能够在醒来的时候闻到花香，虽然这未来到来的时间不能够预期，但是轮船上身着礼服、胸挂勋章的船长会走下甲板，用十四种语言向游客们介绍这个地方："是的，就在那里，那是埃斯特班的村子。"②

在这篇小说中，"惊奇感"贯穿文本，文本中的惊异元素把读者的注意力一次次拉回，更新着读者的感官空间，传达着作家对陌生事物的态度——这是一个社会对外部惊奇世界本来处于漠然，但随着时间推移而又被不断滋长的惊奇感所吸引的故事。学者 H. 波特·艾伯特（H. Porter Abbott）指出，小说结尾带有戏谑性质的转折，马尔克斯努力维持小说开头发现溺水者时就产生的不可预测的故事氛围，直至结尾都没有结束，这些不确定和惊奇因素削弱了那些想要试图理解阐释小说细节和它们之间关系的努力。小说中连续的转折维持了形式本身具有的惊奇感，同时把注意力向外引向一种超越故事外的叙述源头，换言之，是引向了作者不断维持这种不可预测氛围背后隐藏的来源。也就是说，艾伯特认为，要理解这篇小说，就需要理解文本之外的内容。可以看到，正是通过这种惊异感与不可确定性，马尔克斯实则指出了他对异质文明共存的态度：文明的共存既在于包容与接纳，又在于保持对一切事物合理的好奇与永远探索的状态，这一状态并非完全是感性的，而应囊括理性于其中。生存在拉美这片"差异的领地"上时，

---

① [哥] 加西亚·马尔克斯：《世上最美的溺水者》，陶玉平译，南海出版公司 2015 年版，第 60 页。
② [哥] 加西亚·马尔克斯：《世上最美的溺水者》，陶玉平译，南海出版公司 2015 年版，第 60 页。

需要看到不同的文化也在寻找着开放、公共、理性而友好的交流空间,通过修改自己的固定身份边界,能在一定程度上瓦解文化上的二元对立,从而进入他者所属的文化时空,自身文化则以这种"不在场"完成接纳,达到一种共存。

在探讨殖民与被殖民者话语形态,及其话语互渗的过程中,巴巴强调的是被殖民者在接受殖民文化过程中的抗拒与反视,并用"模拟"概念解释两种不同文化在相遇时产生的复杂精神状态。马尔克斯则用文本回答这个问题:对于殖民话语的权威性和真实性他并不感兴趣,他感兴趣的是在文化杂交的过程中,母国文化以何种姿态存在于殖民后的时间,文化杂交又是如何对殖民带来的现代性话语、线性叙事进行质疑和改写。就被殖民者而言,他们的文化既和原来的自己不同,也和殖民者不同,更发展出不同于殖民者打造愿望的形态,在某种程度上,被殖民者实际保留了自身文化独特性,马尔克斯的写作刻意强调历史性和本土性,同时又蕴含殖民与被殖民双方的对话空间,探寻着具有双重属性的空间存在的可能性,作家用文字表达了自己忧郁而又理智的思考:"活下去。无论洪水、瘟疫、饥荒,还是连绵不绝、永不停息的战火,都无法战胜生的顽强,生命对死亡的优势。"[①] 写作这一行为本身就是个寓言,创造着鲜活的生命。

[①] [哥] 加西亚·马尔克斯:《我不是来演讲的》,李静译,南海出版公司 2012 年版,第 26 页。

第二章　马尔克斯小说的"魔幻现实主义"风格

早在1967年，来自危地马拉的安赫尔·阿斯图里亚斯凭借其具有典型魔幻现实主义风格的作品《玉米人》拿到了属于这一独特流派的第一个诺贝尔文学奖。令人感到意外的是，最为世人熟知的魔幻现实主义代表作却是马尔克斯的《百年孤独》。

这一写作实践方式第一次在整个世界亮相的那一年——即《玉米人》获得诺贝尔奖的那一年，也恰恰是马尔克斯开始发掘其中内涵的种种文化现象，探索现实主义在当代的新流向与新发展，将《百年孤独》这部名作公之于众的一年。

早期的拉美评论家将魔幻现实主义看作对现实生活的诗化和一种否定，随着这一流派各名家的不断发声，所谓的"否定"渐渐演变成幻想和现实的融合，他们都表示，没有对现实进行任何的夸张与虚构，而是忠实地按照生活的原本面貌进行描写。由此可见，对于"魔幻"的界定是以传统现实主义为参照而区别开来的，我们在理解魔幻现实主义与马尔克斯的关联时，有必要对这一概念先进行一定的讨论。而魔幻与现实在其中比较突出的显应方式，是对现实自我与魔幻想象的他者关系间亦真亦幻的转换，以及其在固守与超越间的完美和谐。本章将主要分析这种"魔幻现实"风格的主要来源：自我与他者关系。

第二章　马尔克斯小说的"魔幻现实主义"风格

第一节　马尔克斯与"魔幻现实主义"文学

20世纪50年代前后,拉美文坛中开始出现了将"魔幻现实主义"作为一种文学创作与流派的提法,在过去的很长一段时间里,"光怪陆离""梦幻""荒诞",幻想与现实的事物交织在一起,使故事充满了神奇与魔幻的色彩,都是人们谈及魔幻现实主义文学的第一反应。[①] 但从马尔克斯的创作来看,这是一种误读和曲解,因为魔幻的背后是拉美独特的现实,是马尔克斯对拉美民族特性的反思,是对拉美未来的关注。

一　拉丁美洲的"魔幻"现实

尽管被奉为"魔幻现实主义"的代表作家,加西亚·马尔克斯却从未写过系统地论及有关这一主义的理论著作。多年来他与各路人马的谈话记录,或多或少为后人管窥他与"魔幻现实主义"的关系提供了吉光片羽。如《再次小议文学与现实》一文中,马尔克斯谈及他对这一主义的看法:

> 在加勒比,发现新大陆之前的原始信仰和奇特概念与后来的丰富多采的文化糅合成奇异的混合体,其艺术的兴味及其艺术多产是无穷无尽的。非洲文化的贡献虽是被迫的,是令人愤慨的,但却是幸运的。在这个世界的交叉路口形成了一种无边无际的自由感,一种无法无天的现实,在这里每个人都感到能够做到他不受任何限制地想要做的事:一夜之间,强盗们变成了国王,逃兵们变成了海军上将,婊子变成了女省长。反之亦然。[②]

[①] 张国培:《加西亚·马尔克斯研究资料》,南开大学出版社1984年版,第176、188页。
[②] [哥]加西亚·马尔克斯:《两百年的孤独——加西亚·马尔克斯谈创作》,朱景东译,云南人民出版社1997年版,第163—164页。

· 55 ·

从这段话中,我们可以管窥马尔克斯所理解的魔幻现实主义的源头,以及构成其小说的主体,他对哥伦比亚加勒比沿海地区的现实冠以"无法无天"的形容,或许可以视为"神奇现实"这一魔幻现实主义先驱阿莱霍·卡彭铁尔提出的理论所引起的回响。1974年,卡彭铁尔在委内瑞拉的演讲中,回忆在海地的经历如同"看到了一个魔幻世界的奇迹",由此构想出"神奇现实"这一概念,聚焦于拉美本土的现象,描述为"生动的、原始的,在整个拉丁美洲无所不在的",① 马尔克斯的形容正与其遥相呼应,强调加勒比海地区与别处不同的自然景观与此地存在的不合常理的奇特现实。

毋庸置疑,拉丁美洲独特的地理文化是滋养马尔克斯创作的土壤,正因如此,早在马尔克斯之前,其所在的拉丁美洲地区已经诞生了一定数量近乎所谓"魔幻现实主义"的作品。马尔克斯与外祖母的故事如今已为我们所熟知,在他自己和别人写作的传记及各类访谈中,他不止一次提到幼年居住在那座令人毛骨悚然的古宅中听外祖母讲述那些阴气森森的恐怖故事与神话传说,危地马拉作家安赫尔·阿斯图里亚斯的经历与之相似,其优秀的文学感知能力同样受惠于外祖母的熏陶,那些童年时期曾听闻的印第安神话故事,显然影响了他后来的小说创作,《总统先生》与《玉米人》等作品都已流露魔幻现实主义的色彩。我们很容易想起《百年孤独》的结尾处那场持续了整整四年十一个月零两天的瓢泼暴雨,让马孔多在衰落前夕彻底沦为一片泽国,由此可以联想到格兰德大妈,权势滔天,甚至占有所有的水,"无论是活水还是死水,是落到地面的雨水,还是还没有落下来的雨水都归她所有"②。透过流动在马尔克斯小说中的"雨水",所看到的是印第安文化中自古对雨神的传说,这片长期处于原始状态的土地相信"雨神恰克在看护幼树,而其后的死神阿普切则走来折断了树木"③。那些神奇近于魔

---

① 陈光孚:《魔幻现实主义》,花城出版社1986年版,第44页。
② [哥]加西亚·马尔克斯:《加西亚·马尔克斯中短篇小说集》,赵德明、刘瑛译,上海译文出版社1982年版,第306页。
③ 刘文龙:《拉丁美洲文化概论》,复旦大学出版社1996年版,第72页。

第二章 马尔克斯小说的"魔幻现实主义"风格

幻的现象在马尔克斯的笔下俯拾皆是,纸面背后的,是以此为代表的"魔幻现实主义"文学伴随着无处不在的地理文化烙印。

拉丁美洲原住民的神明崇拜几乎是以自然界的事物作为神祇的原型,不只是拉丁美洲,古老的两河文明如埃及、巴比伦等都遵循着这一规律,神明崇拜指向了他们对未知的阐释权和体系化,文明对权力体系的建构即从这一概念开始,从定义神明到定义祭祀仪式的物资清单,再到定义神职人员的家族血脉,文明通过不断定义的方式掌控着一个国家或民族的未来。在拉丁美洲,旧的神明虽未陨落,他们存活在拉美人们的生活方式之中,但他们与新式生活的违和感和格格不入,使得"失去定义能力"的人们不得不生活在无法掌控生活的无力的孤独之中。

或许可以这样认为,魔幻现实主义对拉美的"再阐释""再定义",乃是一种试图从主流文化体系中解构话语权力,将其归还到真正居住在此地的人们手中的书写模式。

马尔克斯的思考不止于此,他在此基础上向前一步,将糅合了嫁接而来的欧洲——基督教文化、非洲黑人文化和拉丁美洲本土的印第安文化的混合文化纳入整体的思考,他注意到加勒比的历史的魔幻色彩"是黑奴从他们的非洲老家带来的,也是瑞典、荷兰以及英国的海盗们带来的"[①]。尽管历来各家对丹纳在《艺术哲学》中提出的种族环境决定论莫衷一是,但这类诠释确乎为我们理解马尔克斯的魔幻现实主义提供了一个较为恰切的入口。马尔克斯所在的这片地区由于人文历史、地理要素等众多复杂因素的交相影响,似乎"天然地"充满了魔幻色彩,我们从"拉丁美洲"这一称谓的左支右绌中便可见一斑:它在地理上是美洲的一部分,却不被完全接纳地融入"北美"与"南美"地区,而被孤立地划分出来,将其称为"拉丁美洲"。然而,它与"拉丁"的关系却因为其被殖民、被统治、被剥削的悲惨历史。因此,"拉丁美洲"这个称呼所体现的,既是在地

[①] [哥]加西亚·马尔克斯:《番石榴飘香》,林一安译,南海出版公司2015年版,第66页。

理概念上难以包容实际的范围,又是在文化范围上被"排外"出现而表现出与拉丁文化脱节的疑难——"因为在这个地区除了拉丁文化之外,还存在着其他的重要文化。这些成分经过汇合、碰撞、冲突、调和与融合之后形成了一种独特的文化结构"。[①] 从其产生之处,这个地方就是一个典型的、被创造出来的"他者"身份:地理他者、文化他者。因此,"拉丁美洲"在本质上就是一个复杂的文化概念,代表一种杂糅了已经偏离其原型的欧洲文化、美洲土著文化与非洲文化的混合文化结构。

但是,马尔克斯对这片土地的描写,对这里发生的各类故事,便不自觉地带有着"自我"的本土观照。尽管这一与别处截然不同的文化及地理渊源使得拉丁美洲沦为含混的甚至被歧视的"四不像",这却是马尔克斯生长于斯并深沉同情与热爱的土地。也正是这片土地的复杂含混,让他见惯了别处见不到的奇特的事件,土地与族群沟通着如外祖母所描述的梦幻世界,自然而然地写出在他人看来完全与现实违拗的"魔幻"情节。如他曾提到的,《百年孤独》中被黄蝴蝶缠绕主人公——马乌里肖·巴比伦,来源于大约五岁时对一名电工的记忆,记忆中外祖母拿破布赶一只黄蝴蝶,抱怨着"这个人一到我们家,这只黄蝴蝶就跟着来了"。[②]

马尔克斯不仅是改造他自身本我所存在的现实,其所生存的现实本身就已经超出寻常人想象的范围,由此诞生出另一种观察现实与思考魔幻现实主义的视角:不被创造的创造,这更具有魔幻色彩。以气味为例,肠胃疾病在马尔克斯的小说中反复出现,这与哥伦比亚加勒比海边沼泽地区的地理环境相关,热带丛林的植物气味有害肠胃,如果不能理解这一点,便很难深刻地领会马尔克斯小说中主人公对气味的敏感,当乌尔苏拉逐渐失明,是气味让她仍然能对所有东西的位置了如指掌,且远比凭借体积和颜色来定位更有效,其中的意义非比寻常,"她

[①] 刘文龙:《拉丁美洲文化概论》,复旦大学出版社1996年版,第4页。
[②] [哥] 加西亚·马尔克斯:《番石榴飘香》,林一安译,南海出版公司2015年版,第43页。

由此终于免去了认输的羞耻"①。或许有感于此，马尔克斯相信"有那么一种可以称之为准现实的东西，它远非形而上学，也不属于迷信和形象思维，而是作为科学研究的不足或有限的结果存在着"②。

关于《百年孤独》的讨论，时间议题被投以无数关注，其时间线之独特，单就故事开头的第一句话就囊括了过去、现在与未来三个维度，预示了后来整个故事周而复始的循环时间圈，几乎每一个故事都从终点开始，再由终点回到过去，随着时间的推移渐次铺开，最终构成首尾相接的闭环。③ 不难发现，哥伦比亚一度打不完的战争、看不到尽头的分裂局面，以及陆续粉墨登场的独裁统治者，都是隐身在《百年孤独》这场悲剧的幕后现实景观。与此同时，经年累月间评论者一次次提醒我们注意布恩迪亚家族的成员名：何塞·阿尔卡蒂奥和奥雷里亚诺。"那众多重复的人名一开始可能会使读者感到迷惑。但是综合在一起，它却构成了一种不可缺少的正式手段"④，我们可以理解为《百年孤独》刻意地塑造出某一类型的行为模式与家族的气质，不断重复的男性取名暗示并指引了布恩迪亚家族周而复始、最终徒劳无获的命运。但除此之外我们应该注意到，当被问及重复取名的缘由，马尔克斯也曾直截了当地表示："这是拉丁美洲的习俗，并非我有意把简单的事情弄复杂了。"⑤

二 在"魔幻"与"现实"之间

关于"魔幻现实主义"的写作，其中关键的问题在于马尔克斯对混合文化结构的思考不仅仅落在小说的技巧层面。他提醒我们将目光投向更远的背景，让人察觉"魔幻现实主义"与西方世界的关联之密切或许超乎想象。一方面，受

---

① [哥]加西亚·马尔克斯：《百年孤独》，范晔译，南海出版公司2011年版，第217页。
② [哥]加西亚·马尔克斯：《两百年的孤独——加西亚·马尔克斯谈创作》，朱景东译，云南人民出版社1997年版，第48页。
③ 陈众议：《拉美当代小说流派》，社会科学文献出版社1995年版，第108—109页。
④ 林一安：《加西亚·马尔克斯研究》，云南人民出版社1993年版，第340页。
⑤ [哥]加西亚·马尔克斯：《两百年的孤独》，朱景东译，云南人民出版社1997年版，第53页。

惠于欧洲现代文学的发展，使得拉丁美洲小说的写实传统的向度陡然放宽，既在思想层面，也从形式层面把西方现代派小说移植到拉丁美洲小说中来。有关如何取法西方现代主义的回忆，散见于马尔克斯历年来的谈话记录与回忆录。除了他不断提起的17岁读到的卡夫卡《变形记》，20岁读到的完全改变了他时间概念的《达洛维夫人》，还可以看到其笔下马孔多小镇这一设定，与福克纳建构出来的约克纳帕塔法小城存在异曲同工之妙。被视为魔幻现实主义三位先驱的拉美作家分别是安赫尔·阿斯图里亚斯、乌斯拉尔·彼特里，再加上阿莱霍·卡彭铁尔，都曾向西方的超现实主义文学投去深深一瞥，虽然日后都选择了背离，但其魔幻现实主义小说的写作过程与内容在相当的程度上受到此时的启发。

另一方面，魔幻现实主义小说的崛起，客观上受惠于商品化潮流的出现，及拉美印刷业与出版业的兴旺发展，有基于此，"图书广告在几乎所有大众传播媒介均占有一席之地"，[①] 由此看马尔克斯的《百年孤独》，无疑恰逢其时，在20世纪60年代出版后被迅速翻译成十几种语言，光阿根廷一国1967—1976年这十年间就印行46次，更遑论其他国家。20世纪六七十年代的拉美文坛被冠以"文学爆炸"的美誉，如果考虑到"boom"一词内含的某种"意料之外"的含义，那么就能理解这一因素的影响可谓深远。在中国小说发展史上，相对此前，最精彩纷呈的时代当属清代晚期，根据20世纪30年代出版的阿英《晚清小说史》所提出的观点，彼时囊括了最多篇目的《涵芬楼新书分类目录》中，有将近400种翻译类小说作品被记录在册，创作类约120种，且实际上"当时成册的小说，就著者所知，至少在1000种，约3倍于涵芬楼所藏"[②]，而促成这一空前繁荣局面的，首先在于印刷事业的发达。拉丁美洲的许多作家走上了职业化小说创作的道路，在面对肉眼可见的大量拉美读者的同时，还要考虑到看似隐身却在实际上占据更大比重的西方读者。

---

① 陈众议：《拉美当代小说流派》，社会科学文献出版社1995年版，第36页。
② 阿英：《晚清小说史》，东方出版社1996年版，第1页。

第二章 马尔克斯小说的"魔幻现实主义"风格

在此不妨重新梳理"魔幻现实主义"这个专业称谓，观其由来，或许更加耐人寻味。作为一种文学流派的概念，其最早由乌斯拉尔·彼特里引进欧洲，后起于拉丁美洲已有的具备这种类型色彩的作品，且最早并非文学术语，是20世纪20年代法国艺术批评家弗朗茨·罗用于评述后期表现派绘画的词汇。如果细加斟辨，则会发现"魔幻现实主义"一词的语义，实际在流转的过程中发生了微妙的变化：被弗朗茨·罗用"魔幻现实主义"来形容的表现派绘画，其本质上注重刻绘个人世界，不单以扭曲或怪诞的手法有意制造与现实截然违背的心理现实，这与早前拉丁美洲已有且后来被视作具备魔幻现实主义雏形的小说无疑大异其趣。我们暂且搁置现实主义作为一个文学史时期的概念，将现实主义作为一种抽象的美学形式的内涵抽取出来讨论，那么大致说来，"魔幻""夸张""荒诞"云云，都指向一种与我们习见的以"真实"为核心的现实主义大异其趣的小说美学。这显然有悖于马尔克斯的创作观念，他不止一次强调其小说内容建立在现实的基础上，"一切情节都有现实的根据"。

换而言之，表现派绘画意在脱离并竭力回避现实生活，而拉丁美洲的"魔幻现实主义"作家的姿态恰恰是要面对现实——他们无法回避这片地区的历史本就是一部充满血泪的历史。部分美洲评论家也在文章中陈述这类观点，认为"'魔幻现实主义'最根本的特点是将拉丁美洲的真实生活通过印第安人的传统观念展现出来。脱离了印第安人的传统观念的作品，即便情节再离奇，鬼怪和幻境的描述再多，也不是'魔幻现实主义'的作品"。[①] 我们不可忽视拉美小说的创作每每与感时伤事的沉痛息息相关，重重隐喻、象征与不合常规的小说情节之下，其中郁愤与针砭时弊的努力尽在无声之中。

因此可以理解，"魔幻现实主义"作为一种文学派别在创立之初，美籍教授安吉尔·弗洛里斯在美国《西班牙》杂志上发表了一篇论证魔幻现实主义的文章，即《论西班牙语美洲小说中的魔幻现实主义》，其中以卡夫卡为例，论证这

---

① 张国培：《加西亚·马尔克斯研究资料》，南开大学出版社1984年版，第171页。

一主义受惠于西方当代小说，并尝试对魔幻现实主义作出定义，即"现实与幻想融为一体"，① 在此基础上，将拉美文学中几乎所有符合相关特征的作家都归入了魔幻现实主义的流派。某种程度上，这篇发表于 1955 年的论文既是魔幻现实主义文学理论研究的先声，同时也成为一道预言——我们对"魔幻现实主义"的理解，在很长时间里都建立在一种近乎赛义德"东方学"式的眼光之内，背后都不曾离开西方文学样式的规范以及一代代理论家与学者奠定的关于现实主义的诸种观念。弗洛里斯之后，学术界有关魔幻现实主义观念的探讨并未就此终止，仍处于不断修正的状态，如 1967 年路易斯·莱阿尔写出的《论西班牙语美洲文学中的魔幻现实主义》及随后的美国评论家特德·莱昂、马·弗雷泽，都对"真实与幻想融为一体"进行了持续不断的质询，重新对魔幻现实主义作出阐释，认为魔幻现实主义无关幻想或虚幻，所试图传达的始终是这片受难的土地上那些"不足为外人道也"的现实，看似随意的描写其背后也有一定之规，而绝非任意的臆造或凭空的想象。此类观点亦在加西亚·马尔克斯那里得到响亮的回应。他对虚幻的排斥溢于言表，坚称"虚幻，或者说单纯的臆造，就像沃尔特·迪士尼的东西一样，不以现实为依据，最令人厌恶"②。

然而，以安吉尔·弗洛里斯为发端开启的关于魔幻现实主义的讨论，其出发点在于书中的魔幻现实是否注入大量幻想的因素。对于魔幻现实主义是糅合了真实与虚幻的复杂形式这一评价，评论者和理论家多有察觉其草率之处，对于其中"魔幻现实主义"一词的内在前置观点，却往往习焉而不察。

无论是欧洲的古希腊罗马源起的海洋文明，还是亚洲大陆上古老的东方陆地文明，都是具有一定的共时性特征的，至少在同一个文化场域内，它们经历着相似的历史洗礼与变革，文明进步历程中的种种螺旋上升，也都处于相似的弧度之内——这也是大部分东方文学概念划分时，能够容纳西式定义标准的原因之一。

---

① 陈光孚：《魔幻现实主义》，花城出版社 1986 年版，第 44 页。
② [哥] 加西亚·马尔克斯：《番石榴飘香》，林一安译，南海出版公司 2015 年版，第 35 页。

第二章 马尔克斯小说的"魔幻现实主义"风格

而如拉丁美洲这种在原始的原住民大陆上,暴力插入了种族、宗教、经济发展程度各不相同的多元文化后,最终由物质文明最为发达的欧洲派系占据了主流话语权的情况,实际上是很难被囊括进明显西化的文学体系之内的。所谓"魔幻现实主义",或许只是西方文学史定义中一个对拉丁美洲"特殊"的现实主义无法解释的一种词义赘余?

事实上,在经久不断的阐释与讨论中,"魔幻现实主义"含义中所包含的"现实主义"意蕴,都不约而同地被一种西方视角上的"现实"概念所置换。1974年开始出现了不同于先前卡彭铁尔提出的"神奇现实"的观点,西班牙评论家冈萨莱斯·埃切维里亚认为,魔幻现实主义有其独特之处,这与阿根廷评论家安徒生·因贝特遥相呼应,并在马尔克斯·罗德里克斯那里得到了更进一步的发展。《澄清有关阿莱霍·卡彭铁尔的两个问题》一文指出:"在魔幻现实主义中,魔幻在于艺术家;而在'神奇现实'中,神奇却在于现实。"[1] 一直到1981年马尔克斯·罗德里克斯发表的文章中对魔幻现实主义和"神奇现实"之间作出更明确的划分,持此类观点的评论家均被欧洲语境中的"现实"观念所遮蔽,也便在相当程度上影响到对于"魔幻现实主义"这一概念的理解,"魔幻现实"也就意味着经过萃取、提炼的变体而非现实的本来面目。当他们力图将"魔幻现实主义"从"神奇现实"的延长线上取消,由此无一例外地将重点落在分化"现实"和"模拟现实"之间。换言之,原本在拉丁美洲社会中人们习以为常、司空见惯的,早已融入学习与生活的日常现实,在"魔幻现实主义"的概念泛滥之后,被悄无声息地纳入了一个与西方世界,或者说拉丁美洲之外的世界异质性的"非现实"的、因此带有"魔幻"色彩的空间。

与之形成鲜明对照的,是1992年初记者曼努埃尔·奥索里奥对马尔克斯的一次采访,这篇署名为《我是一个现实主义作家》的记录稿中写道:

---

[1] 陈光孚:《魔幻现实主义》,花城出版社1986年版,第202页。

认同、建构与反思——马尔克斯小说研究

> 在加勒比地区，在拉丁美洲，人们在以不同的方式学习生活。我们认为，魔幻情境和"超自然"的情境是日常生活的一部分，和平常的、普通的现实没有什么不同。对预兆和迷信的信仰和不计其数的"神奇的"说法，存在于每天的生活中。在我的作品中，我从来也没有寻求对那一切事物的任何解释，任何玄奥的解释。它不过是生活的一部分。所以，当人们认为我的小说是"魔幻现实主义"的表现时，这说明我们仍然受着笛卡尔哲学的影响，把拉丁美洲的日常世界和我们的文学之间的亲密联系抛在了一边。①

在此陈述中我们发现，马尔克斯强调的恰恰是缝合"现实"与"模拟现实"之间的裂隙。当其他现实主义作家苦恼如何打破现实与想象之间的界限时，马尔克斯如临无物之阵，因他所要描写的那个文学世界并不存在这一界限。由此在成为作家的道路上，他面临的关键问题变成了书写的工具——语言和技巧。换而言之，他需要用叙述方式在读者心中产生令人信服的效果。

这也正是《百年孤独》后来被推崇为魔幻现实主义最杰出的代表作的重要原因之一。在小说的描述中，何塞·阿尔卡蒂奥在家被枪杀后，鲜血竟能一路穿过重重阻隔流入家宅；蕾梅黛丝死后整个人被包在一张床单里升入天堂，从此杳无踪影；以及那场足足持续了四年十一个月零两天的，在现实生活中完全不可能出现的大雨，这场旷日持久的大雨让整个马孔多小镇不得不生活在积水中，这些怪诞、奇特的描述构成了小说的主体，令人油然而生神奇和魔幻的感觉。然而，若以此定论马尔克斯在魔幻现实主义领域取得的成就，仍有过分拔高之嫌。前文我们已经看到，这种夸张的表述和魔幻的事物并非《百年孤独》独有，更非首创，可以说从加西亚·马尔克斯写作伊始，他就已经具备驾驭这种书写工具的能力。

---

① [哥] 加西亚·马尔克斯：《两百年的孤独——加西亚·马尔克斯谈创作》，朱景东译，云南人民出版社1997年版，第309页。

第二章 马尔克斯小说的"魔幻现实主义"风格

问题的关键在于，马尔克斯是在两个层面叠加的基础上创作出"魔幻"而又"现实"的《百年孤独》：一面根植于拉丁美洲日常生活的现实基础，一面付之以令人感到神奇和魔幻的讲述方式。语调成为其中关键的一环。卡夫卡《变形记》的意义便在这里，它是打开马尔克斯的记忆大门的钥匙，随即马尔克斯发现早在他童年时期，他的外祖母就已经用那种沉着冷静、不动声色的语调给他讲述那些或恐怖或超自然的事件，仿佛口中那些令人毛骨悚然的故事和神奇的现象都是再自然不过的、无须怀疑的正常现象。

我们不妨借热拉尔·热奈特对"叙事话语"的界定以更清晰地理解这一特殊的语调，热拉尔·热奈特提出"语式"的概念，认为其范畴包括讲述一件事情的角度与程度，"叙事可用较为直接或不那么直接的方式向读者提供或多或少的细节，因而看上去与讲述的内容保持或大或小的距离；叙事也可以不再通过均匀过滤的方式，而依据故事参与者的认识能力调节它提供的信息，采纳或佯装采纳上述参与者的通常所说的'视角'或视点，好像对故事作了这个或那个投影"。①《百年孤独》中直接对话的场面屈指可数，以叙述者为媒介的讲述横贯整部小说。于是，详尽的叙事内容与看似纯粹，或者说，佯装平静的叙事者熔于一炉，马尔克斯的魔幻现实主义就在这里发生了质变。"由于语调的可信性，使得不那么可信的事物也变得真实可信了"②。以《百年孤独》经典的结尾为例，全世界的蚂蚁一起出动，将死去孩子的皮拖回巢穴，"奥雷里亚诺僵在原地，不仅仅因为惊恐而动弹不得，更因为在那神奇的一瞬间梅尔基亚德斯终极的密码向他显明了意义"③，没有人会对此描述中人物的恐惧与孤独无动于衷，但同时这分明是另一个叙述者的声音，以一种信誓旦旦、泰山崩于眼前而不改镇定的姿态言之凿凿。

---

① ［法］热拉尔·热奈特：《叙事话语　新叙事话语》，王文融译，中国社会科学出版社1990年版，第107—108页。
② ［哥］加西亚·马尔克斯：《两百年的孤独——加西亚·马尔克斯谈创作》，朱景东译，云南人民出版社1997年版，第225页。
③ ［哥］加西亚·马尔克斯：《百年孤独》，范晔译，南海出版公司2011年版，第358页。

就此进一步体认，《百年孤独》的情节构思里还表明马尔克斯曾模仿海明威的痕迹：对形容词与虚词的极度克制，尽量以实在的动词与名词讲述故事，马尔克斯从海明威那里借来的这种现实感极强的语句，也同时拉近了读者与魔幻内容的心理距离。于是，马尔克斯依然讲述那些拉丁美洲的日常，讲他童年时外祖母和他描述过的那些鬼魂与幽灵，那些可笑或可怖的景象，但直到此时，"魔幻"和"现实"终于达成了一种恰到好处的平衡。

那么，我们或许可以作出这样的判断：尽管如今将《百年孤独》的"魔幻"提到罕有人及的高度，但真正成就这部小说的在于其中的"现实"。那种令人感到神奇和魔幻的讲述方式追究到最后，其内核依然是一种"现实"的表达。写作《百年孤独》的马尔克斯借助"现实"的书写工具，尝试在那些外界看来"魔幻"的"现实"材料间建立转译、变形的联系，以期呈现一段在他的世界中再现实不过的拉丁美洲历史。更进一步说，无论是"魔幻"，还是"现实"，在《百年孤独》中二者从来都不是对立关系，而恰恰是一种对照性的存在，就在二者互相弥合、互相辩护的写作过程中，拉丁美洲，即这部作品赖以栖息的土壤的日常得以呈现，魔幻现实主义得以完成。

更进一步地说，马尔克斯所分化的是"魔幻现实主义"的提法中一种隐蔽的观照与阅读方式，如同《百年孤独》的开端，"世界新生伊始，许多事物还没有名字，提到的时候尚需用手指指点点"[①]，他呼唤的是一种未被欧洲的理性主义过滤后的眼光和被遮蔽了的拉丁美洲"现实"观念下的文学潜力。如果我们将马尔克斯的提醒不局限于文学本身，考虑到马尔克斯的一生从未与政治分离以及《族长的秋天》等一众政治意味不言自明的小说，那么我们更可以将其视为一种对意识形态笼罩的警示，他每每强调混合文化对魔幻现实主义的影响，除了对小说形式客观上的分析，也在同时巧妙地传递出对过往观照与阅读方式的批判，不仅是继承理性主义传统的欧洲人本身，乃至本土的读者，也在以内化的欧

---

① ［哥］加西亚·马尔克斯：《百年孤独》，范晔译，南海出版公司2013年版，第1页。

第二章 马尔克斯小说的"魔幻现实主义"风格

洲视角,用他们看问题的方式来评判自己。①

毋庸置疑,当马尔克斯笔下的拉丁美洲的生活现实被读者习惯性地附以"魔幻现实主义"的名目,那这些读者便会在阅读的同时为自己注入了一个猎奇心态的旅行者视角。尽管讨论的方向不同,但中国台湾地区评论家杨照在理解"魔幻现实主义"上也注意到了关键的一点,即"以拉丁美洲的特殊处境为理论依据,而不是去套用某种普遍的原则"。在其专著《马尔克斯与他的百年孤独:活着是为了说故事》中,他借助经济学理论来理解魔幻现实主义,将"魔幻现实主义"和"依赖理论"联动起来考察,由此发现在经济现象上美国对拉美的压迫并非一种具象的表现,而是"藏在它的跨国公司里,藏在它的资本运作中"②。在杨照看来,这种看似"解放"实则"依赖"的拉美经济现象必然会在文学作品中投下阴影,成为马尔克斯对现实感到荒谬与冲突进而诉诸笔端的原动力之一。沿此论述推进,便会发现所谓的"魔幻现实主义"的概念,其实在本质上已经变成了某种无声的异化现象。不止对于拉丁美洲以外的人而言无关痛痒,甚至在最坏的情况下,马尔克斯一直以来竭力规避的孤独,将会无可避免地降临至拉丁美洲本身,最终"连我们自己也被难倒","用他人的标准解释我们的现实"。③

正因如此,马尔克斯持续不断地在文学创作中唤醒人们对印第安文化、非洲文化以及从殖民时期开始延续至今的欧洲文化的记忆,以文学创作的角度为切口,提出另一种阅读拉丁美洲历史与政治变革的方式。在《中国"中世纪"的终结:中唐文学文化论集》这部书的前言中,作者宇文所安"用'中世纪'来描述中唐可以说是老子所谓的'强名'",而他明知故犯,是为了借"中世纪"这个明显与"中国"相扞格的词语,"要求读者以一种不同的方式思考这一历史阶段",从而改变我们思考文学史与文本的惯常视角,唤起一种全新的

---

① [哥]加西亚·马尔克斯:《两百年的孤独——加西亚·马尔克斯谈创作》,朱景东译,云南人民出版社1997年版,第309页。
② 杨照:《马尔克斯与他的百年孤独:活着是为了说故事》,新星出版社2013年版,第139—141页。
③ [哥]加西亚·马尔克斯:《我不是来演讲的》,李静译,南海出版公司2012年版,第24页。

联想。① 而加西亚·马尔克斯的做法与宇文所安可谓殊途同归。如果我们不是将"魔幻现实主义"文学不经思索就简单地理解为相对于既成范式的"现实主义"的文学分类，而是视为一种"文学交流的现实"，"即在具体的历史过程中形成的对于作者与读者都有规范作用的某种话语属性"。②那么我们便可以获得近乎"依赖理论"的视野，看到魔幻现实主义文学如何在拉美的社会中生成，并跳出已经被规范化的"现实"范畴的限制而得到更加体贴入微的阅读感受。从一个更加具体而微的角度，重新理解那些古代印第安流传至今的神话传说、那些奇情异想与对超自然的崇拜，还有那些暴力的殖民历史遗留的创伤性记忆——一幅或许真正的别开生面的拉丁美洲的整体性图景。用加西亚·马尔克斯的话来说："不管怎样，加勒比的现实，拉丁美洲的现实，一切现实，实际上都比我们想象的神奇得多。认为我是一个现实主义作家，仅此而已。"③

第二节 他者的映射与观照：中心的消解

马尔克斯的创作中，较为突出地使用了第三人称视角进行各种叙事，这与传统现实主义当中的说书人视角有重合之处。作者身为拉丁美洲土生土长的"当地人"作家，对拉丁美洲的悲惨往事与辛酸现实都有着强烈的共情，其中蕴含的浓烈的本土关怀，让这位作家的情绪始终流露着一种对自己所生土地的激荡而百感交集的情绪。作者本为这个地方的"自我"成长者，但在叙事时，他却选择一种旁观的视角，用"他者"的眼光将这片土地上发生的故事进行"于己无关"的说明。尽管如《百年孤独》等作品中以第一人称叙事，让读者

---

① [美] 宇文所安：《中国"中世纪"的终结：中唐文学文化论集》，陈引驰、陈磊译，生活·读书·新知三联书店 2006 年版，第 1—2 页。
② 张丽华：《现代中国"短篇小说"的兴起——以文类形构为视角》，北京大学出版社 2011 年版，第 4 页。
③ [哥] 加西亚·马尔克斯：《两百年的孤独——加西亚·马尔克斯谈创作》，朱景东译，云南人民出版社 1997 年版，第 309 页。

知道这并非全知视角，但在阅读时感受到的却并非第一人称的浓烈主观情绪，而是充满着第三人称的"他者"目光的审查，时刻给读者以自我与他者距离的映现，从而让人感受到马尔克斯的叙述带有的"说书人"式的冷眼旁观与超越性的思考。

本节将从"说书人"叙事地位与评论地位的转化中，论证马尔克斯的叙事为何是超越性的，以及一个超越性的"他者"视角是如何使魔幻现实主义跳出"自我"身份带来的民族主义或殖民主义的藩篱，赋予写作一个基于人性和真实社会伦理系统的现实基调。

一 说书人的超越性视角

显而易见的是，无论是《百年孤独》的题义，抑或作者本人过往的采访，都表达出历史的况味。美国学者乔·拉·麦克默里在所作的《〈阿莱夫〉和〈百年孤独〉：世界的两个缩影》中就将《百年孤独》评价为"叙述了一段复杂的历史，从伊甸乐园到《启示录》，讲的是一个世界的缩影"[①]。马尔克斯对《百年孤独》的创作历程进行回顾时说道，"这是关于一个多事的镇子上的一个很古怪的家族的故事"[②]。由此不难看出，布恩迪亚家族七代人的故事是这部作品的叙述核心，尤其突出的是整个家族的"古怪"。"家族"的限定词自然地关联上百年之久、规模宏大的历史传说，加之马尔克斯特殊的种族背景，历来对以《百年孤独》为中心的"马孔多小说"的研究，社会学与历史学维度的考察蔚为壮观。

其中易被我们忽视却值得注意的是，尽管马尔克斯与福克纳建立文学王国的尝试存在关联，但相对于福克纳在书中担任的近乎记录员的身份，马尔克斯的姿态无疑大异其趣。他并未显示出在小说的历史意义和社会学意义上无限扩展的努

[①] 林一安：《加西亚·马尔克斯研究》，云南人民出版社1993年版，第439页。

[②] ［哥］加西亚·马尔克斯：《两百年的孤独——加西亚·马尔克斯谈创作》，朱景冬译，云南人民出版社1997年版，第226页。

力，而将相当一部分重心放在内心的精神状态和个人的想象上面，故事中随处可见其"消除主观世界和客观世界之间的界限"的努力，这是形塑马尔克斯小说"魔幻"风格的关键要素。

因此可以看到，马孔多起始的建立在马尔克斯笔下也并非依照历史被塑造为有据可查的现实，而更倾向于一种梦幻般脆弱的隐喻。

这种梦幻首先来自叙述人称的转换与渐变。小说以第一人称开篇，但在叙事过程中似乎没有过多凸显这位叙事者的作用。马尔克斯将全部重点放在了故事的叙述中，这时叙述者从第一人称转向了第三人称，从自我讲述转为了他人表达。这种叙述主体关系的转变不仅是讲述故事的需要，更具有一种"超越性"的深思：旁观者视角可以超越本土自我的藩篱，以更客观的角度观察、评价这片土地上这个家族的行为历史，从而将囿于自我局限而不能体悟到的深思，借由旁观身份表达出其超越当下历史、环境的更具永恒性的思考。耐人寻味的是，无论是《百年孤独》的开篇还是结尾，马尔克斯用以落脚的人物都是一个游离于世俗，在某种程度上消解了现实意味而强化了梦幻意味的学者。《百年孤独》的最后，奥雷里亚诺突然读懂了早前梅尔基亚德斯留下的那部令人费解的手稿，他意识到上面记录的其实是马孔多前后完整的历史，便也同时意识到就在他领悟的这一瞬间，他将迎接自己的死亡。有基于此，再看小说的第一章中，马尔克斯对何塞·阿尔卡蒂奥·布恩迪亚带领全体村民远征的结果的叙述：

> 醒来时已是日头高照，人们无不被眼前的景象所震慑：在蕨类和棕榈科植物中间，静静的晨光下，赫然停着一艘覆满尘埃的白色西班牙大帆船。船向右侧微倾，完好无损的桅杆上还残留着肮脏零落的船帆，缆索上有兰花开放点缀其间。船身覆盖着一层由石化的䲟鱼和柔软的苔藓构成的光润护甲，牢牢地嵌在乱石地里。整艘船仿佛占据着一个独特的空间，属于孤独和遗忘的空间，远离时光的侵蚀，避开飞鸟的骚扰。远征者们在船内仔细探查，却

第二章　马尔克斯小说的"魔幻现实主义"风格

发现里面空无一物，只见一座鲜花丛林密密层层地盛开。①

马尔克斯的笔调带着创世伊始般的单纯与朝气，一方面与这片世外桃源的蒙昧状态同构；另一方面，我们可以从中读出一种横亘于马孔多文明历史之上的预言家的语调。类似的段落频布于整部小说，如前文已述的奥雷里亚诺的结局，早在第一章出现的自称掌握密码的吉卜赛人所留下的手稿不啻笼罩百年的阴影，又如庇拉尔·特尔内拉出场的描写，马尔克斯以一种早已预知结局般的语调娓娓写出了那个叫"庇拉尔·特尔内拉的姑娘，被她的家人所强迫，为了离开那个在她14岁时强暴她的男人，参加了以建立马孔多告终的远征。"②直至小说的最后，结局终于与前文构成一个完满的圆周。这种充满魔幻意味的、被包裹在预言中的历史启发了我们看待《百年孤独》的视角：长达百年的叙事时间中并不存在一个用作锚点的中心情节，也意味着小说失去了相当一片可作社会意义阐释的空间。加西亚·马尔克斯一面将时间概念着意突出，同时却并不划定一条界线清晰的中轴线，严格控制叙事之间的黏合逻辑，以与《圣经》相类似的断片式写作的方法，完成一系列故事的集合，或者说，是从更高位置上的一种预言家/说书人的视角讲述一段梦幻般难以连贯的历史。

由"说书人"一词，我们很容易联想起中国古代在特定环境中施展鲜明风格与个性看法的说书人。在相当一批小说中，都有如在现场的说书人频密跳出，与读者保持互动从而使读者意识到他的存在，韩南将此种说书人称为"个人化的叙事者"③，他会在书中一直评论文本，解释并批评它的进展、技巧和结构。换而言之，说书人中"个人化的叙事者"在小说中扮演一种近似解密的角色，它揭示小说的内部组织和结构，与此同时往往伴随生动活泼的叙事口吻，不惮于中断叙述、模糊视线，使小说充满戏剧性的趣味。

---

① ［哥］加西亚·马尔克斯：《百年孤独》，范晔译，南海出版公司2011年版，第10—11页。
② ［哥］加西亚·马尔克斯：《百年孤独》，范晔译，南海出版公司2011年版，第25页。
③ 韩南：《中国近代小说的兴起》，徐侠译，上海教育出版社2004年版，第11—20页。

相比一般西方小说中被弱化的叙事者,这种叙事者和作者尚未融为一体,在某种程度上略显原始与粗糙的叙事方式看似与现代小说南辕北辙,却在另一种层面上为我们理解马尔克斯作品中所呈现出的魔幻现实主义风格提供了新的角度。说书人恰恰是以突出的个性承担了人们对不具人格的期待,用自己的声音说话,实际上等同于对于小说的非自我指涉。回到《百年孤独》的语境中,说书人的讲述不应被简单理解为一种对口头叙事情境的模拟,事实上小说中所有的人物故事与情节发展都被马尔克斯以极为自然的方式任其流出。比如,吉卜赛人的到来及在村子里引发的各种乱象,完全能够以另一种更为喧哗的叙述方式呈现,但在《百年孤独》中,马尔克斯将此瑰丽的景象讲述得如同讲述一出再正常不过的平凡景观。于是,这种表面上叙事者远距离的凝视,不动声色地旁观与仿佛不带目的地叙述与展示,便从另一路径取得了近乎说书人的效果。

尽管马孔多长达百年的历史被马尔克斯浓缩为不到 400 页的篇幅,故事情节却并未因此环环相扣、紧密关联,反而吊诡地呈现出一种涣散的状态。所有的事件并非存在于水到渠成的缜密逻辑中,而是匪夷所思地置放在一个可以任意穿梭与跳跃的平面。毋庸置疑,《百年孤独》故事大致上是依照正常的时序来展开的,阿瑞尔·多夫曼在《有人写给未来:对马尔克斯作品中希望和暴力的沉思》中认为:"我们可以非常清楚地在哥伦比亚的历史中追溯马孔多的演变:何塞·阿卡迪奥·布恩迪亚是在 19 世纪初建立了马孔多。"[①] 但细读小说会发现,马尔克斯并未被百年历史束缚手脚,并不特别讲究故事的连贯、剧情的完整与因果逻辑的严丝合缝,因而小说虽有百年之名,但事实上,时间在书中并未真正显出其凝聚中心的作用,情节之间的联系若有若无,这也意味着在某种程度上,它们各自具备了独立性。我们可以顺着马尔克斯的叙事从头阅读,但随意选取章节翻阅,穿插阅读也同样不会影响我们对小说的理解,这显然有悖于小说,尤其是其中包含着那些已成范式的形式与逻辑的长篇小说。

---

① 许志强:《马孔多神话与魔幻现实主义》,中国社会科学出版社 2009 年版,第 177 页。

第二章 马尔克斯小说的"魔幻现实主义"风格

造成这一效果的根由,便在于马尔克斯为角色安排了一位远距离的观察者,由此,有别于历史小说一贯凸显与强化时间感的做法,《百年孤独》的百年更像一个象征性的概念,种种生离死别、爱恨情仇都在更遥远与超越性的视角中得到一种淡化与模糊的效果。王蒙曾将《百年孤独》在此意义上与《红楼梦》进行对照阅读,认为"时间的确定性的消失与人生的实在性的消失具有相同的意义"①,马尔克斯大胆地将人物与事件推远,便也在同时将小说的中心推向远方,换而言之,《百年孤独》模糊的时间,交缠的过去、现在与未来,这一有悖现实主义的魔幻风格,使小说焦点的呈现也在同时指向了模糊与淡出。

说书人视角强调的既不是百年叙事的历史性,也不是方便作家进行议论的点评式口吻,它所传递更多的是一种"结局早已在开头就已写好"的预言感,和确有一个独立于生活之外的旁观者的提示:一个冷静而观察入微,似有所指又沉默不言的第三人,正注视着叙事场景的发生。

二 宿命观与"他者"的真实存在

《百年孤独》中作为他者的说书人的观照与随之而来的中心消解的效果,与作家本人的观念有着不容小觑的干系。如果联系梅尔基亚德斯创作过程中所形成的手稿,就能够明显地读出小说中的宿命论基调。在这份多年来无人可解的神秘文字中,这座小镇从诞生到灭亡的全部历史早已被记录下来,于是整个故事在某种程度上,近乎《红楼梦》中"曾历过一番梦幻",显著地折射出马尔克斯在创作时透露出的潜在的宿命论思想。

然而,另一面不容忽视的是,除了小说内部,作家出于宿命论思想塑造出的隐形的"他者",在现实中还存在真实的"他者",在更大程度上影响加西亚·马尔克斯对远距离视点的选取。事实上,欧洲文明是现实意义上的相对于拉美文明的他者,而拉美文学无时无刻不在经受外来文学对它的映射与观照。《马孔多

---

① 王蒙:《红楼启示录》,生活·读书·新知三联书店1991年版,第302页。

神话与魔幻现实主义》是许志强的作品,他在这本书的前言里提到,相对于欧洲文明而言,美洲文明是"旧物",这样一种"旧物"需要接受"新物"对它的凝视与改造。

文学的"内倾"及其破碎、隐晦、流动的书写方式脱胎于现代主义的社会环境,拉美文学也在此辐射范围之内。陈众议曾在《当代拉美小说流派》一书中最后谈道:"20世纪拉美文学(乃至整个世界文学)的主要品格之一是'内倾'即文学描写由外部转向了内心,从而使许多作品不可避免地具有隐含、晦涩、曲折、无序的特点;但是,迄今为止还很少有人注意到20世纪拉美文学乃至世界文学的另一种内倾——文学的自省式内倾,而它在小说、在拉美当代小说中体现得尤为明显。"①前者已迨无庸议,后者在某种程度上则可以视为前者的深化,尤其是在拉丁美洲这片文化氛围特殊的殖民地上,作家在不同文化间穿梭、审视与反省的现象无疑更加显著。

此外,阿莱霍·卡彭铁尔为了让读者更好地理解马尔克斯创作的魔幻现实主义文学,写了一篇名为《新世纪前夕的拉丁美洲小说》的文章,文中为我们提供了某种全景式的观照角度。他从音乐谈起,在得出年轻作曲家们将不可避免地因技术上的落后最终与时代隔绝的论断后,转而将矛头对准除此之外的其他文艺领域,对于拉美文学,卡彭铁尔将其历史圈定于19世纪末至20世纪末,而1930年至1950年,小说开始呈现出一种以叙述的普遍乡土化为特征的停滞状态。在此之后,"在1950年至1970年产生的小说中,有一种很明显的特征:努力放弃地区主义描写,肯定新技巧、探索新技巧"②,这一变化之下,小说叙述的对象也从农村变为城市,马尔克斯的写作便在此序列之内,因此在阿莱霍·卡彭铁尔那里,他被认为对欧洲产生了至关重要的影响,同时,马尔克斯也是被卡彭铁尔称为能够获得更普遍更全面的文化,并以杰出作品从某一地方脱颖而出,从而顺

---

① 陈众议:《拉美当代小说流派》,社会科学文献出版社1995年版,第266—267页。
② [古]阿莱霍·卡彭铁尔:《小说是一种需要:阿莱霍·卡彭铁尔谈创作》,陈众议译,云南人民出版社1995年版,第28—29页。

第二章　马尔克斯小说的"魔幻现实主义"风格

利走向全世界的优秀作家之一。

不难发现，阿莱霍·卡彭铁尔的论述在相当程度上笼罩着欧洲文化的层云。从他将拉美文学与欧洲文学对照，并以后者为基准划分前者的历史进程，可以看到，无论是"乡土化"还是"城市化"，他对拉丁美洲文学的臧否都内在地包含了域外文化的前置视角。如果我们不将阿莱霍·卡彭铁尔的论述视为个例，而将之看作具有代表性意义的普遍观点，那么一方面，我们既可以理解后来马尔克斯对此种潜在的"他者"的观照的反对，他一遍遍呼吁如果套用"别人的图表"来解释自己的生活，那么势必会导致"更可怕的误解"从而持续地陷入孤独；①另一方面，我们也能理解在此语境中逐渐成熟的马尔克斯的写作将难以豁免地植入相关的因素，当马尔克斯强调"孤独"这一状态，在摆脱之前首先意味着他对于曾经不自觉的"他者"凝视的察觉，是文学作品背后文化与政治意义上的矛盾与阵痛，因此才催生出马尔克斯对拉丁美洲原生语境的强调。尽管马尔克斯生活的领域基本没有脱离拉丁美洲本土，但如果从更广泛的文化意义上考虑，他可以被称为文化概念中的流民——比之传统的拉美作家，马尔克斯这一代受西方文化的影响之深，不可同日而语。由此可以想见，在哈罗德·布鲁姆提出了"影响的焦虑"这一观点之后，这些无疑会在他的身上刻下更深重的痕迹，拉美传统文化与西方现代文化，马尔克斯需要在这两种早已交织缠绕的文化基因中不断厘清并调适二者在他身上的比例。

可见，这种文学本身的重构与"全方位回归"，其实正出于马尔克斯对于跨文化的生长与写作氛围的回看———一面从拉美文化的视角反思，一面从欧美文化的视角反思。正如陈众议评价《百年孤独》时说道："马孔多在象征性地概括人类从童年到成年（从原始社会到后资本主义社会）的同时，重构了文学本身，从而实现了文学的全方位回归；从马孔多初创时的神话氛围到后来马孔多人的史

---

① ［哥］加西亚·马尔克斯：《两百年的孤独——加西亚·马尔克斯谈创作》，朱景冬译，云南人民出版社1997年版，第309页。

诗般的伟业、传奇式的冒险、抒情诗式的情爱、现实主义式的暴露和最后'预言应验'时的神话般的世界末世。"①由此理解所谓的"美洲视角",即由阿莱霍·卡彭铁尔提出的创作角度,同时也指向一种交叠的视角。麦克·卢汉关于媒介的理论可以帮助我们理解此种状况。特伦斯·戈登曾在《理解媒介:论人的延伸(增订评注本)》的序言中提及,麦克·卢汉常用水手自救的比喻,以提醒我们"在思想的旋涡中捕捉思想"②,在面对超载的信息时诉诸模式识别,由此达到更深程度的理解。如果我们将拉美文学与欧美文学归纳为两种模式的媒介,那么麦克·卢汉所强调的"麻木性自恋"在此可以解读为两种文化塑造下的理念对各自文学形式的迷恋。而马克尔斯当先从过分自信和迟钝麻木的状态中惊醒过来,意识到两种模式互相渗透带给人们感官的全新比率,以及由此对以往的文化结构所产生的猛烈的爆炸,这便意味着马尔克斯势必获得比其他人更加全面和深刻的反思,正如麦克·卢汉所说,"两种媒介杂交或交会的时刻,是发现真相和给人启示的时刻"③,马尔克斯从两种视角的边缘处正反打量,获得对文化本身的结构性反思,看似魔幻的风格背后是他过人的理性与清醒。

陈众议曾在其书中借用 meta-litarature 一词分析拉美文学,该词由西方文艺理论译介而来,一般指文学对其自身的分析,一般包含参照、表征与反省三个部分,换言之,即元文学或文学自表。比较典型的例子包括由博尔赫斯创作的幻想小说、卡塔萨尔的《掷钱游戏》、伊格所作的《蜘蛛女人之吻》,以及奥克塔维欧·帕斯写就的"文论诗",都被他视为战后世界文学自我表达和自我反省的典范,且在后现代文坛中,当代拉美小说的自表与自省达到了前所未见的程度,"不但传统的体裁界限被一再突破,而且模糊了叙与论的分野"④。《百年孤独》

---

① 陈众议:《拉美当代小说流派》,社会科学文献出版社1995年版,第269页。
② [加]马歇尔·麦克卢汉:《理解媒介:论人的延伸(增订评注本)》,何道宽译,译林出版社2011年版,第2页。
③ [加]马歇尔·麦克卢汉:《理解媒介:论人的延伸(增订评注本)》,何道宽译,译林出版社2011年版,第74页。
④ 陈众议:《拉美当代小说流派》,社会科学文献出版社1995年版,第268页。

第二章 马尔克斯小说的"魔幻现实主义"风格

充满魔幻的叙述同样可以纳入上述类型的讨论,这里充满解构、颠覆与消解的声音,一方面,马尔克斯对有无、虚实之间抛出了新见;另一方面,便是从更为遥远与超越的层面上,赋予全书一个不易察觉而又无处不在的"他者"的视角。

马尔克斯的"魔幻"风格,看似充斥着奇诡的死亡想象、无处不在的宗教符号、怪异的图腾式意象,但从种种层面都透露着对现实的揭示,马尔克斯称他坚持的是现实主义的创作原则,也正是因为,他所做的不过使用了一些不常见的手法,试图像所有的现实主义作家那样,揭露生活"本质的真实",在作品的书写中去消解"房间里的大象"。生活在拉美大陆上的人们时刻经历着孤独的现实却无法言说。

第三章 马尔克斯小说的身份书写

身份认同（Identity）是欧美文化研究中的一个重要概念，并在二战后开始受到广泛关注，吸引了众多关注"身份"的流派，如新左派、女权主义、后殖民主义等的眼光。身份认同的基本含义，是指个人与特定社会文化的认同，是对主体自身的一种认知和描述，包括文化认同、国家认同等很多方面。自 20 世纪 70 年代社会科学领域出现文化研究转向以来，对社会人文、文学文本进行文化视角解读成为文本解读的一种主要方式。身份认同植根于西方现代性的内在矛盾，有几种主要倾向：比如受欧美哲学传统主体论的影响，或受相对主义影响，产生对个体主体身份的思考与重建。谈到对身份认同的思考，它似乎总爱追问主体的来源性问题：我是谁？从何而来？到何处去？

二战后，世界经历了比较重大的社会思想转变，传统的稳定连贯的社会形态与个人生存被突然打破，思想界激烈震荡而开始转为"后现代"。现代化社会所构筑的碎片化世界为个人展现了差异无所不在的环境，同时也加剧了个人乃至集体的漂泊感。在"一切坚固的东西都烟消云散"了的世界图景之下，对意义的追寻、解读也借此导向更具回溯性的思考，导向对自我和自我所属群体的反思、修正。巨大社会变革引起的社会结构、文化形态、社会心理的变化，正是作家群体试图建构身份认同的大背景，在此背景下，人们首先不以"人"本身作为看待他人的前涉，而常常以民族、种族、文化等视角先行，强调身份认同的纯粹性、同质性，却忽视了萨义德反复强调的非中心化、非本质化。

由于文化主体之间的不同，便愈发需要主体的身份认同，文化主体之间的相互作用导致了身份认同的嬗变。身份认同主要是文化认同问题，主要由主体的个体属性、历史文化和发展前景组成。而在拉丁美洲文学中，这种身份认同与他们所受的殖民历史文化密不可分。在被殖民时期，拉美地区的人接受了欧美很多新思潮影响，甚至不断减弱对本土文化的认同，这就导致拉美身份认同与后殖民紧密相关。马尔克斯的作品中便不断出现这种思考：我是谁？从何而来？到何处去？本书也正是从他的思考中不断追溯这种观点。

以"身份"及其"认同"为抓手，意味着本书核心观照为"作家对'我是谁''我应当如何呈现自身'等问题的思考"，本书希望在厘清"身份""身份认同"逻辑意涵的基础上，探寻在加西亚·马尔克斯漫长的写作生涯中，是什么因素或事件奠定了作家魔幻现实主义式的写作样态；在学习写作的过程中，马尔克斯如何将对自我身份的体认、所属群体的态度融入过程性的"书写"，并以文本形式表达、呈现、建构。创作内容与文体风格的逐步确认，反映出马尔克斯自我发现的过程，也是他不断调整认知的过程。此为本书问题意识之来源，也是本书问题导向之中心。

因此，本章以"身份"为关键元素，结合思想史信息，整合并解析马尔克斯早期的文本写作，从"追忆者、创造者、孤独者"的三重身份认知成因出发，探讨既能够使作家的"身份"特征得到相对透彻的理解，同时也将梳理马尔克斯最终走向《百年孤独》的书写路径，以期形成建立在"身份认同"基点上有关马尔克斯文本风格的立体研究。

第一节　记忆召回与真空身份的追忆者

"身份"，identity，最初作拉丁词汇"idem"，词根"id-"意指"它，那一个"，后缀"em"意思是在某一文章中，先前所引用过的文本、作者，"idem"词性为代词，具有标注意义。在此标注意义下，衍生出拉丁词汇"identitas"，意为"同一性"。因此，在英语语境中，identity 有两层含义：一层即"身份""身份认同",其内涵是,个人、群体以何显著特征、依据,确认自己在社会中是何位置,若用通俗的语言阐述,则指向"我是一个什么样的人"之问题,进一步也指示个人或者群体对自己特定社会位置的追寻与认同;另一层为"同一性",即指两个东西是否为完全等同、无法区分的一种状态,即"我为什么是我""如何证明十年前的我与现今的我是同一个我"此类更加形而上的问题。

一 身份认同与缺位

"身份认同"作为研究术语进入社会科学和公众话语,最早是在20世纪60年代的美国仅作为"同一性"之意存在,强调主体个人对自我主观认知的连续性,处于时间之海中的主体如何确定稳定、统一的人格。然而,在漫长的理论旅行中,这一概念已不能更好说明个体如何在不同身份中穿梭、变化乃至互动,因而在身份理论中,identity之定义为:对社会中特定角色占有者或特定团体成员进行定义的意义组合,或是个体宣称作为特定个体的特殊属性。[1]

因此,本书所采取的概念乃是identity发展之后取得的"身份认同"意,"身份"所反映的个体特定属性,如社会认同/身份(social identity,个人在社会当中属于何种团体)、种族认同/身份(racial identity,个人将自己指认为哪一种民族身份)、性别认同/身份(gender identity,个人可能生理性别是男性,但是却把自己认同成为女性身份)等;以及"认同"所反映的个体追寻和验证某些特定属性的行为模式、思维方式。从马尔克斯创作所处的全球化、文化殖民主义等大背景下来看,我们会更注重于"文化身份"的阐释研究,因为"文化身份"关联的是某个体在其文化上独特的资质,如个体在何种文化背景之下成长起来,处于不同成长阶段的个体对于这种文化背景有什么样的情感倾向。"一定的民族文化身份认同过程就是通过角色的定位(对自己文化身份的认知,身份意识的形成),自我的认同(对自己文化身份归属和情感依附的趋同和确立),他人的承

---

[1] Peter L. Burke, Jan E. Stets, *Identity Theory*, New York: Oxford University Press, 2009, p.3.

认（对他者文化身份这个参照对象的依赖）这三个相辅相成的环节来进行的。"①本书希望秉持"知人论世"的基本态度，关注马尔克斯文本中民族文化身份、现代化社会感官体验及作者私人经历如何弥合，并希望以此开凿出理解"前《百年孤独》"阶段内容的路径。

对于文化身份的研究，很多学派的理论都有涉及。其中典型的如斯图加特·霍尔（Stuart Hall）认为，有三类身份认同承载主体，除启蒙主体外，社会学主体和后现代主体都把对身份认同的讨论放置于社会文本中，反映了身份意识生成过程中的动态性——主体内核并非自给自足，而需要形成于与他者"有意义的交往"。现代社会意义和文化表征系统的多样与多变将个人拉向不同的方向，使个人不断经历着短暂甚或矛盾的身份转换，霍尔对统一身份的判断是这样的："如果个体感到从出生到死亡都拥有一个统一的身份，那只能是因为个体为自己建构了一个舒服的故事或是关于自我的叙述。"② 对此，赫特拉吉（Hettlage）所提出的身份认同三种特性（复杂性、临时性、超越性）向我们展示出个体身份认同的多重特性：个体所具属性多样，因而个体身份复杂；个人于漫长一生中身份总是在发生变化，因而个体身份临时；个体试图描述自身身份认同时，往往不能穷尽其认知，因而个人体身份具有超越性。

人是生活于符号中的动物，被高束在自己亲手编织的意义之网上，格尔兹（Clifford Geertz）认为"意义之网"指的是人们身处其中的"文化"，文化影响着人的自我身份认知实践，如果无法调和异质文化认同与个体身份标志之间的差异，便会出现一定程度的身份认同危机，当作家试图以自己的方式融合异质文化认同个体身份标志时，其文学创作就逐渐呈现出更清晰化的理想信念，并以一种融合的形式呈现在读者的面前。

---

① 张其学：《化殖民的主体性反思——对文化殖民主义的批判》，北京师范大学出版社2017年版，第116页。
② Stuart Hall, "Cultural Identity and Diaspora", in Jonathan Rutherford, ed. *Identity, Community, Culture, Difference*, London: Lawrence & Wishart, 1990, pp. 222–237.

在面对马尔克斯其人及其文本之时,笔者相信"身份"是一个不停流动的概念,是一种历史性的变化过程,并且包含着无数矛盾对立的情感、思想。文化身份是正在被制造着的某种东西,正如霍尔所分析的那样,身份的构建是在语篇内部而非外部的,因此我们需要理解其产生的特殊历史时期及制度、其特别的散发形态和实践;与此同时,身份的建构还是靠特别的阐释清晰的策略而产生的,它们成为差异与排他的标记的产物。[①] 如果以此为基点,似乎不难理解马尔克斯之经历、马尔克斯之作品之间的关系。"身份"问题不仅关联马尔克斯作品的寓言性本质特征,也关系作家在南美国度、殖民文化的现实身份特征,因此,在分析马尔克斯作品主题与其社会学意义时,我们必须将其与现代主义的文化意识形态结合,并与处于文化跨国迁移状态中的知识分子独特视角相联系。在本章中,我们既会论及"马尔克斯以何文本呈现其身份书写,确认其身份意识",也要探讨"马尔克斯这一思想是如何发生"的问题。

二 写作内倾:双重意义上的父辈缺位

马尔克斯在他的第一部小说《枯枝败叶》中,曾下意识或有意识地呈现他真实的童年片段,可以帮助我们构建一个正在探寻自我意义的写作形象,也可以探寻其个人化写作的起点。这种魔幻现实主义的溯源,对追忆这一写作行为的理解需要建立在真实的记忆基础之上。因此,作家本身对记忆的拣选与再次组织成为了解他自我认知的主要途径。

马尔克斯23岁脱离家庭独立生活(在波哥大担任记者),他的母亲路易莎因为缺钱,前来找寻马尔克斯,准备与他前往阿拉卡塔卡,办理出售外公老家的手续,这次回乡之旅促使马尔克斯最终确认自己的文学志向,《枯枝败叶》有取自《安提戈涅》的道德情节灵感,但"在纯粹的事实上,《枯枝败叶》是加西亚·

---

① [英]斯图加特·霍尔、保罗·杜盖伊编著:《文化身份问题研究》,庞璃译,河南大学出版社2010年版,第5页。

第三章 马尔克斯小说的身份书写

马尔克斯所有的小说中自传色彩最浓厚的一本。故事中主要的角色来自小贾布、路易莎和尼古拉斯的三位一体,形成三方的家族浪漫史"①。出于对童年记忆的移植和转化,马孔多诞生了,阿拉卡塔卡的气候炎热、尘土飞扬、残败破旧的形象被置换成为马孔多地区的基本生物样态,《枯枝败叶》则是复现"过去"的一次用力尝试,具有后世评论家所说的"本源"含义。

马尔克斯的传记作家达索·萨尔迪瓦尔讨论其早期创作的《回归本源》一书,深获马尔克斯本人认同,作为读者则有必要弄清《枯枝败叶》在"马孔多"文学世界中的先兆意义。许志强在《马孔多神话与魔幻现实主义》一书中发问:当"我们谈到作家'返本归源的旅行',这个'回归'确切的含义是什么?是指作家放弃大城市知识分子的意识,在文化上重新成为加勒比人民中的一员?是指作家回到了童年生活的记忆,回到那个'记忆里保存的完好无损'的世界?还是指作家从对西方文学的深度体验中回归于自己的现实和文化的联系?"② 许志强分析道,重回阿拉卡塔卡之旅使得马尔克斯的阅读、现实体验与对过去的记忆三重经历发生联系,尚在酝酿的马孔多情调("贫穷与孤寂")碰撞到现代主义那种独特的时间观(现实的毁灭不仅包含过往的不复存在、现在的追忆遥望,还包括在逆向的时光追溯中,沉迷于这种毁灭状态并延宕、重复这种体验)。将原本与自身(个人体验)对立/相反的别物(现实的毁灭)纳入自身,在别物中即是在自己中,在别物中返回到自己,在别物中达到自我联系,从而成为否定的否定,成为一种自为存在——这是典型的黑格尔本体论,也诠释着"回归"一词的美学意义——"回归本源",意味着马尔克斯从故乡的衰败中抓取到故土文化的那缕游魂,从而将这一衰败连同自身的回忆一同并入文本的创造中。

陈众议在《当代拉美小说流派》中概述了20世纪拉美文学甚至扩大到整个世界文学的主要品格,认为"内倾"是这一时期文学的主要品格之一。他提到

---

① [英]杰拉德·马丁:《马尔克斯的一生》,陈静妍译,黄山书社2011年版,第98页。
② 许志强:《马孔多神话与魔幻现实主义》,中国社会科学出版社2009年版,第79页。

的"内倾"有两层含义：其一，文学作品对外部环境、情节的描写转向对人物内心的剖析；其二，借由文学作品，对本地区、本国家的文学进行反思。对于马尔克斯一类的拉美作家而言，"内倾"更多表现为双重的边缘视角，距离本土文学文化有一定的心理距离，距离欧美中心文学文化又有相当的事实距离，"既是处在本土的边缘，也是处在欧美中心的边缘"。① 若要分析马尔克斯小说创作及其身份意识，需要理解作为前提的现代主义"内倾"与之始终紧紧相连，因为以"马孔多"为核心的文学世界植根于作家对本国文化的反思与对自我精神态度的探索。在此，若要理解马尔克斯作品的"内倾"趋向及其来源，离不开对马尔克斯成长过程的追溯。之所以提及"双重"，一重源于作家成长过程中对父亲不负责任的现实体认，以及与个人经历相关的对父辈价值观一定程度上的反叛；另一重源于作者在长期的写作探索中，更愿意取经验于拉美之外小说形式，在塑造自身作品时自主地隐匿拉美文学、文化对作家本人的影响。

《枯枝败叶》是马尔克斯第一部正式出版的小说，被作家认为是写作生涯中的首篇严肃作品。小说中，以马尔克斯父亲加夫列尔·埃里希奥为蓝本的角色马丁使用瓜希罗的巫术，用针刺人偶的眼睛，是个邪恶而无趣的人，他从未爱过伊莎贝尔（以马尔克斯母亲路易莎为原型），只是贪图上校（以马尔克斯外公为原型）的影响力和金钱，在自己的小孩（部分以加西亚·马尔克斯本人为原型）对他有印象前便离开了，这与马尔克斯的个人成长经历高度吻合。在与祖父尼古拉斯一起度过短暂的幼年时光后，马尔克斯记忆中更多的是日常的艰辛与生活的重负，他在 11 岁时就担负起父亲的重任，成为家中的顶梁柱，几乎包办所有的事务，在家族迫不得已的迁居中瞻前顾后，确认和照顾所有的弟弟妹妹，而他的父亲则是这些不计后果的迁居的"罪魁祸首"。

在写作《枯枝败叶》时，马尔克斯虽声称自己找到了所谓的"源头"，但是，不论是结构形式、时间观还是内心梦幻的表达，《枯枝败叶》的创作都更偏

---

① 许志强：《马孔多神话与魔幻现实主义》，中国社会科学出版社 2009 年版，第 8 页。

第三章　马尔克斯小说的身份书写

向欧美"现代主义"。读者在阅读马尔克斯系列作品时能明显地感到《枯枝败叶》那亦步亦趋的尝试，也能从《枯枝败叶》中读出伍尔芙或福克纳。如果我们了解《枯枝败叶》的创作原型及背景，就会知道，即便存在着双重意义上的"父辈缺位"，即便作家早期在写作上贯彻着"事出有因的反抗"，但作为个体的主体，马尔克斯的身份认同其实也呈现出临时性，也由此指示了一种复杂性和流动性：作家生产实在的文本，而实在文本也帮助塑造作家对所属文化的体认；作家与社会、世界之间始终保持着一种辩证关系，回忆塑造着作家对世界的基本印象，而针对回忆的再追忆又丰富与发展着作家对这一问题的认识。

在《枯枝败叶》中，我们能看到马尔克斯对父亲不负责任、滥交（私生儿女极多）、自然疗法医师身份的讽刺，也能看到他对父母婚姻的态度，作品中小男孩的母亲在婚期临近时，这样说道："一年以后他就是我儿子的爸爸了，可是我们之间连泛泛之交都谈不上。礼拜天晚上，我在积木的卧室里穿上新嫁衣。从镜子里我看到自己面色十分苍白洁净，周围是一片茫茫的迷雾，我不由得想起了妈妈的幽灵。我眼瞧着镜子里自己的身影，仿佛看到躺在绿草如茵的坟茔中的母亲的骸骨，我站在镜子外边，镜子里是我妈妈，她复活了，看着我，从冰凉的镜子里伸出两臂，好像要抚摸隐藏在我新娘头冠上的死神。"[①] 即将步入婚姻殿堂的场景被作家描写成可怖的地狱之旅。在后来的创作或访谈过程中，马尔克斯很少提到自己的父亲，作品中呈现出的与父亲有关的生活之地也异常冷酷黑暗，甚至被称作"狗不拉屎"的地方。

另一方面，在马尔克斯的早期作品中，我们能明显地看到一种割裂——既表达哥伦比亚人的自我认同，又包含自我身份的暂时隐匿——自我认同以一种梦幻般的游离姿态呈现在文本的整体氛围中，这种割裂最明显地表现在"拒斥父辈价值观、模仿外来事物"这一举动中，马尔克斯当初在考学之路上遇到过一个帮助

[①] ［哥］加西亚·马尔克斯：《枯枝败叶》，刘习良、笋季英译，南海出版公司2013年版，第94—95页。

他获得入学奖学金申请资格的贵人——阿尔多夫·高梅兹·塔马拉,这位先生送给马尔克斯的《双重人格》(陀思妥耶夫斯基著)对那一时期的马尔克斯有较深远的影响,小说意欲表达的主题之一是"我们不止有一种性格,也不止有一个身份"。父亲逼迫马尔克斯大学就读法律专业,马尔克斯也不曾和父亲交流过自己对于文学的喜爱与渴望。在读高中的时候,马尔克斯就因为"外来的卡恰克佬"身份遭遇过严重的自信问题,到波哥大后又深感整座城市那种陈陈相因的保守品位与陈腐威权,马尔克斯用混乱的长头发、颜色刺眼的长裤和诡异的格纹衬衫"武装"自己的外表,青年人最爱用外表的特异来标榜自己的特殊,在其内心,则憋闷着对个人现状和城市文化环境的不满与反抗。作为一个个体,马尔克斯意识到,不光自身与父辈之专断禁忌存在距离,也与外部急速变化的世界差别巨大,他所经历的不光是对父亲引导的价值取向的隐秘抗争,也同样是接受异域文化而隐匿自我身份的空白。

何塞·多诺索曾总结过 20 世纪 60 年代前后美洲作家创作状态,"缺乏自己的文学上的父辈",但他同时也说明,正因为存在"空白",西班牙语美洲小说才完成了国际化。这些作家总用一种"脱离"的姿势去反视自身位置,既是叛逆者,也是自我放逐的游离者;既反映了一种不同于父辈的、新的美学趣味与修养的形成,也暗示我们,作家也许正卷入内心愿望与外部世界的巨大反差,自主地改变或剥夺自我的身份,重新建构或定义自我的身份。从阅读经验上来看,马尔克斯从小熟读《一千零一夜》《基督山伯爵》《金银岛》等作品,又在锡帕基拉求学时期接触陀思妥耶夫斯基、马克·吐温等作家名著,涉猎范围既有希腊罗马文学,又有近代的西班牙、哥伦比亚文学,但早期的马尔克斯对本国作品的评价不高,却深深痴迷于欧美作家名著。

三 《回归本源》:回溯成长历史的旅行

马尔克斯经常提及卡夫卡对他创作的影响,1947 年,他第一次接触卡夫卡的作品,在读到《变形记》的第三天,他就创作了一个名为《第三次忍受》(此处采用南海出版公司《蓝狗的眼睛》译名，其他译名有：《死亡三叹》《第三次辞世》等）的故事（这个故事围绕一具未被埋葬的尸体展开，死亡与孤独的主题也自此与其作品如影随形）。

阿拉卡塔卡是马尔克斯早年生长的地方。这里也始终作为戏剧性和暴力融合的前哨城镇，阿拉卡塔卡不断地复现于马尔克斯的作品中。一方面，马尔克斯前十年的时光都没有父母的陪伴，与外公外婆住在一起，他在《番石榴飘香》中曾提及，阿拉卡塔卡的房子是他最永恒生动的记忆，有关夜晚的不祥之感一直缠绕着他，令他害怕的童年在马孔多的魔幻世界中成型；另一方面，马尔克斯的成长过程伴随着阿拉卡塔卡的发展历史，1928年西安纳加香蕉园工人屠杀事件发生，接踵而至的屠杀事件直接导致自由党（马尔克斯的外公属此党派）在半世纪的内战、排斥后于1930年8月重新执政，在阿拉卡塔卡，随处可见随身佩戴开山刀或是枪支的男人。

在马尔克斯的作品中，阿拉卡塔卡有变动的、暴力的白天，恐怖的、神秘的夜晚，破败的房屋和颓圮的教堂，仿佛占据整个城镇的流浪狗与秃鹫……这些都为马尔克斯小说中无法动弹、充满恐惧的小孩影像、葬礼描写的着迷提供了非自主记忆一般机制的背景。

1887年，香蕉被圣玛尔塔的农人引入马尔克斯的出生地——阿拉卡塔卡，1905年，联合水果公司进驻，工人从加勒比海各地移民至此，这些工人包括卡恰克人（加勒比海或该国北部大西洋热带低地的居民），此称呼在哥伦比亚极具争议，是岸边人对内陆人的嘲弄，委内瑞拉人、欧洲人以及中东远东人，他们便是"枯枝败叶"，是在镇上飘荡的垃圾人渣，也是《枯枝败叶》的主角所贬抑的对象，他们冷酷无情、臭气熏天，"既有皮肤分泌出的汗臭，又有隐蔽的死亡的气味"①。

几年之内，起初仅仅是一个小型聚落的阿拉卡塔卡发展为繁荣的小镇，尼古

---

① ［哥］加西亚·马尔克斯：《枯枝败叶》，刘习良、笋季英译，南海出版公司2013年版，第1页。

拉斯·马尔克斯（马尔克斯的外公）则是这一小镇领袖——何塞·罗沙里欧·杜兰将军亲近的下属、信任的同盟。大约是在1909年，尼古拉斯·马尔克斯被指派为阿拉卡塔卡的区税务员，于1910年8月来访，最后定居于此。1924年，作为新报务员而到来的加夫列尔·埃里希奥·加西亚与尼古拉斯·马尔克斯的女儿路易莎相遇并最终相爱，虽然遭到尼古拉斯·马尔克斯的反对，但马尔克斯的父母仍然私奔至圣玛尔塔海边，于1926年6月11日在圣玛尔塔的大教堂成婚，而马尔克斯的外公外婆则拒绝出席，直到1927年2月，怀孕8个月的路易莎才回到阿拉卡塔卡，1927年3月6日，加西亚·马尔克斯诞生。若了解加西亚·马尔克斯之后的艰辛求生的历史，其实也能发现他在父辈缺位的生长经历中所感受到的对自我存在的身份的寻找与反思。

评论界普遍认为，"前《百年孤独》阶段"的几部作品是为了《百年孤独》的诞生而进行的"准备性"故事，后期有了以《枯枝败叶》作为其写作前身的《百年孤独》在写作手法上有了质的飞跃，这种飞跃不光体现在体量上的扩容，还包含着作家对家乡记忆的重新表达、艺术手法的高度完善。在这个意义上，马尔克斯可谓完成了与自我的竞技，达成了创作意识上的嬗变，也是作家本人在基于否定与破坏基础上的自我综合。

而马尔克斯的访谈则告诉我们，你可以按照作家的创作顺序，以渐进的方式理解其写作过程，追寻着出版的步伐，看到他在一步一个脚印地通过写作锤炼自己，但他更倾向于通过抓取主题的方式辨认每本书的指向，探寻作家以其能指连接了怎样的所指："实际上，一个人写的就是一本书。困难的是知道他在写一本书。"① 马尔克斯的文学世界一直在围绕马孔多打转，可以说马孔多就是马尔克斯所写的书，但是，马尔克斯有意提醒世界各地的读者们，他写的书并非马孔多，而是孤独。

在英国国家广播公司二台制作的《在马孔多长大：加夫列夫·加西亚·马尔

---

① 尹承东、申宝楼编译：《马尔克斯的心灵世界》，中央编译出版社2015年版，第47页。

克斯，作家与地方》(*Growing Up in Macondo: Gabriel Marquez, Writers and Places*)节目中，专门前往当地进行了摄制。马尔克斯曾说，外婆能在晚上看到许多东西，也会把看到的东西告诉他，并且让他晚上六点后坐在一个角落里，在《枯枝败叶》中，那个能见到死人的男孩就是童年马尔克斯一部分的化身，小男孩在每个深夜都能看到自家厨房角落的破椅子上坐着个戴帽子的鬼魂，"观赏着灶膛里熄灭的灰烬"①。《枯枝败叶》以参加葬礼作为开篇，在上吊而死的大夫家中，无论小男孩怎么想方设法地不去看眼前的死人，总感到有人把他的脸尽力往死人那个方向扭，虽然男孩努力看向别处，但黑暗中瞪着眼、脸色发青的死人却总能出现在小男孩的视线中。死人的气味和环境的闷热强烈地冲击着《枯枝败叶》中男孩的感官，弄得他头昏脑涨，"我仿佛听到有人对我说：'你也会这样的。你也会躺在一口满是苍蝇的棺材里。现在你还不到十一岁，可总有一天你也会这样的，被人抛进一口满是苍蝇的木匣子里。'"② 马尔克斯本人则在《活着为了讲述》中告诉他的读者，他一生都怕黑。

《枯枝败叶》中，充满着许多黑暗元素，这当中有化身小男孩的马尔克斯对自己生命中的父亲这一角色的讽刺，但我们仍然能够看到其面向本土文化的态度，这种黑暗是忧伤回望时与之相伴的无可奈何，拒斥父辈传统与温情回望故乡并不冲突，故土是一个包含着多重向度的能指，完全能够容纳下马尔克斯对故土能指所包裹的不同所指那复杂多样的情感，不然，与母亲路易莎返回阿拉卡塔卡的这段往事便不会在其自传《活着为了讲述》中作为开端进行讲述。同母亲此行的目的最终并未达到，但这次回家的经历却强化了他对摇摇欲坠的老房子的印象，让他意识到童年生活的文学价值。可以说，这趟旅行引发了他的回忆，改变了他对自身以及过去的态度，也激发他写作新小说的热情。

我们需要在意象的维度上理解外公这一形象对马尔克斯的意义，马尔克斯与

---

① ［哥］加西亚·马尔克斯：《枯枝败叶》，刘习良、笋季英译，南海出版公司2013年版，第53页。
② ［哥］加西亚·马尔克斯：《枯枝败叶》，刘习良、笋季英译，南海出版公司2013年版，第17页。

外公相处近十年，与外公一起在城里走动的回忆实际上变成了一连串颇具象征意义的影像，不断地在其小说世界中复现。我们可以合理地推断，作者将其与外公的"探险"化入他笔下各种各样的"父亲与儿子"组合，最著名的当然是《百年孤独》的开篇——父亲带着儿子看冰块。这些童年记忆被融合成一种完整、固定的组合："一个'老人'牵着孩子的手"，去看橡胶公司的电影院、收音机，去看马戏团的双峰驼、嘉年华的摩天轮，他们从邮局走向车站，又经过家门、自由党总部、圣三一圣詹姆士教堂……1937年，尼古拉斯的死讯传来，马尔克斯此时却不在外公身边，而是被带到了父亲长大的地方——辛瑟镇，以及此后迁居的苏克雷。许多年后，当马尔克斯提及听闻外公死讯之时，他告诉我们，他的父亲永远都无法真正取代外公，外公是他智慧的源泉，安全感的根本，"从那以后，我的生命中再就没有发生过重要的事，一切都很平淡"[1]。阿拉卡塔卡也因此成为永远的伤心之地，归去无望同时也无心归去的黑暗之地，一派断壁颓垣景象，屋子里渐渐被常青藤和蜥蜴霸占，街头则被灌木丛接管，一切都呈现出一种毁坏与颓败，"'枯枝败叶'带来了一切，又带走了一切。他们走后，小镇变成了瓦砾场"[2]。在这个意义上，"枯枝败叶"不仅指向香蕉公司之流，亦代指马尔克斯父亲一类游手好闲而又轻言承诺的外来闯入者。

《枯枝败叶》的写作令我们联想到《追忆似水年华》——一个成年人，有意识地追忆孩童生活，这种追忆构成的文学叙述并非单纯的再现，而是想象的重构，在捡拾碎片并自由黏合的过程中，作家对自我身份的认同及自我使命的认识渐渐浮现，继而将处于理性、体制之双重压迫中的记忆加以重组，赋予散乱以秩序，给予分散以凝聚。文化记忆对身处后现代理论语境的现代人意味着什么呢？其实，文化记忆负责为"身份"进行定位，因为这些记忆既能够以可被共享的方式创造出来，又能因此为组成社会整体的社会成员们提供一个整体性的历史意

---

[1] [英]杰拉德·马丁：《马尔克斯的一生》，陈静妍译，黄山书社2011年版，第41页。
[2] [哥]加西亚·马尔克斯：《枯枝败叶》，刘习良、笋季英译，南海出版公司2013年版，第133页。

识。这种作为结果的文化记忆，在简·奥斯曼看来，是被筛选、被揭示、被重新发现乃至重新建构的产物，文化记忆通过文化形式（文本、仪式、纪念碑等）以及机构化的交流（背诵、实践、观察）得到延续，文化记忆因而被奥斯曼描述为一种连接结构，这种结构往往借助仪式和文本的内在统一性来建立群体身份，也是"保存意义和价值的手段"。

人类对自身存在的确证和身份定位的感知以记忆为锚点，正如《追忆似水年华》中开满水仙花和银莲花的佛罗伦萨老桥、玛德莱娜小蛋糕、斯万先生记忆里的那首小提琴与钢琴合奏的曲子向我们展示了个体的私密记忆对上流社会整体结构的剖析；而马尔克斯则成功将外公带着自己去香蕉公司仓库见识冰块的追忆置换为面临生命终点的成人对族群身份问题的反思，写下了一系列以孤独为组织法则，同时又以孤独为主题的文本。

加勒比文化即马尔克斯作为一名书写中的追忆者永恒的创作源泉。文化符号在马尔克斯这里能够引发记忆，作为个体，他对于自我、环境、集体、政治等对象的认同也正是通过重构过去、认同自我出发的，在书写记忆的过程中，多重的文化隐喻经由多重时态、叙述的堆叠折射出来，但作为底层筑基的文化意义却始终保留在马尔克斯的写作中，作家坦言，加勒比文化是一种因博采众长而变得丰富，并得到进一步发展的"混合文化"，"它（加勒比）不仅是一个教会我写作的世界，也是我不感到自己是异国人的唯一地方"。[①]

第二节 模仿与建构中开启的"马孔多"叙述——魔幻世界的创造者

经历了溯源性的自我认知，马尔克斯从故乡出发，开始建立"马孔多"这

[①] ［哥］加西亚·马尔克斯：《番石榴飘香》，林一安译，生活·读书·新知三联书店1987年版，第73—74页。

一具有象征意义的符号之地，并将这种独有的风格延续到了之后的诸多作品之中。马尔克斯便一直坚持着对"回归本源"以及"吸收影响"的实践，从《枯枝败叶》开始，马尔克斯大量融入学习欧美文学的经验。

马尔克斯曾写过一篇文章《小说的问题》，专门谈论他对美国和哥伦比亚大部分小说的看法。他认为哥伦比亚还没有幸运到出现一部受乔伊斯、福克纳或者伍尔芙影响的小说，"幸运"一词反映出马尔克斯对欧美现代小说影响力的推崇，他认为在现代文学的世界中到处都可以看到卡夫卡、普鲁斯特的身影，哥伦比亚文学只有学习这一路径，才能走向正轨，但令他感到可悲的是，他没有看到任何能够显示这种学习的迹象。因此，马尔克斯开始在他自己的作品中进行实践，将前人经典的创作模式融入他自己的作品风格中，开始形成具有他自身代表性的"魔幻现实主义"。

一 亦步亦趋：以福克纳为规范

年轻的马尔克斯在创作时还需要借助英美作家的力量，不敢单独飞翔，《枯枝败叶》的独白手法模仿自福克纳《我弥留之际》，福克纳给予独白一个名字，而马尔克斯则给予独白三个观点，分别来自一个老头、一个孩子和一个女人。1977年，《宣言》编辑组采访马尔克斯时，马尔克斯本人曾表达他对《枯枝败叶》的深厚情感，回忆起写作这部作品的二十二三岁的自己："他认为自己一生中不会再写别的东西，这是他仅有的一次机会，因此绞尽脑汁将他记得的一切，把他在阅读过的所有作家身上学到的全部文学艺术手法都塞进这部作品。……当评论家开始发现我身上的福克纳和海明威的影响时，他们发现的——他们并非没有道理，但是是另一种形式——是我在沿海地区面对整个那儿的现实，我开始把我的经历以文学的形式整合在一起……我发现讲述个人经历的最佳方式并非是卡夫卡式的……也不是另外什么人式的……我感到最佳的叙事方式恰恰是美国小说家式的。"[1]

---

[1] 尹承东、申宝楼编译：《马尔克斯的心灵世界》，中央编译出版社2015年版，第148—149页。

第三章　马尔克斯小说的身份书写

《枯枝败叶》这一文本所描述的故事发生时间不过30分钟，三个人物独白，对死者大夫的回忆则回溯25年之久，1928年9月12日，我、外公、母亲在大夫上吊的房间里待着，既在等待大夫被棺材抬出去，又在担心镇民们会出于对大夫的恨意而前来阻止葬礼。经由三个角色的心理独白，与大夫相遇的来龙去脉、家庭的故事被娓娓道来，"时间"在作家手里拉长缩短，在此的叙述带来一种幽闭感，在彼的叙述又带来一种延宕感，不同时空记忆拼贴、并置。马尔克斯在构造时间顺序时，明显采用了《达洛维夫人》的写作方式，在微缩的进行态时间轴上插入不同侧面的故事、叙述、回忆。正如马尔克斯自己所说，写作《枯枝败叶》时他使尽浑身解数，也只此一部作品完全刻板地遵循欧美小说家开创的叙事体例，意味着马尔克斯对伍尔芙、乔伊斯和福克纳等作家写作形式的"笃信"。但必须声明的是，马尔克斯笔下的上校和女儿，还有外孙，并非福克纳笔下那种资本主义异化症的存在，"他们与风俗和环境之间的联系是紧密的，不过是在他们原有的身份之外加入了异国文化的自我意识"①，实际上是作者用另一种文学传统下的叙事装置再现着自身所属的农业社会。

除去形式上的模仿，作者亦用心于人物形象塑造。我们知道，马尔克斯笔下许多人物原型是出自其现实生活，《枯枝败叶》的大夫也对应着两个生活原型——阿拉卡塔卡镇的医生，那个由于战争而流亡他乡的比利时移民；贝尔·维亚达的研究指出马尔克斯这部作品中的大夫形象可能受福克纳《八月之光》的影响，在那部著作中也有位孤独的牧师——盖尔·海托华："那种早年作为说教者和丈夫的身份都只能使他讨人嫌恶，以至于被迫遁入到几近于反人类的与世隔绝的境地……那种精神上的讥讽和刻薄的隐居状态……即便是予人恩惠（即他曾经救治重病的上校）也带着自私的动机……"② 也有研究者认为，大夫形象也许

---

① 许志强：《马孔多神话与魔幻现实主义》，中国社会科学出版社2009年版，第90页。
② Gene H. Bell-Villada, Garcia Marquez, *The Man and His Work*, Chapel Hill: University of North Carolina Press, 1990, pp. 143–144.

还受到伍尔芙《达洛维夫人》中赛普帝默斯的影响,不仅因为作者创作《枯枝败叶》时选择使用"赛普帝默斯"为笔名,还因为这个人物的设定也是从战场归来,最终身患抑郁症,自杀身亡。

  如果引入其文本借鉴源头,读者对大夫形象的理解便可能不再是雾里看花,大夫实则代表了拥有极强精神洞察力但同时又感受到强烈的割裂与矛盾的人,在他被镇民日渐孤立后,曾经与上校有过一次谈话,当上校问及大夫成家立业等未来打算时,大夫却拐弯抹角地讥诮上校赖以生存的日常,在我们所经历的向前的、不可延续的时间中,大夫仿佛意图经历一种"沙漠式的废墟生活"。随着他封闭自己,再也不去理发店,搬离上校家,到同居骈妇梅梅最终的失踪,他渐渐与整个镇子的日常时间脱轨,对大夫来说,在这样沙漠式的废墟世界中建构、保留身份既是不可能的,也是无意义的,日常的身份建构失去了其稳固性、连续性和明确性,但大夫并不觉得有恙,"在世俗的平凡性中,人们的手被束缚,进而思想也是如此;这儿,知识与思想的视野被棚屋、谷仓、灌木树林和教堂的塔楼塞满;这儿,无论人们迁移何处,总是在原来适当的地方,而且由于适当意味着原位不动,做着这个地方需要被做的事"[1]。

  大夫选择与世隔绝、上吊自杀,都反映出他与众不同的人格基调,这种不同明显指向一种"断裂",我们在前文曾提及马尔克斯这一代人创作上与父辈的断裂,但此时,借由大夫所指向的"断裂",则是同传统乡村民俗生活的断裂、同传统的整体性和有机生活的断裂,这正是詹姆逊所说的"现代性断裂",大夫所具有的意义指向了人对自我生存现状的反思及转变了的生活体验,呈现出人类生存的基本状态和内心体验,特别是厌恶、忧郁、百无聊赖、死亡感等描写,大夫就这样生活着,颇为存在主义地生活着,对将来麻木,对现在忽视,对过去沉默。

---

  [1] [英]斯图加特·霍尔、保罗·杜盖伊编著:《文化身份问题研究》,庞璃译,河南大学出版社2010年版,第25页。

二 双重分离:"外来者"视角的评价独白

在《枯枝败叶》中,我们经常可以看到对"外来的闯入者"或"异乡人"的描写,比如大夫,小说中的父亲。在马尔克斯的描写中,大夫是小镇居民眼里的怪人,虽然这并非大夫本意,因为他一直企图表现出和蔼可亲、通情达理,但小镇居民仍然厌恶大夫。生活于马孔多,但并不共享过往回忆所带来的隔阂使大夫和小镇居民之间横着一道天堑。后来,大夫每天从理发馆回来之后就躲进了自己的小房间,不吃晚饭,不搭理家里的人,一开始,家里人都以为大夫这样是因为他累了,回来以后倒头就睡,但是,主人公发现大夫会在更深、更安静的夜里翻来覆去,像一个疯子一样在屋里折腾,"仿佛在跟他过去的幽灵打交道。过去的他和现在的他进行着一场无声的战斗,过去的他在奋力保卫自己的性格:孤僻、坚毅不屈、说一不二;而现在的他一心一意地要摆脱过去的他"[①]。——对大夫充满敌意、意图报复的本地镇民构成小说的第一个反对中心,而作者赋予的独白则抽象地概括"枯枝败叶"这些人类渣滓对小镇的挥霍和破坏,因此,在对外部世界入侵进行描写时,马尔克斯的态度更多呈现为出于个人价值判断投射的防御性。

由于"枯枝败叶"们的存在,小镇出现了"镇中镇"这一现象,这个由枯枝败叶组成的群体在短时间内形成了一个中心,而小镇最早的居民们反而成为外乡人、外来户似的存在,这样两重的外来者描写(从最初的建立小镇者,变成了数量众多的陌生人中间的"外来者";既外在于整个小镇的后续发展,又外在于外部世界),实际上揭示出马尔克斯希望表现的分裂、与外界现实对质的立场。通过外来者,我们知道自己与之不同,通过否认或以批判眼光看待外来者,我们得以确认自身存在的正当性。在这样两重的割裂中,我们既能看到马尔克斯有一

[①] [哥]加西亚·马尔克斯:《枯枝败叶》,刘习良、笋季英译,南海出版公司2013年版,第83—84页。

种割裂传统族群身份的倾向，又能看到作家仍旧要"抓住些什么以反对些什么"的那种"梦幻般的游离"。在这里，我们将与族群信仰、价值观念和精神追求不同的来者称为他者，对于族群共同建构、共同生活于其中的价值观念而言，这种第三视角的独白凸显并加强了族群成员对自我文化身份的辨识甚至认同，在用文字塑造他者的同时，个体也因此完成自身形象的建构，并在一定程度上言说族群共同体的声音。

对马尔克斯而言，波哥大暴动打断了他在大学法律专业的学习，实际上为这位年轻人的如愿以偿提供了一个"绝佳"的借口，同时也促使他以更加成熟的目光看待政治，认识其国家的本质。在这个意义上，波哥大暴动对马尔克斯来说，确是不寻常的他者。那时的哥伦比亚，当权者恣意发动暴力行动，大量村镇被保守党人摧毁，对自由党人的恐怖行动如火如荼。这一系列的暴力活动给哥伦比亚人留下深刻印象，而在此间的四五年中，哥伦比亚暴力小说的创作如雨后春笋，尽管马尔克斯后来认为这些小说粗制滥造、草草而就，没有什么文学价值，但保留了暴力活动的大量证据。反观当时23岁左右的马尔克斯，并不那么满意已完成的《枯枝败叶》，《百年孤独》的故事雏形也正在酝酿，一切都悬而未决，当此之际，他用《没有人给他写信的上校》和《恶时辰》两部作品实践自己的写作理念，以更写实的笔调触碰哥伦比亚当时的社会现实。在这些作品中，他没有直接讲述经历过的暴力事件，也不像同时代的作品那样列出因暴而死的亡者清单或暴力活动使用的手段，而是借助作品更进一步地思考这类暴力活动爆发的原因，以及暴力对幸存者如影随形的伤害。在写作过程中，自我（the self）将对当代生活的各种理念（我们与他人的情感关系、我们对自我生命的谋划、我们对消费系统或美学风格的看法……）投射、编织到作品中，据以言说一个清晰的故事，一段清楚的"历史"，文本据此可以作为知识生产的过程，也可以作为历史书写的结果，更是作家生命的自我持存。

我们可以看出，《百年孤独》确乎保留了沿袭自《枯枝败叶》的语言风格，精彩华丽、丰富夸张，但又不动声色；而《没有人给他写信的上校》和《恶时辰》却与之有根本区别，承袭自新闻报道，风格简洁凝练，呈现在我们眼前的，是一个新闻记者式的作家——马尔克斯。推崇欧美小说如马尔克斯，在经历了波哥大暴动带来的一切与和母亲的回乡后，他意识到，以童年经历为基础，模仿学习卡夫卡、乔伊斯等人的写作，不能够诞生他自己的文学，需要重新认识加勒比文化，也需要重新认识自身的根源，只有和加勒比文化重新相遇，才能成为自己想成为的"报人"或"作家"。霍米·巴巴以"文化差异"为抓手，强调人类各种文化是靠差异来确定自身，它们从内在的角度与其他文化进行参照，因而会带有其他文化的一些痕迹，并且容易受到其他文化的影响而被改写。劳伦斯·格罗斯伯格也指出，"现代论述倾向于用二元的方式去界定差异，也易使他者局限在否定符号之上"①《身份和文化研究：这是全部吗？》，他认为"现代性是由差异的逻辑所构成，营造出'他者'之间的敌对关系；而所谓的'他者'，则是由其对立面所定义。……这会引致报复的政治"②。

然而，作家既是自主与自由创作的主体，也是与民族、种族、文化、地域性身份捆绑在一起的主体，不论是基于殖民主义的伤痕回忆描写，还是批判资本集团对家乡的掠夺，甚或是再现哥伦比亚本国的政治风暴，作家都有与本土保持一定距离，但又致力于探索其作为建构主体的双重视角，这种文本实践既属于一种"差异的建构"，也是作家在接受西方现代主义文化中自我身份复杂化的开端。

三 转型与扬弃：自我风格的变化历程

与母亲路易莎重回阿拉卡塔卡的经历，使马尔克斯重新获得自己的童年，同时也使他不再流亡于自己人生之外，他不仅发现了带着过往回忆的自我身份，也意识到在文学创作上如何学习20世纪20年代的前卫作家。知其来路，晓其去

---

① [英] 斯图加特·霍尔、保罗·杜盖伊编著：《文化身份问题研究》，庞璃译，河南大学出版社2010年版，第116页。
② [英] 斯图加特·霍尔、保罗·杜盖伊编著：《文化身份问题研究》，庞璃译，河南大学出版社2010年版，第117页。

处,这是阿拉卡塔卡之行带给他的宝贵财富。在马尔克斯的小说地图中,最重要的就是马孔多,马孔多既再现着马尔克斯记忆中的小镇,也象征着回溯过去、追寻本源的一种心境。马孔多在实际地理地图上指向的是马尔克斯外公、外婆所居之地,位于"旧省份马格达莱纳的北部,从圣玛尔塔到瓜希拉,经过阿拉卡塔卡和乌帕尔山谷"①。然而,马孔多只是马尔克斯小说世界中的一半,虽然这一半为他带来了相当的国际声誉。在外公、外婆居住的地方,有一个不受欢迎的外来者,那就是马尔克斯的父亲。与父亲相伴相生的概念中,不仅有"枯枝败叶",也有卡塔赫纳市、辛瑟和苏克雷镇,这些地方有着厚厚的殖民色彩,不仅遭受着历史的凌辱,还使人感到压抑,因而成为马尔克斯小说世界中的另一半——不知名的拉丁村落。这两个具有不同色彩、来自不同原型的世界同样代表着拉美。

在阿拉卡塔卡居住时,当地发展正值经济热潮期,身边又有外公外婆相伴;但前往苏克雷生活时,外部环境由于"暴力事件"使哥伦比亚局势愈加严峻,他还承担着照顾家庭的责任,虽然后来他又被送到别处读书,但是,作品中苏克雷化作的小镇始终充斥着令人厌恶的氛围。苏克雷所代表的城市气质与马孔多完全不同,读者能从《恶时辰》《没有人给他写信的上校》《一桩事先张扬的谋杀案》中清晰地辨认出以苏克雷为原型的小镇,在《没有人给他写信的上校》中,"这个镇子连狗屎都不如"②。虽然马尔克斯几乎很少提及苏克雷,就像他很少提及自己的父亲一样,但在他描写这些"没有魔法"的村镇所发生的故事时,可以看到他对父亲的反抗,这种反抗也昭示着作者对哥伦比亚保守主义的对抗。

《没有人给他写信的上校》讲述了等待来信的老上校与妻子节衣缩食过日子的故事,上校在内战结束以来度过了56年光阴,已然75岁高龄,在近15年中,他唯一做的事情就是等待,等待战争抚恤金信件的到来,这笔抚恤金关乎他和妻子晚年日渐严峻的生存问题,但上校的申请文件早就不知道被冗杂的办公步骤转

---

① [英]杰拉德·马丁:《马尔克斯的一生》,陈静妍译,黄山书社2011年版,第107页。
② [哥]加西亚·马尔克斯:《没有人给他写信的上校》,陶玉平译,南海出版公司2013年版,第54页。

第三章 马尔克斯小说的身份书写

送到哪个部门去了,他虽然每天满怀希望去邮局收信,但永远都在等待着一封不会来的信件。9个月前,上校的儿子被乱枪打死,当时他的儿子正在斗鸡场散发秘密传单,儿子死后,仅留给这个家庭一只斗鸡,消耗着上校和他妻子的精力与粮食,却也是上校的精神支柱,因而即便忍受饥饿,上校也不愿将斗鸡卖掉。对马尔克斯而言,这本书的写作时间正好是书中的背景——1956年,埃及民族运动高涨,欧洲深陷苏伊士运河危机之中,这本书的灵感一部分来源于马尔克斯多年前在巴兰基亚鱼市看到的一名等船的男子,值得注意的是,那名男子看起来"带着些许沉默的焦虑",同时也来源于"暴力事件"期间哥伦比亚的政治局势,更直接来源于马尔克斯那段时间的恋爱经历(与玛利亚·恭色希翁·金塔娜在巴黎的恋爱),金塔娜与马尔克斯在巴黎经历了甜蜜、贫穷、堕胎与分离,被马尔克斯自认为最好的作品。①

这部作品在文风上体现了马尔克斯从新闻通讯写作学来的紧凑、简洁与直接,也有他模仿自海明威的简约精练,但文章却维持了滑稽幽默和严肃苦涩间的平衡,因而研究者将这种半严肃半滑稽(serio-comic)的风格视为该作品最重要的特色,这一特点最明显地反映于上校和他妻子的日常对话细节中:

"这双鞋早该扔了,"她说,"还是穿那双漆皮鞋吧!"

上校顿感凄凉。

"那双就像是没爹没妈的孩子穿的一样,"他抗议道,"我每次穿上它们就像刚从收容所里逃出来似的。"

"我们本来就是没儿没女的孤老嘛!"妻子说。②

当上校便秘发作,妻子也因哮喘病倒时,他迫于生计,经常到家附近的

---

① 尹承东、申宝楼编译:《马尔克斯的心灵世界——与记者对话》,中央编译出版社2015年版,第196页。

② [哥]加西亚·马尔克斯:《没有人给他写信的上校》,陶玉平译,南海出版公司2013年版,第15页。

小店赊账："'下星期就还'，他嘴上这么说，心里实在没多大把握，'有一小笔钱上星期五就该给我汇过来了。'等妻子的病稍有起色时，丈夫的模样让她吃了一惊。

'你瘦得皮包骨头了。'她说。

'我正打算把这老骨头卖了呢！'上校说，'有家黑管厂已经向我订好货了'。"①

但此时的上校实际上已经是在勉强支撑着日常生活，饿得筋疲力尽了。跃然于日常对话间的人物塑造缓解了剧情本身的紧迫与危机，虽然上校也是孤独的、倔强的、不肯服输的（颇像硬汉圣地亚哥老人），但读者看到更多的是一种热带国家的幽默和轻浮，以及举重若轻的宽厚。

作为背景的"暴力事件"在《没有人给他写信的上校》中频繁出现：上校的儿子因散发秘密传单而死，上校后来在与儿子朋友的交往中也接收、传递秘密传单，上校所代表的党在战争中落败，有的被打死了，有的则被赶出小镇。镇上流通的报纸则充满审查后的新闻，全镇人晚上伴着宵禁号入睡。这一恐怖氛围也笼罩着构思于此时，却后于这部小说出版的《恶时辰》："招募来的人开始在警察局集合。小院四周围着高大的水泥墙，墙上血迹斑斑，弹痕累累，让人想起了过去的岁月。当时，监狱里容不下那么多人，犯人只好待在露天的地方。"② 作家在一定程度上反映了"暴力时期"的历史真实，但这种真实并没有入侵其文学文本的创作而成为主旋律，因而作家保持了一种"有限度的写实"，采用间接的方式暗示历史的真实情况。其主要的描写对象仍然是"孤独"——个人隔绝于环境的无望与国家隔绝于现代化发展而只是承受军政府摆布的写照。

霍米·巴巴认为，"模拟"在其面具之后没有什么隐藏的存在或身份标识，

---

① ［哥］加西亚·马尔克斯：《没有人给他写信的上校》，陶玉平译，南海出版公司2013年版，第43页。

② ［哥］加西亚·马尔克斯：《恶时辰》，刘习良、笋季英译，南海出版公司2013年版，第141页。

第三章 马尔克斯小说的身份书写

面具就是身份,而本书立场则更倾向于,马尔克斯写作过程自有其整一性和指向性,隐匿带来的空白只是暂时的,不断成熟的作家会在写作中渐渐呈现趋于稳态的身份认同,这与所谓"本质的、变动不居的"身份观念是截然不同的,并非先在之概念,而是生成之状态。评论家在观察马尔克斯创作马孔多系列小说时,认为他非常精准却又非常刻板地遵循福克纳的写法,在小说结构与语言风格方面呈现出亦步亦趋的写作样态,马尔克斯本人在接受古巴《流浪报》杂志记者采访(1979 年)时,则赞同"面对典范性的作家要跟他们争高低,直到使他们对你再也不起作用"这一观点,并说"每当有人跟我说起福克纳,我就说我的问题不是模仿福克纳,而是打破福克纳,就是说,根除他对我的影响,这让我烦透了"。[①] 也即是说,在他创作作品的过程中,一个深层而稳定的自我在慢慢浮现。

人们认为《百年孤独》的开头非常到位,而这种虚构形式的开头与《枯枝败叶》中的描述有着异曲同工之妙,马尔克斯说:"这是条近道。"然而,当时的哥伦比亚,暴力事件频发,当权者不光毁坏村庄,还开展恐怖活动。只有二十二三岁的马尔克斯虽然已完成《枯枝败叶》,也正在构思《百年孤独》,但他更多考虑的是"怎么继续以正在运用的这种处理方式写虚构小说?"出于一种政治上的决定,马尔克斯写作更接近社会现实的《没有人给他写信的上校》和《恶时辰》,并且将重心放在"暴力活动原因"的探求而非对暴力的直接描写和控诉上,在暴力活动频发如同家常便饭的哥伦比亚,马尔克斯力图探寻暴力产生并存在的深层原因,以及暴力对幸存者的影响。在这种情况下,马尔克斯意识到,要想用文学展现出这一思考,必须转换自己的写作语言,写作的题材决定着叙述的技巧,因此,《枯枝败叶》的语言不可以用来写作或处理《没有人给他写信的上校》和《恶时辰》要讨论的问题,它们之间存在着根本的区别。但是,是什么导致在《百年孤独》的写作上,马尔克斯又回到了

[①] 尹承东、申宝楼编译:《马尔克斯的心灵世界——与记者对话》,中央编译出版社 2015 年版,第 194 页。

《枯枝败叶》呢？马尔克斯曾告诉过我们，"《没有人给他写信的上校》和《恶时辰》的直接现实主义有它一定的范畴。但是我明白了人们杜撰的故事也是现实，他们的信仰、他们的传说也是现实，这些都是他们日常生活的组成部分，他们的成功和失败都受其影响。我明白了现实不只是杀人的警察，所有的神话、传说，人们生活的所有组成部分都是现实，所有这些都必须加进去"[①]。但是，并不是说这两个阶段的作品就是完全分化的，《恶时辰》几个重要的典型人物，其形象或取自《枯枝败叶》，或发展于《百年孤独》，人物在不同的故事中复现，马尔克斯也在不同的作品中勾连链接着中短篇和长篇作品的世界。

沿袭自《枯枝败叶》的《百年孤独》开启了对孤独、死亡等主题的魔幻现实主义再现，马尔克斯开始不动声色地讲述起马孔多的故事，而《没有人给他写信的上校》和《恶时辰》主要所指的暴力、权力式微等主题则在后期《族长的秋天》《迷宫中的将军》中得到进一步展开，这也印证了我们之前所说：《枯枝败叶》《恶时辰》等作品更像是为完成《百年孤独》而进行的预备工作，因此需要理解马尔克斯那整一的创作空间，看到如梦似幻般的写作笔触已经在先于《百年孤独》的作品中得到了细致的试验，并沿袭成为一种文体、一个风格。

作为"马孔多"魔幻世界创造者的马尔克斯将这种独有的风格延续到了之后的诸多作品之中，他的写作试验发生在具有完整艺术真实规则的"马孔多世界"里，并试图一次又一次地将他感受到却延迟内化的生活真实复现在作品里，这一切规则的建构，则围绕着拉美生活中两个难以逃避的主题：死亡与孤独。

第三节 永恒的双生花："死亡"与"孤独"

孤独与死亡在马尔克斯的作品中是难以分离的两大主题，二者之间甚至紧密

[①] 尹承东、申宝楼编译：《马尔克斯的心灵世界——与记者对话》，中央编译出版社2015年版，第48—50页。

相关，构成了他所理解的魔幻现实下人类心理的嬗变方式：孤独是面对荒诞时普遍人性的即时反应与自我保护机制，死亡则是无可避免的终结性的悲哀。他笔下人物对待这两种主题事件的精神状态也反映出在他的写作实践中体现出的对现实的理解与期许。

一 双主题的建立：文化冲击与自我认知

新航路的开辟意味着拉丁美洲被殖民历史的开启，西方文化席卷整个拉丁美洲，拉美因此陷入一种"循环的时间"，被动地开放造成社会的变形发展、文化的传承失根，拉美人民在这样的时代中既承受着外在生存的苦难，也经历着内在心灵的孤独。这种双重体验被马尔克斯写进作品，因此，"孤独"与"死亡"是马尔克斯作品中最重要的两个主题，也是与作家的社会身份认知密切关联的两个主题。以马尔克斯为代表的魔幻现实主义文学，其最大特征是"魔幻化"的内容，马尔克斯试图以再现自己所见之魔幻现实的笔调，重构拉丁美洲文化场景崩塌的瞬间。也正是在这种尝试中，他不断地与魔幻的现实和解，接受死亡与孤独在生命中固执存在的事实，书写着他对拉美现实的深刻体验。

马尔克斯有关自我身份意识的自发建立可以追溯到早年的波哥大求学时期。其第一篇作品《第三次忍受》写下有关自身死亡的冥想，呈现于文学角色的马尔克斯个人性格特征表现为焦虑、极端敏感以及怀疑自己有病，是卡夫卡式的自我形象。达索·萨尔迪瓦尔评论《第三次忍受》时，认为这篇小说虚构的外衣下包含一个自传性的故事："难道加夫列尔不曾像《第三次忍受》道德主人公那样，一个五六岁的孩子，被外祖母特兰基丽娜用周游宅院的前辈的幽灵吓唬得下午六点坐在椅子上一动不动，傍晚时分的宅院对他而言成了一座巨大的灵台了吗？难道加夫列尔不是像笔下那个人物一样，直至20岁的那个时期所过的生活都是贫穷的和连续有过几次死亡的吗？他失去阿拉卡塔卡镇金色童年是死亡；前往锡帕基拉市完成中学学业时，失去加勒比地区是死亡；随后前往波哥大，如今在这里，受着远离故乡的寒冷高原上的孤独的煎熬和枯燥无味的法典的折磨，同样是死亡。"①

这里所说的死亡并非指涉了物理意义上的身死，而代表着马尔克斯与他所经历的一切具有生命力的事物告别——童年、故乡、朋友、理想。从他的第一部作品《枯枝败叶》起，在这部不超过 140 页的作品中，处处流露着作者冷静的野心。他说，从写《枯枝败叶》的那一刻起，他所要做的唯一一件事，便是成为这个世界上最好的作家，书写实践就此成为他开启自我认知的渠道，而在这部作品中，死者的葬礼与"枯枝败叶"对小镇的侵蚀构成的双重主题，都指向了孤独与死亡。

在大夫的葬礼中，上校一家（包括大夫）是被全镇人孤立的；在漫长的小镇发展史中，小镇被"枯枝败叶"吞噬而走向堕落。上校宁愿与全镇的人对着干，也要将大夫下葬，我们能够看到上校顽强与外界舆论抵抗的坚毅，也不难理解他愤世嫉俗的孤独身影，显然，这一态度也与目睹小镇历史堕落的惋惜有关，女仆梅梅曾经将这里——上校一家最初的安身之所——描述为"乐园"。"乐园"直追"伊甸园"隐喻，包纳了"因罪堕落"这层潜在的批判，也直接点明了"枯枝败叶"与其背后现代资本、意识形态那排山倒海、势不可当的入侵。在《枯枝败叶》使用的颇多隐喻中，可以理解，马尔克斯孤独的生活状态源于其对拉美局势的绝望。早期的马尔克斯攻击拉丁美洲的基本历史与认同问题，当代拉丁美洲在其笔下呈现的样态无疑是令人失望的。同时，基于"波哥大大暴动"给哥伦比亚带来的混乱，几乎是出于一种意识形态的立场观点，马尔克斯希望在《枯枝败叶》中改写哥伦比亚的历史。

后来，在《没有人给他写信的上校》中，马尔克斯再一次将个人的"身份"问题进行讨论。小说中称其为"上校"，之所以这样强调这个官阶名称，是因为他授衔的政权已经名存实亡，他是一个为国家做过贡献的优秀的人，虽然这贡

---

① [哥] 达索·萨尔迪瓦尔：《回归本源》，卞又成、胡真才译，外国文学出版社 2001 年版，第 147—148 页。

第三章 马尔克斯小说的身份书写

献相对较小，但也赋予了他等待的这笔政府抚恤金正当性——他失去了自己的儿子。上校与妻子捉襟见肘地生活着，他的妻子可能随时会饿死，他们还养着一只斗鸡。明天吃什么已然成了大问题，但家里的经济只能通过鸡养好之后一个半月，去参加斗鸡比赛并获胜才能改善。使他生存下去的理由只有抚恤金和赢钱："把鸡养到明年一月，参加斗鸡比赛，赢了之后抽头钱。"这是一个残忍、荒诞的故事，它讲述的是"老兵"这样一个本该充满尊严的文化身份如何沦落为为了维护仅剩的尊严，连生命都摇摇欲坠的惨痛事实。

"信今天肯定要到的。"上校这样说。（信并没有找到）"我在想那个办理退伍金手续的职员，"上校又撒了个谎，"再过五十年，我们都静静地躺在地下了，而那个可怜虫每星期五还要苦苦地等他的退休金"①。职员而不是领袖——半崩溃的政治体系内，没有人会将他作为值得尊敬的身份去对待，他也同样无法找回对这些社会身份的认可，人与人费劲地为彼此贴上标签然后用对待另一种标签的态度对待彼此，就好像这些命名开始失去它们最初的意义。

如果说，《没有人给他写信的上校》是作者在《枯枝败叶》后力图更接近现实的首次尝试，也是他关注现实中真实的个人身份问题与困境后的思考，那么《恶时辰》则被视为寓意鲜明的政治漫画小说。《恶时辰》延续了《没有人给他写信的上校》中小镇"秘密传单"的风暴，以"匿名信"为引子，塑造了经受暴力恐怖统治的小镇。两部作品虽然都是作家再现"暴力时期"哥伦比亚政治生态的作品，但是，正如马尔克斯对当时"暴力小说"的批评，马尔克斯本人展现的实际上只是一种艺术化了的、有限度的现实，其艺术核心仍然是在各种社会力量和冲突作用下，人本身那赤裸裸的孤独。

谈到创作《恶时辰》时期自己的巴黎生活（经济上窘迫，政治上接触到阿尔及利亚冲突），马尔克斯复述了某天在圣米歇尔桥雾中行走的体验：整天没吃

---

① ［哥］加西亚·马尔克斯：《没有人给他写信的上校》，陶玉平译，南海出版公司2013年版，第66页。

东西,也没睡觉的作家正在桥上走着,突然听到另一边传来的脚步声,随着脚步声越来越近,和作者一样身穿红黑格纹外套的路人渐渐出现在作者眼前:"我们在桥中央经过对方时,我看见他凌乱的头发,土耳其人的胡子,白天饥饿、晚上无眠的悲伤表情,我看见他的眼中满是泪水。我的血顿时凝结,因为那个男人的长相真的酷似在回家路上的我。"① 政治局势的破裂和文学表达的迫切共同催生出这一时期的作品,并向读者诉说着这样一个事实:孤独不仅是内心情感上与外界隔绝的情绪反应,而且是对所属国家、所处历史似乎原地踏步、丧失动力、发展无望的无奈。在这种孤独中,与种种生命力蓬勃的符号相斥的死亡叙事,也就顺理成章地成为他写作的中心。因此,前文所提及的"回归本源"就不仅仅内含着一个温情的向度,还必须理解,马尔克斯作为内心孤立的知识分子,在书写死亡叙事的同时,仍希望以堂吉诃德式的思想方式建立心中的理想世界。

  在《枯枝败叶》中,马尔克斯使用了再现式的小说模型,将马孔多布置成一个为他所熟知的文化场域,在这里,孤独和死亡熔铸于日常生活之中,轮番上演。"孤独"这一叙事主题,将颇有堂吉诃德气息的《枯枝败叶》、写实主义的《没有人给他写信的上校》以及粗俗闹剧式的《恶时辰》笼罩在马尔克斯逐渐成形的"马孔多叙述"下。不论是各式"小镇"(以苏克雷镇为原型),还是"马孔多"(以阿拉卡塔卡为原型),上校、医生、法官、警察,还有各式各样的妇人,都被有意串联起来。福克纳以约克纳帕塔法县串联诸作品,马尔克斯则在"马孔多叙述"中展陈故乡留给他的丰富而绵延的想象。无论马孔多,抑或无名小镇,其意涵皆指作家个人对现实及其历史的主观模拟。而这种主观模拟,更偏向的是自我身份认同所对应的心理和身体体验。在前面的说明中,我们提到,自我在个体与他者的对立中得到构建。在吸收他者、反映他者、批判他者的写作实践(既指马尔克斯的实践活动,也指小说中展现的价值样态)中,马尔克斯找到了理解本民族文化象征、展现本民族文学叙事的关键表征,也在这一过程中,

---

① [英] 杰拉德·马丁:《马尔克斯的一生》,陈静妍译,黄山书社2011年版,第147页。

逐步完成了文化上的身份认同及身份建构。

二 死亡叙事文本的三重书写之维

死亡是文学作品中十分常见的自我指涉型哲学命题，对死亡的探究，建立在主体掌控感的丢失之上，只有当主体经历了外力施加的强制性剥离，才会对自我主体性和自我能动范围产生基本的认知。《枯枝败叶》不自觉地采用了孩童的视角去描述死亡，即从最陌生的概念开始对死亡进行解构——死亡是一种难以理解同时又意义深刻的失去。

"这是我第一次瞧见死尸"，《枯枝败叶》故事开始的第一句话便使全书平添紧张感。与此同时，如果与阿摩司·奥兹达成共识，同意一篇故事的任何开头，实则都是"作者和读者之间的某种契约"，那么加西亚·马尔克斯赋予《枯枝败叶》的开头，无疑是他背向主人公而面向读者传递的某种讯息：他的故事充满对死亡的兴趣。如诺贝尔奖评选委员会在授奖词中所说："在加西亚·马尔克斯独创的世界中置身于一切事物幕后的总导演也许就是死亡。整个情节围绕着死亡——一个已经死亡、正在死亡或即将死亡的人展开。"[①] 而有关死亡的叙述自肇始起，便无时不显露出魔幻的意味。

马尔克斯在开始《枯枝败叶》的正文之前，先引入了古希腊三大悲剧作家之一索福克勒斯的代表作《安提戈涅》中的一段话，这段引文很快呼应了作品开头——惨死的波吕涅克斯的尸体无人收殓，题中之义依然讨论不出加西亚·马尔克斯关于"死亡"。《枯枝败叶》的死亡叙事则运用了三种不同的手法，包括将尸体特殊符号化、对气味进行详细描写以及对时间感的体验描述。这些处理方式共同构成了死亡叙事三个维度的魔幻化特征，即制造符号、强化感官和时空错位。

[①] 陈曦：《遗忘于荒诞：人类文明的百年孤独——〈百年孤独〉主题探析》，《名作欣赏》2020 年第 36 期。

在《枯枝败叶》的正文中，随处可见来自上校女儿与孙子的对死亡的不适与忧惧："我真不该带孩子来。这种场面对他很不适宜，就连像我这样快三十的人，对这种停尸待殓的压抑气氛，都感到很不舒服。"① 如果说书中加西亚·马尔克斯通过一种抽象的描述来形容母亲对死亡的抵触，那么当他描述孩子对死亡的体验，则更多诉诸直观的细绘，"舌头朝一边耷拉着，又肥大又软和，比脸的颜色还要暗淡，跟用麻绳勒紧的手指头颜色一样。死人瞪着眼睛，比普通人的大得多，目光又焦躁又茫然，皮肤好像被压紧实的泥土"② 。尸体因此被加西亚·马尔克斯塑造成为一个符号，一方面，尸体意味着神秘魔幻的"死亡"概念被马尔克斯物化为肉体可感的存在，并被作家辅以感官化的演绎；另一方面，尸体也因此成为罗兰·巴特口中那个"经过寻找和解码从而无限扩张的叙事的精粹材料"。尸体的符号化使得死亡得以如疫病般在作家笔下的人物间传播——见过尸体的人就是接触过死亡的人，他们对死亡自有一套特殊的解读体系，通过描述这些人的异常反应，映射出死亡对生活的撕裂感和控制感，接触死亡的个体会越发意识到自我受到死亡的不断凝视，从而变得焦虑、迷惑、渐渐失控。

如果回首瞻望，在《枯枝败叶》问世之前，加西亚·马尔克斯更为早期的短篇小说已经流露这一倾向，人物与情节每与尸体、鬼魂、幽灵关联。《第三次忍受》的主角本身便是一具尸体，更准确地说，是一位"活死人"：自7岁一场伤寒发烧后便在棺材中生长了18年。"从那时起，他就无法区分也无法记住哪些事是他的妄想，哪些事是他生活中真实发生过的"，③ 马尔克斯夸张的想象力与夸张的语言风格在写作的初期就已显露释放，最后呈现的魔幻风格中，不仅构想出"活着的死人"这种自相矛盾的物体，更魔幻之处还在于，已经死亡的主人公依然具有精细的五感，日复一日"在想象中逐一游遍了自己身体的各个部

---

① [哥] 加西亚·马尔克斯：《枯枝败叶》，刘习良、笋季英译，南海出版公司2013年版，第10页。
② [哥] 加西亚·马尔克斯：《枯枝败叶》，刘习良、笋季英译，南海出版公司2013年版，第6页。
③ [哥] 加西亚·马尔克斯：《蓝狗的眼睛》，陶玉平译，南海出版公司2015年版，第6页。

第三章 马尔克斯小说的身份书写

分"①。同年所作小说《埃娃在猫身体里面》,埃娃在无法入睡的长夜中,总会想起那个埋在柑橘树下已经死亡的孩子,听到死去的孩子在泥土下传来的微弱的哭泣声,因而每每饱受恐惧的折磨,在通篇的内心独白与意识流动中倾倒她三千多年的失落与孤独。《死神的另一根肋骨》具备相似的设定:被埋在树下的死去的双胞胎兄弟,成为压在主人公心头的重负,充斥并且占据了他的全部身心——"他对他那双胞胎兄弟的尸体的印象已经牢牢地扎根在他生命的中心位置"②。

不难发现,加西亚·马尔克斯醉心于人物和场景的具象化,并痴迷于对死亡的感官性描写,这在相当程度上影响其小说魔幻风格的形成。这种"具象化",不仅包含从人物成为尸体前的死亡过程,到死亡后尸体形象的视觉具象,也包括作家对嗅觉具象的描绘。埃娃弥留之际,"在她空空荡荡的床上,她身上的气味占据了她作为完完整整的女人的空间,而此刻,她的气味开始消散"。对加西亚·马尔克斯来说,气味是他与死亡联系的一条重要纽带,《死神的另一根肋骨》中,主人公每每想起死去的兄弟,便闻到花园里散发的气味,感到那气味飘进屋内且愈加浓烈,令人作呕。《枯枝败叶》的最末一句,是棺材抬起的一瞬间"我"心里所想到的"该闻到臭味了"。这很容易让人联想起马尔克斯曾经提到他在描写《族长的秋天》时,因无法描写城市炎热的气候而倍感焦虑,解除困境的方式多少习自格雷厄姆·格林那种巧妙的写作手法:马尔克斯精选了一些互不相关,但在主观想象中充满微妙的联系的材料,最终借由栽种植物的方式,在阵阵芳香的气味中"让读者体验到了这座城市的酷热天气"③。换而言之,作家的感受与其想象的读者感受皆与气味紧密相连、息息相关。

同样的感官描写在《霍乱时期的爱情》小说开篇出现。小说开始便是医生视角观察下的凌乱环境:空气中刺鼻的药品味,战争带来的疾病、残疾、痛苦,以及摧残这片土地的毒品。"医生看到尸体躺在行军床上,覆盖着一条毛毯。阿

---

① [哥]加西亚·马尔克斯:《蓝狗的眼睛》,陶玉平译,南海出版公司2015年版,第9页。
② [哥]加西亚·马尔克斯:《蓝狗的眼睛》,陶玉平译,南海出版公司2015年版,第57页。
③ [哥]加西亚·马尔克斯:《番石榴飘香》,林一安译,南海出版公司2015年版,第37页。

莫乌尔生前一向是睡在这张行军床上的。靠近行军床有个板凳，凳子上放着一只小桶，那是用来蒸发毒品的"[1]。尸体、毒品、药品，这就是这片土地最常见的附属物，也是这片土地最需要的东西。

《霍乱时期的爱情》发生在加勒比海沿岸城市的典型环境里，战争的阴云、霍乱的流行和混乱的社会。这种典型的生活持续了将近半个世纪，直到20世纪30年代才有所改变，这种混乱造成的最糟糕的后果，就是作为个体的人对社会的恐惧，一种"社会群体孤独后遗症"，造成了严重的身份认同冲突。若将拉丁美洲比作真实的人，那将是一个男性身份，因为战争而变成残疾、不得不终身依靠药物稳定病痛，但因为药物滥用等原因，最终投入了长期的毒品依赖，以减缓自己的病痛、麻木自己的精神。

小说中的女主角第一次婚姻选择的并不是一个激发她爱情的对象，一名中规中矩的医生，"他那样一个天主教的卫士，向她提供的竟然仅限于世俗的好处：安全感、和谐和幸福，这些东西一旦相加，或许看似爱情，也几乎等于爱情。但它们终究不是爱情"[2]。选择了生活而不是爱情的女主角似乎并没有失去什么，反而在漫长的婚姻中渐渐找到了自己的样子，因孤独感是一种会让人们难以信任他人的疾病，需要长期的陪伴才能疗愈。

由于混乱的社会结构和被殖民的生存状态，导致个人很难体验到正常社会中常见的"劳动—获得报酬—升级劳动工具—更好地工作"这个正向反馈的流程，没有反馈使得人对自身能力、人格的确认缺少认识，以至于不能成为独立、完整的成年人，也就理所当然地无法维持一段健康的情感关系，整个一段历史时期内的青年男女，在爱情观念和经历方面，都接受了来自社会的巨大打击，作为"应当享受爱情"的人群，他们被时代所抛弃，幸运的，得以用瘟疫来掩盖自己失而复得的爱；不幸的，则是沉默的大多数，湮没在时间的长河里。

---

① [哥]加西亚·马尔克斯：《霍乱时期的爱情》，杨玲译，南海出版公司2012年版，第1页。
② [哥]加西亚·马尔克斯：《霍乱时期的爱情》，杨玲译，南海出版公司2012年版，第1页。

第三章 马尔克斯小说的身份书写

而在此之外，加西亚·马尔克斯另有更加隐微的死亡叙事，实现于他对小说时间的操控上，"时间的意义在于它随时都可以重新结构世界，也就是说世界在时间的每一次重新结构之后，都将出现新的姿态"①。在早期短篇小说和《枯枝败叶》中，马尔克斯的时间呈现出一种看似流动，实则停滞的吊诡状态，典型如《第三次忍受》与《埃娃在猫身体里面》，对于在棺材中生长十八年的活死人以及时间已经过去3000年的埃娃来说，看似时日流淌，实则每一天眼前都是重复出现的事物与世界，因此实际上，时间早已失真，不再是一种与鲜活联系的维度，而只是一种麻木的、失去生命力的循环往复。对照文学上另一个经典的"循环"议题——加缪笔下的西西弗斯神话——我们可以更加清晰地看到马尔克斯的思考姿态与价值判断。在加缪那里，与生活分离之后陷入荒谬、濒临死亡的局外人，与马尔克斯那里，被生活封闭，陷入死亡状态的尸体、鬼魂与幽灵具有某种层面上的相似性，但加缪试图在希望与死亡之间达成一种平衡，荒谬的人依然是自己生活的主人，命运循环往复魔咒生活里的西西弗依然有快乐与幸福，"他的命运是属于他的"②，且不提马尔克斯笔下实际的死者，早期短篇小说中大量在世的角色，其实已经失去了对生活的控制，无所爱亦无所求，将生命消耗在麻木的、机械的因而无意义的重复动作中，如《三个梦游者的苦痛》中那个孤独的女人，她从未用心聆听过屋内数不清的钟表声，在她渐渐失去时间的概念后，"她已经开始像某种东西了，几乎就像死亡本身"③，她的确是个人，却又不再具备生命的功能，最终"在这些钟表一点一滴、一丝不苟的节奏中慢慢变为尘土"④。

在马尔克斯早期的短篇小说中，人物复杂的内心世界占据内容的主体部分，情节这一内含"行为"的故事因素被无限削弱，显然都与时间和生命的停滞形

---

① 史成芳：《诗学中的时间概念》，湖南教育出版社2000年版，第241页。
② [法] 阿尔贝·加缪：《西西弗神话》，杜小真译，人民文学出版社2011年版，第151页。
③ [哥] 加西亚·马尔克斯：《蓝狗的眼睛》，陶玉平译，南海出版公司2015年版，第83页。
④ [哥] 加西亚·马尔克斯：《蓝狗的眼睛》，陶玉平译，南海出版公司2015年版，第81页。

成一种内在的同构关系,使小说毫不囿于现实逻辑的框架而展现出魔幻的风格。这是马尔克斯创造的另一个时间,一个"已经被人遗忘的时间",像《突巴耳加音炼星记》中所写到的,人物在这种完全不同的时间中绝望地坠落,犹如坠落进丧失时间概念的地狱,不管是18年、3000年,还是400年,终究看不清未来。当马尔克斯描述埃娃的孤独与恐惧,写道"桌子上,唯一的座钟用它那象征死亡的装置打破着沉寂"①,我们会联想起《枯枝败叶》中有关时间的描述,"只有当某种东西活动的时候,人们才知道时间在前进"②,也因此能理解马尔克斯借时间以表现死亡的技巧。如同浑身僵硬的尸体或只有意识流动的幽灵,对于那些并不具备实际行动的存在来说,时间是静止不动的,世界也就注定是僵死与封闭的。

三 死亡叙事中的孤独心史:必将走向虚无

我们在前文中曾提及,与马尔克斯成长相伴的另一线索,是阿拉卡塔卡联合水果公司与其员工关系的破裂,香蕉区的大萧条以及自此之后阿拉卡塔卡漫长的衰落、劳资纠纷,还有学生时代到波哥大时期所经历的断层与变革。这种随着马尔克斯年龄渐长而越来越被强烈感受到的断裂,不仅给拉美"新小说"作家带来了自我身份认知的问题,同时也寄居于马尔克斯早期作品中对"死亡""孤独"主题的描写中。

在自我认知形成的重要阶段,马尔克斯的生活就伴随着孤独与失去,纵观他笔下的悲剧人物,终将由各种不同的事件导致人物孤独乃至死亡。在小说中设置死亡场景,以探讨死亡体验,是作者进行自我认知的方式。"死亡"在马尔克斯的小说中不仅指向真实的肉体之死,还传达了一种隔绝孤独的情感状态,而且这种隔绝是人物有意识隔绝于他人。"死亡"不仅意味着作家和人物的生存体验,

---

① [哥] 加西亚·马尔克斯:《蓝狗的眼睛》,陶玉平译,南海出版公司2015年版,第25页。
② [哥] 加西亚·马尔克斯:《枯枝败叶》,刘习良、笋季英译,南海出版公司2013年版,第64页。

第三章 马尔克斯小说的身份书写

还是引导主体进行反思、最终走向虚无的载体,也就是说,"死亡"主题在早期马尔克斯的作品中的作用实际指向了一种反向凝视,这种凝视不仅是人向世界的凝视,还意味着人向自我的凝视,来源于社会、文化、地缘的隔离、差距,使马尔克斯真实地感受到迷茫与困惑,进一步泛化为对存在意义的困惑和对世界的茫然,小说中则呈现为:自我隔离的主人公远离现实世界,困在棺材里、守在宅院里,在极端孤独的处境中面对死亡这一终极命题,设置死亡背景、探讨死亡体验,这些都仿佛显示出作者马尔克斯意图通过死亡完成一种自我认识。

孤独这一征候频繁地出现于《百年孤独》七代人走向生命终点的故事中:晚年被捆在树上并以树为墓的第一代阿卡尔迪奥·布恩迪亚,在乐此不疲地制作小金鱼时就已经"死亡"的奥雷里亚诺上校,一生在爱与悔恨中度过并能感知自己死亡的阿玛兰姐,敢爱敢恨而后半生甘愿等待死亡降临的丽贝尔,身体健壮、生命旺盛而意外身亡的何塞·阿尔卡迪奥,孔武有力、威武强悍而因刚愎自用、自断退路的阿尔卡迪奥,虽为病逝但在目睹3000人被屠杀时已经失魂的何塞·阿尔卡迪奥第二,坚守一身修女道德而裹着女王服装死亡的费尔南达……在马尔克斯式永恒的孤独中,主人公的人生(平稳—轰轰烈烈—静默)除了战争带来的意外,大多数人都很平静地走向了人生的终点。而在这样和谐之中,人们感受到的不是祥和,而是无边的虚无:布恩迪亚家族的两代的两个男人演绎的是对历史、理性、理想探索的失败,阿玛兰姐与丽贝尔所代表的女性则诉说着爱之不得的艰辛与痛苦。

老布恩迪亚一手建立了新的家园,又以不断接受新事物的方式让小镇风光一时,却在新思想的冲击下走向精神的崩溃。在被牢牢捆在树上的日子,老人似乎看到了家族终会在故步自封与拒绝改变中走向衰败:如果"新"让他这位家族中几乎最富有开拓精神的人都精神乏力、思想焦虑,那么有谁能够用怎样的方法采用拯救家族那种可怕的特质、打破那个永恒困扰的诅咒呢?这也就解释了为什么老人被松绑后,依然用捆在树上的生活方式度过余生。面对着这样的忧伤与领悟,还有什么可以重新振作起来的理由呢?

奥雷里亚诺上校两次面对死亡，与父亲相比，他对新鲜事物的热衷，有过之而无不及，且上校更喜欢将自己的狂热与不满付诸实践，父亲喜欢做小实验，以此来开阔眼界，促进小镇发展，奥雷里亚诺上校则喜欢做轰轰烈烈的大事，战争、政治在他的一生中占据着至关重要的位置。父亲被小物件折磨得精神分裂，而他则是被政治、战争等大事件打击得精神异常。但两人其实执着的是同一件事情——"新"。一位执着于"新看见、新实验、新想法"，一位痴迷于"新思想、新战斗、新世界"，但统统在"新"（开拓）的面前败下阵来。当缴械投降后，都走向了长久的沉默和自我的监禁（父亲是在树上、上校是在小屋子里）。面对死亡时，那种痛彻心扉的虚无感，足以把人震撼得不寒而栗。

阿玛兰妲与丽贝尔同时喜欢上了年轻英俊的钢琴师，性格开朗、热情奔放的丽贝尔自然占据了上风、抢得了头筹，但婚礼却被阿玛兰妲的一次次诅咒与恶作剧推迟，直到丽贝尔移情别恋，从而也宣告了这段恋情的剧终。丽贝尔一见钟情地爱上了她的大哥——何塞·阿尔卡迪奥，并与他另择他处，过起了新生活。婚后的女主人表现出了女人的持家有道、男主人也表现出了男人的责任担当。但这个因热情奔放的爱情组成的家庭，没有享受它该有的宁静与平和。丈夫的意外身亡，让丽贝尔痛不欲生。她从此与世隔绝、落落寡合。最终，在夫妻美好生活的回忆和期待与丈夫相聚的愿望中，坦然地走向了死亡。而当年一心以破坏别人婚姻为目的的阿玛兰妲，在丽贝尔移情别恋后，又匪夷所思地拒绝了年轻的钢琴师，后者也因她殉情。得知消息的阿玛兰妲，则是决绝地烧坏了自己的手，并终身裹着黑布。当我们以为这位美丽的姑娘就此幡然悔悟时，她又同样决绝地斩断了赫里内勒多·马尔克斯上校献上的真挚爱情。始于两情相悦的真爱，终于莫名恐惧的拒绝，两段爱情，同样的开头和结局。而后，美丽的姑娘则以编织自己的裹尸布为余生的事业。一个大胆奔放、激情澎湃、勇于追求真爱，一个心思缜密、腼腆矜持、怯于表露真情。两个人"镜像"般矛盾的存在，但却都在自己的世界里走向了无爱。爱情的火焰都已熄灭，死亡也就没那么可怕了。继男人社会性的世界在虚无中死亡后，女人爱的世界也以同样的方式走到了生命的终点。

　　从外因上看，马尔克斯笔下的人物似乎可以分为男性和女性双重视角，不同性别分别演绎着理性与感性的对立。而分析人物对死亡的态度我们可以进一步发现，人物的悲剧更多地来自内因导向的冲动型虚无和外因导致的冷静型虚无。在对男性和女性世界的死亡考察之后，马尔克斯将思考的重心放在了人的另一个二维存在中——"冲动的激情 VS 冷静的思想"（感性 VS 理性）。

　　何塞·阿尔卡迪奥和阿尔卡迪奥无疑是"冲动激情"的代表，性爱和暴力是激情最完美的表达，但是，再完美的活，也要面对死。何塞·阿尔卡迪奥和自己的妹妹结合，触碰了"布恩迪亚家族每一代必有乱伦发生"的魔咒，其真正死因乃是乱伦的惩罚——"性激情"。阿尔卡迪奥虽死于政敌的枪口下，但直接原因是他的刚愎自用（按报信人被他判定为特务），如果再进一步抽象，阿尔卡迪奥则是死于战争的惩罚——"暴力激情"。相对于男性视角与女性视角的死亡，"冲动激情"的亡灵没有那么心甘情愿，没有那种坦然面对的勇气，更没有那样沉重的虚无感，因为他们的虚无不是源自自我的审视，而是来自他者的旁观。

　　何塞·阿尔卡迪奥自留下不良的名声，到离家出走，到最后神秘地死亡，被"激情"支配、被"激情"遮蔽、被"激情"虚空。作为儿子的阿尔卡迪奥则更是在"激情"的另一条路上狂奔，其掀起的风波也远大于他的父亲，毕竟"暴力"导致的是战争。"暴力"让他一路嗜杀、一路践踏、一路掠夺。"激情"在这里达到了顶点，咆哮的声音让整个小镇颤抖。但当阿尔卡迪奥的部队颓然倒下、阿尔卡迪奥本人面对行刑队时，从当初那振聋发聩的声音里，我们感受到的却是苍白和空洞，一种强劲的虚无之感向我们袭来。这时，"冷静的思想"以背叛父辈的姿态登场：本想一整前者的无能与颓败，但现实中只见尸骸遍地，三千人、三千个同伴共赴一场死亡的盛宴，阿尔卡迪奥本人却只做了一个死里逃生的悼客。相比"冲动的激情"，"冷静的思想"又重新坠入

· 115 ·

自我虚无的深渊。

与两性的视角不同,"冲动的激情"是自戕式的自愿,其虚无源于自我灵魂深处的爆发;而"冷静的思考"则是被迫的自愿,其虚无来自外界的压榨与逼迫。马尔克斯式的死亡模式,或是虚空外界,或是自我虚无,无论走向哪里,无论死在何处,主体始终孑然一身,目的地始终丧失意义,或不知所踪,正如等待来信的上校,"直到过了半个世纪他才明白过来:自从在尼兰迪亚投降以来,他连一分钟的安宁日子也没过上"。

马尔克斯是一名清醒的孤独者,他接受这个事实正如这片大地上的每一个人接受个体的死亡与孤独一样自然,他将孤独与自由区别开来,却能够找到二者之间的平衡,他笔下的无数人物走上或是孤独或是死亡的漫长消亡旅途,而他给予自己的解脱之道即是不断的记录。

如罗兰·巴特所言,人是"总在进行讲述的动物",个体在不断地叙述,叙事在不断地形成,在这个过程中,个体进行着不断对自己及自己身处世界书写的行为,叙事就像生活本身一样存在着,基于此的一切书写行为和书写成果则是一种自我书写。马尔克斯在不断学习、转化、书写的过程中延续其意识生活,适应于不同人生阶段所体悟的不同角色,实则写成了一部名叫"马尔克斯"的系列作品。个体对于自我身份的认同,实际上指向的是一种积极的个人形塑,这种形塑首先带来差异化,其次走向同一性的建立。马尔克斯对父辈真空的体认、成长历程的追忆、心理内倾的展现、孤独体验的追溯,不仅表明了越来越清晰的自我形象正在逐渐浮现,也意味着在书写与创作的过程中,马尔克斯不断重新认识自己、认识自己的家乡与故国、铭写过去与未来。

个体对自身属于什么并将成为什么的理解,个体对自己与世界关系的体认,来源于游荡在时间之海中的记忆,也成形于经由个体或本能,或巧妙编织而成的叙事。

文本以一种绝对他者的知识提炼其自我认识,在这样的自我书写中,基于"追忆者、创造者、孤独者"身份认知逻辑下的作家形象逐渐明晰,源自个人经历和政治时局的双重断裂引发作家对现实生活的反思，源自回乡之旅与童年回忆的源头认同转换着作家对写作手法的理解与实践，源自美学模仿及艺术觉知的观念扬弃引导着作家逐步形成包罗万象的文风，贯穿始终的，则是终于人世虚无之思的孤独底色，以及与《百年孤独》一道倾泻而出的淋漓创作。

第四章　马尔克斯小说的权力图式

马尔克斯曾说过：孤独是他所有作品的主题，是拉丁美洲民族最鲜明的特征。而权力是造成这一民族特征的重要原因之一。这片土地上最主要的权力斗争关系的体现，就是"独裁者"形象。拉美文学作品中经常出现的"独裁者"形象来源于拉丁美洲的殖民历史，殖民者们选举出一些对当地熟悉的"人"作为管理领导的前线，他们被作为殖民期间拉美独裁者的"欧美资本主义殖民地的中间人"，以"殖民者的权力代理人"身份实行统治。作为与拉丁美洲地区人民直接接触的群体，独裁者的管辖与专权会让拉美人民更直接地感受到恐惧，从而在一定程度上忽视居于中间人之上而来自殖民者的剥削。因此，当我们说拉丁美洲的历史是充满血腥和暴力的历史，就不仅指向的是拉丁美洲地区所承受的外在剥削，还暗含着自己人对于自己人的压迫、同胞对于同胞的残害。

这些拉丁美洲的独裁者及其所进行的管理统治，正如阿尔都塞等西方马克思主义理论者们所讨论的意识形态与国家机器及其再生产的关系理论。尽管阿尔都塞没有直接讨论殖民地的统治，但是他所讨论的管理结构关系却能够比较贴切地解释和理解这种"独裁者"形象。阿尔都塞在解释马克思的理论时，将具有镇压属性的代理人归入"意识形态国家机器"中，因为他们和其他国家机器一样"通过暴力发挥功能"，[①]且这些独裁者的数量可以有很多。这些殖民权力代理人

---

① [法]阿尔都塞：《哲学与政治：阿尔都塞读本》，陈越译，吉林人民出版社2011年版，第281页。

第四章　马尔克斯小说的权力图式

不完全属于公共领域，而是私人领域的重要组成部分，如统领某个教会，作为资产阶级统治权威的"从属"领域。而这种权力关系更重要的体现，在于其对各种权力关系、生产关系的"再生产"，也都在马尔克斯的作品中得到了比较全面的展现。马尔克斯对殖民者与被殖民者、殖民者权力代理人与被殖民者、殖民者之间的众多关系，都有讨论与描述，对这种深具意识形态国家机器再生产关系的思考，将本土民众深陷被统治剥削而不自知，甚至"共情"统治者们的颠覆、奇特现象的耐心描述，是其作品具有现实魔幻的另一个重要因素。

本章以马尔克斯笔下的独裁者形象内涵分析为切入点，运用西方马克思主义理论、结构主义与后结构主义等现代理论分析其中深含的权力、意识形态关系图式，全面透视其小说中彰显的拉美政治权力形态及意识形态因素等与之相关的社会反思。

第一节　独裁者的另类诗意书写

拉丁美洲历史现实中充满着被殖民和被统治，其中的独裁者是被欧美殖民者们选出的权力"中间人"，代替或者作为行动的推手来维护殖民者们对拉丁美洲的统治。这种并不算独特的独裁者身份自然与拉丁美洲的殖民事实分不开，如同宗主国西班牙一般，拉丁美洲的独裁者也具有盛极一时却又短命早衰的特征。独裁者们曾经确实掌握过丰富的物质、资源、权力，但却在主动挥霍与被动剥削中丧失了一切（西班牙曾经将掠夺到的近70%的黄金财富都用在贵族消费上，最终沦为其他殖民国的资本原料产地）。可是，在拉丁美洲这片土地上，独裁者又承载着拉美土地的发展，因此，马尔克斯笔下的独裁者之所以存在、行动或发展，似乎不只为了讽刺拉丁美洲的政治统治，更指向遭受外来文明入侵的拉丁美洲文明发展进程，说明拉丁美洲因遭受西方的殖民侵略而被迫进入了现代化进程这一事实。

在殖民时代，男性象征着孔武有力的拓荒者。《百年孤独》中的布恩迪亚上校就是其家族历史中的拓荒者,他带领家人建立了马孔多这个后来的家园,作家也有意使"建立马孔多"与《圣经》"创世纪"互为印证。另外,马尔克斯也塑造了一些具有"雄性气概"的女性形象,这些勇敢坚定的妇女成为家族动荡历史中的中流砥柱,保卫着家族的存续。从父权制的角度而言,大男子主义其实是父权制在家庭单位的权力生产关系瓦解以后的产物。当记者询问马尔克斯是否反对女权主义时,他回答:"大男子主义是怯懦的。"似乎越是生产力落后、思想愚昧的地区,大男子主义就越加盛行。拉丁美洲的独裁者形象,正契合于大男子主义下的男性形象。

在人类历史进入封建时期之后,男性责任被更多地划定在社会生产领域,而女性在家庭领域并没有因此获得相应的话语等政治性权力,男性因社会生产承担责任,他们的权力反而延伸至家庭领域。恩格斯早已指出父权制是私有制的产物,也指出是社会分工的相应体现。因此,当社会分工发生变化时,父权制之下的权力关系也会相应做出调整,甚至承受挑战,正如退隐之后的布恩迪亚上校每天与金鱼为伴。尽管布恩迪亚上校并不是一位典型的大男子主义者,在众多采访中,马尔克斯表示对布恩迪亚上校拒绝掌权一事感到非常愤恨,但他的失势确实是政治权力斗争的结果。进一步来说,如果不是拉美社会爆发了反抗殖民者的革命战争,布恩迪亚上校也不会成为英雄;如果不是在积累战功之后上校主动放弃了执掌权力,他也不会落得一个孤单落魄的结局。这种选择与思考,已经能够预示马尔克斯中后期创作的主题性转变,他的创作开始了对权力本身的构成、变异的考察与思索。

马尔克斯善于创作独裁者题材的小说,其作品主题从探讨孤独、死亡,到深入描写权力本身的构成和变异,发生过重大的转变。在接受记者采访时,马尔克斯承认,大男子主义是拉美社会的典型特征之一,因此他塑造了一部分带有"大男子主义"和"男子气概"的角色。在社会学家吉登斯看来,权力的运用是人的行动的普遍特征,权力反映出行动者之间自主与依附的关系。独裁者作为殖民者的权力代理人,掌控着对权力中介的资源;但独裁者作为殖民者的臣属者,同

第四章　马尔克斯小说的权力图式

时也对处于支配地位的殖民者行为产生影响。① 马尔克斯的小说创作中清晰体现出这种以独裁者的形象书写为核心的权力图式。

要理解马尔克斯笔下拉美的种种奇诡事件背后的历史成因，就不得不对整个权力系统最顶端的拥有者、执行者和领路者做出相应的分析，所有的独裁者不仅仅是作为一个权力所有身份而存在的，而是作为一个复杂而具有多面性的独立个体存在，马尔克斯对于这些独裁者的凝视从来不是出于权力体系的视角，却意外地在这方面收获了它解体的真正经过。

一　未完成的独立道路：独裁者的统治历程

拉丁美洲多数地区在被殖民之前并没有形成成熟有效的政府管理机制，因此，无论是经济还是政治，拉美地区的现代化进程都非常艰难曲折。美国加利福尼亚大学圣迭戈分校的研究员彼得·史密斯在《论拉丁美洲的民主》中，充分关注了拉丁美洲这片土地上独特的政治问题，概括了拉丁美洲民主化转型的三个周期，并详细分析了这三个周期中社会阶级的行动对民主政治发展的影响，为人们认识这个略带神秘的地域提供了新的视角：第一个周期（1900—1939年）是由传统的政治精英推动的民主化进程，主要的政治斗争是上层阶级的利益之争。第二个周期（1940—1977年）的情况比较复杂。第二次世界大战结束之后，资本主义殖民体系开始瓦解，很多拉美国家也开始了民主革命；然而，到了20世纪六七十年代，受美苏冷战影响，主要国家相继发生军事政变。到了70年代中期，只有委内瑞拉、哥伦比亚、哥斯达黎加三国依然是民主国家。这一时期中产阶级力量壮大，普选制得到进一步发展。第三个周期是从70年代末至今，这一时期，工会组织发展更加成熟，人民可以通过有组织的政治活动寻求民主权利。总体而言，作者对拉美地区的政治民主化进程感到相当乐观，但马尔克斯的态度

---

① ［英］安东尼·吉登斯：《社会的构成：结构化理论大纲》，李康、李猛译，生活·读书·新知三联书店1998年版，第77—78页。

认同、建构与反思——马尔克斯小说研究

却远没有如此乐观：

> 我的夙愿是让整个拉丁美洲都变成社会主义，但如今人民受到和平和制度化的社会主义的诱惑。为了便于选举，这一切似乎都很好，但我认为它完全是乌托邦式的。[……]眼下美国并没有干预，但它不会总是袖手旁观的。它不会真的接受智利是社会主义国家。它不会允许的，别让我们对这一点抱有幻想吧。①

考虑到拉丁美洲被殖民的历史以及社会现代化发展的迟滞，可以理解马尔克斯对美国的警惕以及他明显的左派倾向。在政治民主化和经济全球化问题上，前殖民地国家无论如何都希望摆脱被西方资本主义国家剥削的不幸处境，寻求独立发展的道路。马尔克斯是一位拒绝担任公职的作家、知识分子，因此，他需要从文学创作，甚至是文化建构的角度来反思拉美地区的文化现代性问题，以及与此联系紧密的被殖民历史体验、权力历史。与此同时，马尔克斯也在思考，作为一个拉美作家应该如何言说权力、批判权力。

谈到此处，就不能回避后殖民主义这一历史文化语境下，"拉美作家应该如何突破第三世界的前殖民地国家的种族、文化刻板印象"这一问题。萨义德在讨论殖民地国家如何掠夺土地所有权时，进一步明确了文学与历史现实的关系，与之相应的想象性文学作品会把这一段历史通过艺术手段转化成被殖民地人民的历史记忆。② 也就是说，这种文化侵略实际上是对民族经验的篡改，胜者书写历史，西方强势的资本主义文化对殖民地历史经验的侵占与改写，实际上始于话语权争夺中的胜利。帝国主义阶段，西方文化产业的制造力与传播力是仍然处于农

---

① [美] 吉恩·贝尔-维亚达：《加西亚·马尔克斯访谈录》，许志强译，南京大学出版社 2019 年版，第 173 页。

② [巴] 爱德华·W. 萨义德：《文化与帝国主义》，李琨译，生活·读书·新知三联书店 2003 年版，第 3 页。

第四章 马尔克斯小说的权力图式

业经济阶段的被殖民国家、地区无法抵抗的,1945年以后,西方世界原本看起来十分坚实的殖民体系逐渐分崩离析,极具社会责任感和历史发展眼光的知识分子要求重写这段坎坷历史,夺回言说自己国族经验的权利。毕竟,在西方"前"殖民主义文化语境中,殖民地国家的人民、文化、历史始终是西方现代化进程的陪衬:想象性的"东方"必须是浪漫的、原始的、农业的、蒙昧的,甚至在一部分西方近现代文学中被显现为一处美好的"异托邦",以此,才能反衬西方工业文明象征的理性、先进、工业化、启蒙等优秀特质。总而言之,西方近现代文学、史学、社会学文本中充斥着大量殖民话语,不仅严重干扰了前殖民地国家的文化认同,也成为这些国家文学发展的一大阻碍。

西方对现代性的推崇,来自对知识、理性的思索与探查。从笛卡尔开始,现代性对"人"及其行为有极大的信任,甚至坚信"通过理性和科学,一切贫穷、无知和不公都终将被消除"[①]。当然,这种幻想最终转为对人类的巨大失望。尽管如此,现代性仍然关注到对人自身的思考与反省,希望掌握某些规律性的知识。如果说现代文学的形式策略是对文学自身的反省,马尔克斯的文学实践其实也体现了与之如出一辙的艺术自觉。《恶时辰》《枯枝败叶》等短篇作品作为鸿篇巨制《百年孤独》的提前练手,体现了马尔克斯寻找文学创作方向的努力,因为从写作短篇小说到创作长篇小说,不仅是篇幅的问题,更多的是叙述方式的转变。按照马尔克斯的描述,他在创作《百年孤独》时"胳膊还是热的,写起来太容易了"[②]。所谓"容易",不仅源于多年的习作积累,更多的是作者本人对艺术创作的原始材料充满热诚,因此其写作活动也会变得更有激情。《百年孤独》是一位出身拉丁美洲的作家为自己的同胞书写的传奇,也是拉丁美洲人的私密历史,融入了作者本人作为拉美人的独特体验。马尔克斯与多数现代作家一样坚决反对文学的工具性,并且认

[①] [美]查尔斯·E.布莱斯勒:《文学批评:理论与实践导论》,赵勇、李莎、常培杰等译,中国人民大学出版社2015年版,第108页。

[②] [美]查尔斯·E.布莱斯勒:《文学批评:理论与实践导论》,赵勇、李莎、常培杰等译,中国人民大学出版社2015年版,第75页。

为批判权力不是作家的主要义务。因此,马尔克斯笔下族长的心灵世界并没有因其独裁者身份或贪婪的权欲而减损诗意,独裁者的内心世界不是作家能够轻易接近的,更何况是用一种诗意而非纪实的方式去呈现独裁者的生活。然而,正是因为现代文学具有这种形式革新的传统,马尔克斯的作品才从根本上杜绝了西方视角可能在刻画此类形象时造成的刻板印象。

西方文学批评家惯于给予"魔幻现实主义"手法以赞誉,这既为马尔克斯带来了世界级的声誉,也驱使马尔克斯思考所谓的"魔幻",并在日后的写作过程中逐渐完成转型。在马尔克斯看来,不同的"真实观"会导致接受层面的差异。拉丁美洲的现实本来就不缺少超自然特质,这种对于现实的理解不一定就完全是迷信,而可以看作一种预兆,或者说,现实的构成物在拉美人看来有着无法依据科学而解释的因素。马尔克斯虽然钟爱这些传奇故事,但他清楚地知道,这并不能成为拉美文学唯一的标志。尤其是 20 世纪六七十年代由于美苏争霸不断升级,拉美地区的政治局势也开始动荡不安(也就是《拉丁美洲的民主》中提到的第二个时期),马尔克斯敏锐地感受到拉美地区独裁统治死灰复燃的迹象,并且对此现实局势的发展趋向极为重视。在《百年孤独》之后,马尔克斯更希望以创作承载他对政治、权力的思考。布恩迪亚家族的悲剧在于孤独与不团结,这与拉丁美洲社会历史与独裁政治的经历息息相关。在马尔克斯看来,19 世纪的批判现实主义并不适用于讲述拉美人的故事,也并不符合现代文学艺术自律的要求。另外,批判、讽刺独裁统治的拉美文学作品也并不缺乏。[①] 因此,马尔克斯选择了更难驾驭、具有典型现代主义特征的叙事模式,以文学作品表达他对拉丁美洲革命与独裁历史的思考,在他的笔下,革命者与独裁者都是为文学本身存在的非历史化人物形象,马尔克斯如此写作实际上也为第三世界的现代经验书写

---

① 在拉美现代文学史中有四大反独裁小说。除马尔克斯的《族长的秋天》之外,还有米格尔·安赫尔·阿斯图里亚斯的《总统先生》、拉蒙·马利亚·德尔·巴列-因克兰的《暴君班德拉斯》和乌斯拉尔·彼特里的《独裁者的葬礼》。这三部作品在叙事形式方面比较传统,对独裁者形象的批判倾向过于明显。这样的文学作品是很容易被归结为文明、民主的西方社会的对立面,落入后殖民主义视角的陷阱。

提供了有价值的参考。

二 被诗化的多维批判：独裁者的内心世界

拉美文学的许多作品中都塑造过各种各样的独裁者形象。另一位拉美诺贝尔文学奖获得者略萨在他的代表作《公羊的节日》中就以冷眼旁观的叙述者视角讲述了独裁者权力的故事。诺贝尔奖委员会评价这部作品有"对权力结构制图学般的细腻描述"，可见略萨的创作主要着眼于权力在社会诸方面的表征。而马尔克斯的创作与略萨截然不同。《族长的秋天》并不是一部讽刺小说，而是以文学书写独裁历史的新尝试，马尔克斯真正感兴趣的是独裁者这一拉美历史特殊产物本身。任何一位有良知的作家都不会在创作中为独裁者罄竹难书的罪行开脱，他们讽刺与批判的锋芒针对的其实是真实历史中的独裁者，而文学作品中的独裁者角色只是一个被表征的对象。作为拉美作家，马尔克斯并没有摒弃自己的政治立场——独裁者出卖国家利益，给人民带来深重的苦难，严重阻碍了社会前进的步伐，他们的死亡昭示着代际的更迭和时代的转折；独裁历史是被独裁者及其背后殖民者带来的，整个社会因此遭受的贫困和混乱，在大众传媒发达的现代社会广为人知。对此，马尔克斯选择了比讲述独裁者故事更难操控，也更诗意的方式处理这一题材，即写一部独裁者的心灵史。

马尔克斯曾长期担任记者一职，从经验上来说，他并不缺乏见证历史这方面的经历和历练。独裁历史经验对于马尔克斯的文学创作有着非凡的意味和影响。杜塞尔（Enrique Dussel）认为，拉丁美洲艺术大致可以分为三种类型：统治阶层的艺术表达、被压迫者的艺术表达与预言家式先锋的艺术表达。《百年孤独》就是第三类艺术表达最为熠熠生辉的代表，完美诠释了以文学来预言时代的主题功能。

马尔克斯认为，独裁者的私人历史同样是拉丁美洲历史的重要组成部分，仅仅给予其讽刺批判，是对这段历史经验的片面处理。拉丁美洲的"考迪罗"统治，是西班牙殖民者从伊斯兰文明的父权崇拜演化而来的，因此，从历史发展进程来看，拉丁美洲没有经历过封建制度阶段或帝国主义阶段，因而也就不具备强有力的政府，在国家陷入动荡时，军事独裁是拉丁美洲执政者必然的选择。良性的政治体制需要社会财富的积累、公民素质的提高，而经历过殖民历史的拉丁美洲根本不具备这样的条件。但是，一味否定这段历史经验，其实也是对拉美文化的否定，同时有陷入西方中心主义式"文明—野蛮"二元论陷阱的危险。更何况，任何的社会结构、政治体制都是整体国民性的映射，独裁者的孤独同样映射着拉美人民的绝望与痛苦。以上种种，都不能够完全以批判视角概而论之。

马尔克斯并不掩饰他对《族长的秋天》的偏爱之情。毕竟，大多数的作家总是从自己最熟悉的人和事入手开始创作——比如，《枯枝败叶》的内容源于马尔克斯早期与妓女、嫖客比邻而居的经历，《百年孤独》则融入了他的家族秘史与幼年时从祖母那里听来的传奇轶事。从这个角度而言，艾略特的文学理论向人们揭示了作家成长的一般规律，即越成熟的作家越能脱离私密的个人体验，寻求普遍的真相作为艺术表达的内容。《百年孤独》倾注了马尔克斯太多的心血，其中的宿命论也许出于作者过于关心拉丁美洲的历史命运而产生的悲观情绪。但《族长的秋天》却是不同的，它的实验性更强，被赋予"权力孤独之长诗"之名，马尔克斯的野心也借此作品的问世得以昭示。部分研究者认为，《族长的秋天》是马尔克斯毕生艺术创作的高峰。从文学创作的技巧性层面来说，这样的评价并不过分。在此提取小说中的一些段落说明其技巧性：

> 周末，一些秃鹫钻进了总统府的阳台，啄断了金属窗栅，振翅搅乱了屋内凝滞的时光，礼拜一的黎明时分，城市从几个世纪的昏睡中苏醒，一阵温软的微风拂过，伴着伟大的死尸与腐朽的伟大散发出的气息。直到此时我们才敢进去，并且无须像最勇猛的人期望的那样，强攻残败的石砌加固墙，也不必如另一些人建议的那般，用双驾牛车撞掉正门，因为只需一推，曾在这座府邸的英雄时代抵御过威廉·丹皮尔炮火的装甲大门便会转着合页屈从退

第四章　马尔克斯小说的权力图式

让。就仿如进入了另一个时代的域界，因为在权力的空阔藏身之处的废窟中，空气更加稀薄，寂静更加古旧，而事物在颓弱的光线下已模糊难辨。

小说的每一章都以独裁者朽坏的尸体描写开始，行文的过程中不用标点符号，做到了真正的"文不加点"。没有标点的句段带来了叙述上的压迫感和紧张感，很显然，这是作者刻意营造的艺术效果。作者叙述独裁者的身后事时，既不描绘万人唾弃的现实场景，也不进行发人深省的议论评价，而是围绕尸体展开追忆，揭示一位掌权多年的独裁将军的精神秘史。从腐坏的尸体这唯一曾存在过的明证开始，作家用没有标点的紧凑语言将其层层揭剥，于是将军的私生活完全被公开出来。这种过于密集的信息和动作让人感到很不安，正如独裁的历史是拉丁美洲社会发展进程中难以逃避的惨痛记忆一样。过于强烈的记忆在艺术处理方面虽然是有难度的，但作家却必须对这样的历史事实保持基本的判断。在许多后现代文学作品中可以看到作家对肉身的关注以及对尸体的描述，但若将其与权力方式进行对读，那么福柯关于身体和权利的关系问题的探讨，似乎可以解读这种描写偏好。

权力与社会运行的秩序息息相关，渗透在微观的日常生活中。不同时代下的权力呈现着不同的面貌，马克斯·韦伯曾说明过权力独裁的形象："权力意味着在一种社会关系里，哪怕是遇到反对，也能贯彻自己意志的任何机会。"① 独裁者不过是权力运用的直接表现，仅仅是一种最简单的形象。而真正的权力神话则是悄无声息渗透到每一个社会关系中的，它如影随形，与每个人的日常生活息息相关。与此相比，独裁者反而是容易朽坏的。马尔克斯在构思《族长的秋天》初期就已经形成这样的认知。

马尔克斯在他的文学访谈录《番石榴飘香》中提出："至于权利的孤独和名声的孤独毫无疑问是存在的。保存权利的策略和抵御名声的策略最终总是相似

---

① ［德］马克斯·韦伯：《经济与社会》，阎克文译，商务印书馆2020年版，第81页。

的。这是这两种情况会产生孤独的部分原因。此外权利与名声的隔离效应更加深了这一问题的严重性。归根结底,这个问题有关掌握情况,了解信息,隔绝信息会把上述两种人同纷繁复杂、千变万化的现实隔离开来。因此,权利和名声存在一个相同的重要问题:'应该相信谁?'这个问题如果放肆地加以引申,最后会导致这样一个问题:'我到底是谁?'"

《族长的秋天》是一部从选题上就直击权力结构中心的长篇作品,马尔克斯专门从拉美历史中虚构出了一位富有代表性的独裁者作为小说的主人公来探讨权力问题,现场经历58年委内瑞拉独裁政府的倒台使他对这一题材深有感触,以至于一开头就复用了他曾目睹的"占领总统府"情节:"在那座大门敞开的宫殿里,无人知晓谁是谁而又代表谁。"《族长的秋天》所谈论的,正是"权力"如何使人失去自我认知的能力,人如何被某个体制、某个位置驯服的过程。比之《百年孤独》更为独特的是,这部作品的种种荒诞政治情节——如将军的替身被特许"享用"将军的姬妾,以至于分不清将军的孩子究竟是将军还是替身的孩子,这类取材灵感均来自令人咋舌的拉丁美洲现实事件,以至于一位来自巴拿马的政治家在拜读《族长的秋天》后,对他评价道:"我们确实像你(马尔克斯)描写的那样。"

拉美的独裁统治给人民带来了深重的灾难,马尔克斯对独裁者的描述映射出他对独裁制度的解读和批判,这是一个泯灭人性的制度,他笔下的独裁者往往沉溺于低级欲望的发泄,暴力地对待奴仆和女性,充满了不合逻辑的疑心病,一旦独处便难以忍受自我意识的拷问。如书中描述的,"他是一个人感受,一个人理解,既脱离了世界,也脱离了自我,对自己都感到陌生"。

另一个孤独的独裁者是《恶时辰》中的镇长,但比起《族长的秋天》的独裁者,镇长显得更加习惯于这种孤独,小说中这样描述他对自己孤独生活的适应力:"镇长经常是几天几夜的不吃饭……要说他的活动,有时候也真是忙得不可开交,可又不是老这么忙,很多时候却又闲得无聊,在镇上东走走西看看,或者把自己关在那间装了钢板的办公室里,也不知道日子是怎样打发过去的。他总是孤零零的一个人，老是待在一个地方，没有什么特殊的爱好……"① 权力在这里应用的方式已经不再是单纯的暴力，因为权力不再仅仅存在于独裁者的手中，这是一个关于独裁者目睹自己本应控制的一切缓慢崩塌的故事，不同于《族长的秋天》的一夜之间改天换地，《恶时辰》展现的主要是权力至上主义的阴沉氛围，所有的时间线都是"恶"的，充满犯罪、谋杀、死亡、谎言的城镇，时空同时都失去了意义。

权力终将用独裁政治带来人与人之间的猜忌和割裂，以及将恐惧的种子深植在每一个独裁者的心底。

使独裁者感到孤独的，正是权力本身，当人处在不可违逆的地位时便会不由自主地发出质疑，人始终是社会性的动物，而没有什么比政治生活更加充满社会性反馈的了，当他被崇敬、肯定、爱戴或畏惧时，他总会盘问自己，他人究竟是出于对他的情绪还是对他的位置，即权力的恐惧而做出反应，"他害怕一个人睡觉，在他身上起支配作用的是失落感。他感到在这个世界上没有比他更孤独的人了。他孤独地一个人留在代表他的权力的那个凄凉的住所里"。权力使他渐渐失去对他人行为的伦理判断，麻木他的神经，只留下对权力的执着和永恒的孤独。

三 新秩序的文明重建：独裁者的死亡预言

略萨在《加西亚·马尔克斯评传》中写道，马尔克斯在哥穆尔卡主政时期来到了波兰，当时斯大林已经去世，对斯大林的个人崇拜行为也开始受到清算，作家曾在莫斯科红场的地下陵墓中见过这位"独裁者"的遗体。马尔克斯等拉美作家大多有非常强烈的左翼倾向，尽管如此，他们却并不向往僵化教条的苏联模式，至少在马尔克斯看来，斯大林这样的国家领导人其实已经封闭了自己的国家，使之进入了一种无时间的状态。略萨没有细细地分析个中缘由，读者却可以推测马尔克斯的切身感受：独裁者是必死的肉体凡胎，却被个人崇拜神化，这样

---

① ［哥］加西亚·马尔克斯：《恶时辰》，刘习良、笋季英译，南海出版公司2013年版，第124页。

荒谬的情况真切地发生在现实中。独裁统治使得国家与外部世界隔绝，进入一种"无时间"的非历史状态，重复着独裁统治下的社会停滞、恐怖、暴力与血腥。苏联现实的僵化与故步自封与作家本身强烈的自省意识与批判精神全然不符。从这个角度看，我们就可以理解小说开头对独裁者官邸的描写实际上是带有强烈不满的讽刺。如果再结合小说结尾来看，作者对独裁历史的基本态度就比较清晰了：

> 因为您害怕知道我们已经清楚得不能再清楚的事实：生命是艰辛又转瞬即逝的，然而再没有另一个生命了，将军，因为我们知道自己是谁，而他却永远不能知晓，他带着自己年迈死者那疝气的温柔哨声，被死亡一棍击中、连根折断，他在他秋天的最后几片冰冷树叶的阴暗声响中，飞向了被遗忘的真相的黑暗祖国，他惊恐地抓着死亡长袍上的破布烂线，远离了疯狂人群的呼喊，他们冲上街头唱着欢快的颂歌，庆祝他的死亡，他也将永久地远离那自由的音乐、幸福的焰火和那荣耀的钟声，它们正向世界宣告一则好消息，宣告那永恒的无尽时光终于结束了。①

对于马尔克斯来说，文明在于传承，更在于不断进步。这种理想化的追求与独裁者的封固完全矛盾，独裁者真正的恐怖之处在于，他利用第三方赋予的权利，以并不明智的"中间人"行为，强行阻碍甚至阻止了历史发展的进程。人民因独裁者的死亡而欢呼雀跃，并不仅仅是因为他罪有应得，或因为独裁的结束意味着自由的新生，而是因为这些权力代理人死去了，这个国家的历史将再一次前进，而非停滞不前地在混乱与暴力中不断堕落。当仍怀有希望的理想主义者们看到独裁者的尸体不断腐坏，难再复活，也就预示着历史终归要滚滚向前。独裁者将永远被历史抛在过去，这种历史发展的希望给黑暗中踽踽前行的人以力量，

---

① ［哥］加西亚·马尔克斯：《族长的秋天》，轩乐译，南海出版公司2014年版，第257页。

这肯定也是马尔克斯的希望。

独裁者的官邸同样是历史的见证者,它并没有被革命的洪流冲垮,也曾抵御过西方的侵略者(威廉·丹皮尔)。这一段描写恰恰点明了独裁政治的复杂性,马尔克斯在访谈中曾提及,他描写的独裁者是更早的反抗帝国主义的军事领袖,他们并非总在历史前进的对立面。更有趣的是,马尔克斯把加勒比地区的独裁者与其他文化中的圣徒、烈士、征服者相提并论,他认为这些人都是在历史文化演进过程中被神化的一类典型人物,正如20世纪社会主义运动中被神化的斯大林。个人崇拜在父权制文化中屡见不鲜,马尔克斯能具备这种超越历史语境的眼光去看待拉丁美洲的独裁者形象,正是《族长的秋天》呈现出独特的审美风格的来源。

小说开头出现的族长官邸是国家的权力中心,其死寂、晦暗的景象象征独裁者自身形象的神秘。小说的结尾,"我们"(人民)已经清楚地知道了自己是谁,而独裁者却在无知的状态中死去。这是因为朽坏的独裁者终将走向愚昧,也终将成为过去,而人民却已经看清了历史发展的方向。无论是族长的官邸,还是他的尸首,都可以视作揭示这段历史的关键线索,它们既象征着独裁者的无上权力,又是其无限制的权力带来的罪恶后果。因此,作者写到独裁者既不是亡于革命,也不是毁于暴动,而是自然而然地灭亡,就像独裁者生前求教女巫时所得到的预言。

在马尔克斯看来,独裁者的死亡是历史的必然结果。如果说苏联的个人崇拜终结于斯大林的亡故,那么,独裁者的肉体死亡还具有另一层含义,即集权的崩塌。被神化的独裁者会在肉体消亡以后被曾经畏惧、崇拜他的人民"祛魅",觉醒了的人民则会成为新的民主政治的参与者,而不是暴力统治内部的顺民。凡是经历过丧乱的作家们都会思考此类问题,米兰·昆德拉与马尔克斯都曾经历困苦磨难,有着对世界深刻的洞察与思考,与马尔克斯直接地、严肃地描摹现状(尽管这并不完全是现实主义的)不同,米兰·昆德拉以戏谑的手法调侃那些独裁者的浅薄可笑,他将斯大林等人对权力、物质的追逐都归为"无意义",从而以终极的问题消解了所有的权力与独裁者。独裁者的没落预示着普通人从晦暗的角落走到历史的中心，这也是"弑神者"马尔克斯的文学使命：他拆解被神化的独裁者，打破所有神话崇拜，希冀拉美文明新秩序的重建。

第二节 权力网的崩塌解构方式

在后殖民的语境下，权力图式的解构似乎是一种简单的二元对立，而这种对立体现在资本主义与它的经济体如何以一种强硬的权力姿态渗透到整个"第三世界"的生活的各个方面。因此本节将参考阿尔都塞等人对社会结构关系更彻底的分析理论，从更深入的意识形态关系中，尝试在拉美的独特语境下窥视"独裁者"这一特殊地位是如何横跨过第一世界与第三世界的文化差异鸿沟。然而，仅通过权力话语体系去分析其自身的崩塌并不能得出令人信服的答案，因为拉丁美洲的权力体系崩塌并不以"殖民者"的意志为转移，而是自有它的特点。

马尔克斯十分清醒地把握权力话语体系的内核，将其构建于对民众真实境况的反映和人性的细节剖析之上，加之以冷静客观的历史记录，显现出他对整个拉美形势的深刻理解和缜密逻辑，并力图从无到有地展现出"权力"这一意识形态的产物在这片土地上扎根、生长、枯萎的漫长过程。

一 缺席：权力与意识形态的龃龉

相较于马尔克斯在《百年孤独》《霍乱时期的爱情》等众多小说中反复描绘的拉丁美洲生活恶劣生存的现实图景，更悲惨的是物质之上的精神。因为沉浸在这种环境时间太久，生活在这里的人已经觉得这种生活是正常的，尽管他深刻地明白在这种环境中充满了矛盾，但是"任何问题"的正常化思维所覆盖的不只是某一个觉醒的人，而几乎是这片土地上大多数活生生的、真实生活的人们。

正如阿尔都塞分析的意识形态国家机器对思想的"再生产"一样，因为浸淫这种畸形病态的环境已久，导致逐渐接受并认可其所附加的意识形态，甚至在日渐接受之后，成为国家机器的最有力拥趸。在《百年孤独》中这种意识形态再生产的典型体现是独裁者，但是后来，这种意识形态再生产已经不是某个人，而是"大多数人"，他们共同接受了资本世界倾加的对财富、权力等的意识形态思维，并接受资本世界、殖民"他者"们给予的规则，热血且认真地加入这个游戏并成为争夺资本的最有力的游戏规则守护者与代表人物。成王败寇，胜者得到的权力、金钱、美人，继续激发年轻后辈们以此为目标而"奋斗"。

或许更应该思考的还在于拉丁美洲这片土地为什么长久存在被压迫而不自知？相关原因可能还需要回溯到这片土地的历史。拉丁美洲被称为"20世纪政治大熔炉"，但众多的行动与主张却难以黏合拉丁美洲支离破碎的思维与个体，最终表现为作家笔下深刻的百年孤独。恩里克·克劳泽在《救赎者：拉丁美洲的面孔与思想》中把切·格瓦拉、马尔克斯等重要的拉美精英人物称为救赎者，体现了他对拉美历史的深刻洞见。无论是革命家格瓦拉，还是作家马尔克斯、略萨，在他们的眼里，拉丁美洲都是一个需要被拯救、被重建的对象。面对西方的霸权主义以及斯大林的苏联模式，他们选择了马克思主义，却依然对拉丁美洲危险的民粹主义残余忧心忡忡、无能为力。

值得注意的是，马尔克斯等人充满期待、推崇备至的社会主义国家古巴，革命胜利后的成果之一就是99.9%的识字率，这也告诉我们，只有人民的素质提高了，整个社会才能充满活力，才有望实现民主政治。正如阿伦特在《人的境况》中论述的那样，即使在古希腊的城邦政治中，能够从事政治活动的基础也依然是私人财产的持有。早期的政治本来就是出于对私有财产支配的方法产生的讨论，即使是法国大革命也是起源于三级议会的对税收的反抗。但是这种成功在情况各异的拉丁美洲国家中却很难复制，因为无论是物质上的还是文化上的，拉美地区都缺乏前现代历史中民主革命的基础。但更深层的原因，还涉及阿尔都塞所论的意识形态国家机器不可逃避且根深蒂固的"再生产"。统治者宣传的意识形态不仅不会因为它的目的粗暴而被消灭，甚至会随着时间流逝而越发固化，因为它们会以"再生产"的方式，加强其意识形态的宣传、统治属性与功能。

在马尔克斯笔下，一个比较独特的例子来自他的短篇小说集《礼拜二午睡时刻》中最为著名的一篇：《格兰德大妈的葬礼》。这篇作品中，权力非常少见地集中在一位女性身上，她有着成为独裁者的一切特征，又与这张王座格格不入，哪怕作者安排总统和教皇都去参加她的葬礼，也于事无补。"格兰德大妈死守母权制的古板规则，把财产和家族姓氏封闭在一个神圣的铁丝网内。在网内，叔父和侄孙女结亲，堂兄弟和姨妈结亲，弟兄们和小姨子结亲，直到组成血缘关系错综复杂的一团乱麻，造成一个恶性循环的繁殖圈子。"[1] 她的死亡是一场权力的无奈交接，每个人都似乎非常重视她，但与此同时又在飞快地遗忘有关她的一切"老百姓可以随意在格兰德大妈广袤的领地里搭帐篷，因为唯一能够反对他们这样做又有充分权力制止他们这样做的女人已经开始在铅板下腐烂了。此时，只缺少一件事，就是有人把凳子斜靠在大门上，讲述这段历史以及对后人的经验教训"[2] 一个再成功的独裁者也不可能赢过时间，车轮滚滚向前而他们分崩离析。

《族长的秋天》中的"族长"作为一个家族的领导，不仅体现了拉康式的欲望对象作为能指的持续滑动，同时他的成就、收获——对权力、金钱、美女等——也激发着其他被压迫的"无权"人对权力越发强烈的向往：不是推翻这些压迫者，而是成为他们，也能分得一杯羹。这种事例当然不只存在于这一部小说中，事实上，几乎他的所有小说都有这种关系的体现，而这正展示出如阿尔都塞等西方马克思主义学者描述的异化过程：权力不仅是意识形态的表现，甚至成为新的"意识形态"。在新的权力生产关系中，"再生产"出新的意识形态与生产关系，并对之前的统治"辅之以镇压"的手段，在张弛并济的手段下，灌输各种关于服从、被动、沙文主义等文化思想。[3]

权力的获得者们对权力总是有误认的，他们误以为"权力"行使是唯一能

---

[1] [哥] 马尔克斯：《礼拜二午睡时刻》，刘习良、笋季英译，南海出版公司2015年版，第149页。
[2] [哥] 马尔克斯：《礼拜二午睡时刻》，刘习良、笋季英译，南海出版公司2015年版，第169页。
[3] [法] 路易·阿尔都塞：《哲学与政治：阿尔都塞读本》，陈越译，吉林人民出版社2011年版，第283—287页。

够印证他统治的合法性的标志,也是唯一使他能够与其他主体发生关系的中介。实际上,两者皆非。正如阿尔都塞所说,异化是"无主体过程"的结果,独裁者只不过是权力的寄生之物,而权力本身却是他们的拜物教,当权力暂时寄存于独裁者身上时,他们就被作为客体权力而异化。所谓主体认同总有一部分是虚幻的,普通人如此,独裁者更甚。因为他们面对的是强大的客体——权力,当自我主体遭遇强大他者时,前者难免会坠落,因此独裁者确认自己就是权力本身,忘却了自己的主体性,信以为真地为所欲为最终导致了疯狂和毁灭。

权力的交换与让渡是独裁者作为一个主体唯一能与他人发生关系的方式,这也体现出了拉丁美洲作为资本主义殖民地,也具有阿尔都塞所说的"生产关系再生产"的属性。社会中他人要么是宣示权力的欲望对象,要么是让渡权力的服从对象,独裁者对性奴与民众施虐,转而又会如幼儿一般对母亲与妻子言听计从。无论是战争中的功勋,还是对女性身体的征服,甚或对至高权力的追逐,其实都是一种意识形态的误认。意识形态可以驱使人们去追逐一些具象的客体,无论是财富还是权力,然而欲望本身的对象却永远在滑动,它指向的是那些总是缺席的价值,例如人类的尊严、自由等这些在现代社会已经被剥夺了的珍贵之物。因此,意识形态让人类不能清晰地知晓自己被强行剥夺了哪些生而为人最根本的需求,这就是为何作家在小说的结尾要隆重宣布人民已经知道了自己的命运,而独裁者永远不会知道。真正的民主社会是由真正的主体所进行的政治活动构成,而不是替代性的物与物之间的交换与让渡。无论是统治者还是民众,他们都饱受权力这一符号的愚弄与侵犯,独裁者的权力崇拜,始终是主体缺席的结果。

二 发泄:权力争夺与狂欢

若进一步分析独裁者的心理意识与权力话语的关系,可借用拉康镜像理论的齐泽克的观点。拉康把镜像这一现象泛化为一般的意识形态,认为现代人的自我认同就是对意识形态的误认,而意识形态本身就是一种虚假意识。作为一种幻觉，意识形态建构着主体对真实的感觉，也构成了他们的社会行为。①作为典型的拉美左翼作家，马尔克斯笔下的独裁者身上有前现代的神话因素，他已经意识到了典型的加勒比独裁者大多出身下层，以军功累积掌握权力。《族长的秋天》中族长的身世可怜，甚至不知道父亲的身份。他并不知道造成母亲与他早年的孤苦究竟是谁的罪过，他只能用无尽的贪欲去弥补曾经的困窘与匮乏。独裁者不只拥有主奴式的性关系，在他的掌权生涯中，母亲本蒂希翁·阿尔瓦拉多始终是他唯一信赖的人，她去世以后，独裁者把对母亲的依恋转嫁给了妻子，他甚至允许后者像母亲一样爱怜他、教育他，并满足妻子家族的权力欲望。

《族长的秋天》以白描的手法对尸体进行"陌生化"处理，这是对被神化的独裁者祛魅的开始。作为殖民者的权力代理人，独裁者要管理殖民地区。但众所周知，他们对殖民地所造成的破坏，所带来的负面影响远大于他们对殖民地的付出和贡献。甚至可以说，拉丁美洲的贫弱在很大程度上要归咎于独裁者们的寡头统治。这种寡头统治来自西方，也来自白人中心主义这一意识形态力量，欧美殖民国家固然不愿意被殖民地发展自己的经济，但又不得不让渡出一部分利益，以供殖民地的权力代理人来享受。这一特殊现实使拉丁美洲的独裁者们手握巨大的权力，也导致拉美地区愈加贫弱，社会贫富分化愈发严重。在此情况下，独裁者们反而更疯狂地集中自己的权力，因为即便他们作为殖民者的权力代理人能够对下级发号施令、颐指气使，却同样承受着这种权力所带来的剥削。

独裁者们始终拥有双重身份：既是权力的发出者，又是殖民行为的被剥削者。独裁者就这样存在于两种看似矛盾而不可调和的中间地带。反观马尔克斯小说中的独裁者，他们的形象不是片面的、符号化的，具有一定的丰富性，《族长的秋天》中，生前执掌大权的独裁者最终只能寂静地死去，他的死亡却是他一生的传奇被揭示、被拆解的起点。拉美文学爆炸涌现的小说作品也大量涉及这类复杂的独裁者形象，通过这些独裁者身上所体现出来的矛盾内涵不难挖掘出与拉丁

---

① ［斯］斯拉沃热·齐泽克：《意识形态的崇高客体》，季广茂译，中央编译出版社2014年版，第30页。

第四章 马尔克斯小说的权力图式

美洲文化历史的深刻渊源。

马尔克斯笔下的独裁者原是出身贫贱的士兵,在一次又一次的内战中积累军功;在内,他执掌军权,对外,则勾结势力;平时好大喜功,好色恋财,有着典型的自恋型人格,享受人民的崇拜,有时甚至草菅人命。马尔克斯作为记者,曾经亲自见证了委内瑞拉总统佩雷斯·希门内斯的倒台,当时他与所有的记者在总统府前厅彻夜等候,等待一个国家命运改变的时刻。马尔克斯坦承,在担任记者职务的那段时间,他痴迷于权力的产生。在小说中,马尔克斯借族长之口说:"权力就像是一个热闹的星期六。"族长的第一次死亡源于一场阴谋导致的政变,在他重新掌权之后,族长又开始了血腥的屠杀,甚至解散了内阁,以至于当他真正死亡以后,人们在官邸的阳台上看到的只是正在欣赏落日的母牛——温驯的牛取代了可能以阴谋对抗他的同僚。马尔克斯解释过,拉丁美洲的独裁者是农牧业文明的产物,他们甚至认为这种脏乱与污秽是习以为常的环境。对于拉丁美洲的独裁者来说,权力仿佛是一场前现代时期最流行的狂欢活动。

在这样的社会中,狂欢就是人们从事政治的主要方式,假死的独裁者眼见那些在他的威权统治下被掠夺、被压迫的民众,堂而皇之地瓜分他的财产,毁坏象征他无上权力的制服与武器,以亵渎他的"遗体"作为庆祝的方式;他眼见着死后的场景和生前的场景形成了鲜明的对比,他忍不住要呼喊自己的母亲,看啊,那些寡妇们此刻无比幸福和欢愉,争先恐后地牵走了牲畜,带走了家什,甚至裹挟走了一瓶瓶的蜂蜜;而那些早产儿们,不仅用一切可以触碰到的东西敲打出节奏,表现内心的欢快,且振臂高呼,为独裁者的死去而忍不住赞叹,有的人死去了,有的人却获得了自由,那过去一切代表着和象征着独裁者权威的东西,都被扔进了大火,大火熊熊燃烧,就像要吞噬一切过去和一切独裁者来过的痕迹一样;独裁者的尸体也并没有被这些狂欢中的人们所放过,而是像游行示众一样,被唾骂、被侮辱、被肢解,甚至最终都不得安息,被野兽所撕扯、咀嚼和吞噬。

独裁者的权力、财产甚至肉身都遭到被欺压已久的民众疯狂毁坏、掠夺,独裁者在权力鼎盛时期如此残暴、荒唐,他倒台后,被欺压的人民也贪婪、凶狠地毁掉他存在过的痕迹,他们除了抢夺独裁者的财产之外并不知道应该锁定谁为他们继续斗争的对象。独裁政治中的权力争夺,对于食利阶层来说是赤裸裸的权钱交易,对于民众来说是争夺财物的狂欢活动。

与现代民主政治有着比较精细、完善的利益划分规则截然不同,独裁统治下的社会依然遵循弱肉强食的丛林法则。官邸之中陪伴将军的母牛,是对独裁政治恰切的荒诞比喻,独裁者与母牛既然不是同一物种,就不能互相理解、交流,但却能够维持一种彼此陪伴的奇异状态,这就像荒唐暴虐的独裁者与他同样凶狠顽劣的民众一样,彼此侵夺、互相畏惧。这种狂欢化的描写在小说中比比皆是,其中并不缺乏悲惨的屠杀。根据巴赫金的理论,狂欢其实是对单一主体权力的解构。马尔克斯选择深入描写独裁者的精神世界,不满足于只呈现独裁者与民众之间的荒诞关系,作为小说家,他不必像历史学家、社会学家那样去探究独裁者的权力从何而来,他只是在每一章的开头都不厌其烦地提醒读者独裁者的结局:昔日不可一世的独裁者最终会走向死亡,他的肉体消亡或许是天命所归。

三 狂舞:性与权力的博弈

除了在政治方面的意识形态的统治与再生产,生活在拉丁美洲这片土地上的人们无时无刻不在被"权力"裹挟,从文化到经济甚至到个人情感、爱情婚姻都被这种"他者"强加意识形态所倾覆。因为资源拥有与分配并不平均,越是底层越难以获得正常生活,于是在"文明世界"被看作人类素质体现的交友、恋爱与婚姻,也成为权力争夺最直接的化身——只有最强大的拥有权力和财富的男人才能拥有自己想要的女人。这个观念不仅是对女性的物化,也是男权社会中所有认同这个观点的人对自己的物化。

小说家的任务是把被神化的独裁者拉下神坛,而脱神入凡最彻底的方式,就是打破旧有的一切,解构剥离其神化的外壳。在小说接下来的叙述中,作家讲述了独裁者的早期经验,描写了独裁者直接而慌张的初次性经验。作家明确地告诉

第四章 马尔克斯小说的权力图式

读者,独裁者就是一个普通人:他因为没有性经验而恐惧,他因为恐惧而在女人的裸体前失去应有的感受;他花瓶里插着的是毛毡做的花,因为他无法忍受鲜花的枯萎,尤其是因为他的触碰而迅速枯萎的鲜花,好像他是一个不祥之人一样;他一面宠爱和照顾着莱蒂西娅·纳萨雷诺,一面又惩罚和囚禁着她,因为他不能忍受被逃离的命运。

当然,环境对人的影响不是单方面的。权力争夺的游戏规则下,每个人都是这种意识形态的臣服者。性与权力仿佛是人类社会的孪生兄弟。福柯在其著作《性史》中思考性和权力的关系,他从权力的运作入手,追寻个体在性的意识形态中如何被统治。族长是个经常强迫妇女的色魔,虽然拥有上千妾侍,但他也曾有过面对女性茫然无措的青涩过往。从青涩到暴虐,这一转变过程鲜明地体现出权力对一个人的宰制。马尔克斯早已注意到,不仅是男人将"性"作为权力争夺的对象,有些女性也同样接受这套游戏规则,甚至将其得心应手地运用。《霍乱时期的爱情》中也描写了深谙这套游戏规则的费尔明娜与她的丈夫和情人那长久的纠缠。这种畸形社会意识中阿里萨与费尔明娜之间的爱情是病态式的,这是对于阿里萨来说,年轻时忸怩的好感和不敢跨越阶级的相爱,让这种爱情的结局注定是失败。而若问费尔明娜是否爱过乌尔比诺医生,这个问题本身便不准确,因为费尔明娜与医生之间只是互相妥协地维系婚姻。在他们的观念里,婚姻重要的是稳定,所以,她只是做了一个高贵夫人应有的姿态,在众人面前保持一个高贵家族应有的恩爱与幸福。几十年的婚姻生活对于她来说是不幸的,但这不幸的根源是她自己的选择,也是她所处环境的被迫。费尔明娜情愿与不爱的人相守在金丝笼里也不敢离开,因为只要还存系着婚姻,她就依然是名贵家族的一部分,这个身份可以为自己提供物质满足。在加勒比这个地方,有太多太多她无力面对的问题。

那天,弗洛伦蒂诺·阿里萨在大教堂前见到怀有六个月身孕、对自己的新角色驾驭得八面玲珑的费尔明娜·达萨,便下定了狠心,要赢得名誉和财富以配得上她。他甚至没去考虑她已是有夫之妇这个障碍,因为他同时认定,胡维纳尔·乌尔比诺医生是会死的,就好像这件事取决于他似的。他不知道将在什么时候,也不知道会如何发生,但他把它当作一件势不可当的事。他决心既不着急也不躁动地等下去,即便等到世界末日。①

而与费尔明娜这样屈从男权社会不同的,还有卡西亚妮这样坚持自己的原则与观念,且通过不断抗争而终于成就了自己想法的女子。马尔克斯对卡西亚妮的塑造是充满感情的,在她略显冷酷的行为之后,还有深入的心理分析,解释这个人物对权力执着的原因,是因为她的自身意识觉醒。

  卡西亚妮具有把秘密玩弄于掌股之上的魔鬼般的才能,她永远知道在恰到好处的时刻出现在什么地方。她精力过人,不声不响,又聪明又温柔。然而,在关键时刻,尽管她内心痛苦,却表现出钢铁般的性格。她从来没有为自己的事动过肝火。她的唯一目的,就是不惜任何代价扫清阶梯——如果没有别的办法,就用血去洗——让阿里萨爬到他不自量力的位置上去。出于不可遏制的权欲,她不择手段地那么干着,但她实际的目的纯粹是为了报恩。她的决心如此之大,使阿里萨本人也被她的手段搅得晕头转向了,在一个不幸的时刻,他曾经想去挡住她的道儿,因为他以为她在挡住他的道儿。卡西亚妮使他重新清醒过来。②

巴塔耶(Georges Bataille)在《色情史》中指出性欲与权力的关系,他认为情欲的对象从本质上说是另外一种欲望。"肉欲即使没有毁灭自己的欲望,至少也放纵了自己的欲望。然而只有欲望对象对挑起了与我的欲望相同的欲

---

① [哥]加西亚·马尔克斯:《霍乱时期的爱情》,杨玲译,南海出版公司2012年版,第289页。
② [哥]加西亚·马尔克斯:《霍乱时期的爱情》,杨玲译,南海出版公司2012年版,第307页。

望,这种欲望才能满足。"① 将这段话放在符号学语境里,我们就很好地理解它:欲望对象永远都是一个滑动的能指,它的所指始终没有出现,只是不断地滑向下一个能指。当我有欲望时,无论对象是人还是物,完全得到满足几乎是不可能的事,独裁者旺盛的性欲也证明了这一点。换句话说,对欲望对象有所求的心理,总是指向欲望对象不在场的部分,因此当某一个欲望对象被占有以后,欲望只是得到了放纵而非得到满足。独裁者旺盛的性欲并不仅仅源于他不被约束的权力,而是他在最初的性经验中已经暴露对权力的深切渴望。同时,作家反复强调,这种对权力的渴望来源于恐惧,或许在男性的世界里,一名炮兵中尉必须拥有与他的社会身份相匹配的性欲对象,而征服这个对象的方式就是权力,就像后来终于掌权的独裁者要用暴力与恐怖来震慑他的人民。

可以看出,马尔克斯确实在尝试对独裁者做一个心理分析式的文学呈现,他大肆渲染独裁者的性经验:在最初的性体验中,独裁者因恐惧而加重了对权力的渴望,权力演变为一种男性身份的确认方式——摆脱童男身份,通过性满足加强政治地位的确定;在成为大权独揽的独裁者时,他则需要无数的女性来印证自己旺盛的生命力,这似乎成为其独裁统治合法性的重要一环。很显然,作家不认可独裁者统治的合法性,因此他以讥讽的笔调安排族长众多妾侍生下的孩子不能足月出生(都是七个月就呱呱坠地)。尽管如此,独裁者只要还有一口气,就不会停止他放纵自己欲望的扩张,唯有这样,才能不断确认他的权力依然生效。

第三节 救赎者的启蒙主义乌托邦

在所有独裁者践行自己"理想"的道路上,以启蒙思想为代表的西方哲学

---

① [法]乔治·巴塔耶:《色情史》,刘晖译,商务印书馆2003年版,第93页。

起到了很大的指引作用。许多独裁者的演说或日记中都流露出他们对一种普世价值中"自由平等"的社会充满了向往，这种向往或是政治意义上的民主体制（具有民主意识的独裁者也并没有改变独裁政权的本质），或是一种文化上不自觉地靠拢，这些自由主义者的实践很明显失败了。

但重要的是，作为一名文化观察者和记录者，马尔克斯是如何看待这种乌托邦式自由主义理想的？拉丁美洲是否能够迎来这一理想的实现？一切还要从自由主义来到这片大陆时说起。

一 孤独前行：试图扮演启蒙领袖的无果尝试

在拉丁美洲资产阶级民主革命之前，绝大多数人民并不理解法国启蒙思想，但这一思想却深刻地影响了他们的革命领袖。无论是革命者还是思想家，拉丁美洲的精英人物在主张与行动前考虑的总是救赎，而不是团结，因而往往导向支离破碎的失败。克劳泽在分析革命者切·格瓦拉的生平时发现了他的圣徒身份。在这个意义上，拉丁美洲不仅继承了来自西班牙的威权主义政治传统，也原样复制了他们的天主教文化，拉丁美洲革命伦理的重要内核就是弥赛亚的救赎精神。克劳泽认为，切·格瓦拉超越了他生前和身后的救赎者的魅力，也超越了基督性在他生活中的体现。他是一个受行动驱动的人。虽然他从小就喜欢读书，但是他在日记中一直在责备自己，浪费了大量时间，一直在读书，缺乏实际行动。付诸行动带来的快意比他生活中感受到的任何一种力量都要强大。除了爱，切·格瓦拉的生活还充满了愤怒、仇恨和全心全意的努力——切·格瓦拉的意志一直在与现实世界不断抗争，就像他少年时期用橄榄球对抗疾病一样——他似乎方向明确，没有丝毫彷徨。他是在何时何地拥有了这种心境呢？是在他青年时期的某个时刻。也许可以在他1952年旅行日记最末尾那篇题为《随感》（"Acotación al margen"）的文章中窥见一斑。他是在迈阿密开始构思的吗？它是虚构的，还是真实事件？它是一份浮士德的契约吗？是一种启示？他所描述的这个人物，"为了逃脱异教的屠刀而逃出欧洲"，并且"熟悉恐惧的味道（它是带来人生价值的少数经历之一）我准备好接受启示"。①

马尔克斯在其文学生涯的鼎盛时期已经开始触及这个问题：拉丁美洲的革命传统可以继承哪些，哪些又需要重新梳理与修正？马尔克斯为此倾注了前所未有的心血，翻阅大量材料，几经修改写成《迷宫中的将军》，并宣称这是一部复仇之作。很显然，马尔克斯有自己的野心，他已经厌倦了后人们对玻利瓦尔这位伟大革命者的粉饰与污蔑，在他的笔下，玻利瓦尔早已不是那位叱咤风云的大英雄，而是病骨支离的失意者。虽则如此，我们不应该忘记，作家依然自信，即便是这样的玻利瓦尔，也比很多人想象的还要伟大。

无论是圣马丁还是玻利瓦尔，19世纪拉丁美洲的革命者基本是一种类型：出身高贵，从少年时期就接受过当时最时髦的伏尔泰、卢梭等人的启蒙思想，并一生将其奉为圭臬。圣马丁受过系统的军事教育，在革命战争中屡建奇功；玻利瓦尔曾有幸在拿破仑的麾下效力，在拿破仑称帝之后，玻利瓦尔发出解放拉丁美洲的宏大誓愿。然而这一代革命者的局限性也比较明显，尽管他们在军事上取得了毋庸置疑的成功，却远没有结束革命的进程。如同拿破仑，即使深受启蒙思想影响，最终也不得不将共和国改为帝国，并接受欧洲保守势力的联姻。玻利瓦尔显然习得了这些手段，无论是武力镇压政变，还是支持君主立宪政体，只要能维护拉丁美洲的统一，他都可以让步，最终，统一南美洲的梦想还是成为泡影。接受了法国启蒙思想的玻利瓦尔，骨子里依然有着炽热的浪漫主义幻想，他的大哥伦比亚共和国正是这一幻想的现实范本，即使在最狼狈的放逐生涯，玻利瓦尔也没有忘记把引领他革命道路的启蒙先贤们的著作放进行囊。启蒙理想是早期资产阶级革命领袖的乌托邦，然而，启蒙理想最终也成为将军永远走不出的迷宫。

二 真实记录：自由主义理想的艰难探索之路

虽然不讳言自己对玻利瓦尔的崇敬，但马尔克斯在接受记者采访时，仍表

---

① ［墨］恩里克·克劳泽：《救赎者：拉丁美洲的面孔与思想》，万戴译，北京日报出版社2020年版，第47页。

现出对当代历史学家神化玻利瓦尔形象的不满。正是出于对玻利瓦尔真心的感念与敬佩，马尔克斯要求自己写一部能够运用艺术想象还原玻利瓦尔真实形象的历史小说。在这个过程中，马尔克斯为了在事实层面接近这位英雄而翻阅了大量史料，同时也施以玻利瓦尔文学家的想象。马尔克斯化用海明威的冰山理论，使得这部作品在行文风格上大大迥异于以往的作品。同时，作家又采用了散文化的记叙笔法，用第三者的口吻记叙将军最后一次沿马格达莱纳河一路向北，前往加勒比海港口的旅程。这段旅程是马尔克斯精心挑选的素材，因为针对这段旅程留存下来的文献最稀少：虽然这是将军最后的旅程，他即将走向生命的终点；但我们所能见到的史料仅有几封书信，也没有随行人员留下的回忆录。

  作为记录者，马尔克斯试图在文本中还原玻利瓦尔在这段终结之旅中的情感经历。启蒙思想让玻利瓦尔一生追随大哥伦比亚的政治理想，这样的政治哲学塑造了作为"解放者"的玻利瓦尔，到了众叛亲离、被迫放逐的人生终局时，启蒙理想其实早已成为虚妄的执念，繁华落尽之后，马尔克斯试图发现将军最本真的样子———一位拥有浪漫主义政治理想的西班牙贵族后裔：到那时，我们将登上厄瓜多尔的钦博拉索山，把永远统一、自由的大美洲三色旗插在雪山顶上。① 浪漫主义是对启蒙运动的反动，但其动机却与启蒙运动相辅相成，启蒙主义与浪漫主义之争实际是理性与感性之争、理智主义与经验主义之争。17、18 世纪的思想家对于人类解放问题选择了不同取向的答案：自由地运用理性，以及解放人类情感。选择上的不同要归因于西方哲学在 17 世纪的"认识论"转向：人类主体被定义为抽象的、绝对的意识主体，从功能上又被划分为理性与感性，因此，无论是理性（Rationalism）还是情感主义（Emotionalism），至少在动机上都是立足于人类自由与解放的。浪漫主义的情感就像启蒙思想中的真理一样，都是柏拉图洞穴隐喻中的光，具有神性，值得虔诚地追寻。以至于当玻利瓦尔在最后的旅程中反复出现已经

---

① [哥]加西亚·马尔克斯：《迷宫中的将军》，王永年译，南海出版公司 1988 年版，第 198 页。

第四章 马尔克斯小说的权力图式

油尽灯枯的征兆之时，只要他还有一丝活下去的希望，都会想起昔日波澜壮阔的革命愿景：

  他已从西班牙的统治下解放出 18 个省。他掌握了原新格拉纳达总督管辖区的所有领土，全面统治了委内瑞拉和基多，将它们联合为哥伦比亚共和国。那是他第一次当总统和军队总司令。他的最后幻想是把战争扩大到南方，实现他创建世界上最大国家的理想，把北起墨西哥，南到智利合恩角的广阔疆土变成一个自由统一的国家。①

  玻利瓦尔是具有革命浪漫主义情结的，他总是离不开《爱弥儿》与《新爱洛依丝》这样的作品，马尔克斯并不打算批判这一点，毕竟他只是想向那些歪曲玻利瓦尔的历史学家们复仇。正因如此，他得意于自己描绘的如名画《马拉之死》一般的玻利瓦尔的最后影像——赤身裸体躺在浴缸中。在访谈中他对这种文学处理方式解释道，加勒比地区的男性夏天常常会裸体，而他又坚决拒绝那些所谓的历史学家给玻利瓦尔的粉饰。马尔克斯也解释说，玻利瓦尔年轻时曾预言过他会在贫穷和赤裸中死去，因此，赤身裸体着死去，可以看作一位出身显赫的革命青年最后的凄凉归宿：革命已经让解放者一无所有，革命却并没有因为解放者的行将就木而结束。小说还曾写到了将军某次偶然的一夜风流，并在第二天用钱赎买了女子的自由。当女子的原雇主把并不宽裕的将军拿出的赎身费返还时，将军的随从们自嘲道："我们当解放者的时代已经过去了。"尽管浪漫的将军许诺姑娘爱情能够让你解放，但最终解放她的却依然是拒绝赎身费用的房东。马尔克斯不忍心嘲讽始终不改革命理想的将军，若不是抱持这样的理想，拉丁美洲的历史只会更加悲惨——这一点，马尔克斯早已经看到。

  美洲是难以驾驭和统治的，进行革命等于在大海上耕耘，这个国家将无可救

---

① [哥] 加西亚·马尔克斯：《迷宫中的将军》，王永年译，南海出版公司 1988 年版，第 38 页。

药地落在一群乌合之众手中,之后将被形形色色的令人难以察觉的暴君掌握。①在采访中,马尔克斯承认自己是一位玻利瓦尔主义者,他希望能成立一个基金会重写哥伦比亚的历史,去追寻玻利瓦尔珍贵的自由主义理想。尽管启蒙思想家做出的承诺并没有为拉丁美洲带来自由、解放的结局,但作为文学家的马尔克斯却笃信来自艺术的想象力可以重新发掘一个国家的历史,建构这个民族的核心精神,书写这片土地上诞生过的最野蛮残暴的独裁者,以及最悲情的理想主义的革命者,进而把拉丁美洲历史的言说权掌握在自己手中。当后现代思想家解构历史主义的宏大叙事时,马尔克斯运用自己的创造力去反抗对自由主义理想的鄙弃,他描绘着那些丑恶的、被抛弃于历史尘埃中的独裁者那五彩斑斓的人生。拉丁美洲的历史与记忆总与权力密不可分,权力的历史碾压过独裁者朽坏的尸身,见证了人民对胜利的欢呼,也曾聆听过行将末路的革命者的哀叹。

---

① [哥]加西亚·马尔克斯:《迷宫中的将军》,王永年译,南海出版公司1988年版,第220页。

第五章　马尔克斯与中国当代文学

魔幻现实主义风格是马尔克斯及其作品在中国的传播路径之中始终无法解开的文化烙印。在这一特殊的现实主义风格分支的影响下，现代中国版的文艺复兴运动即五四运动后，整个时代的文学在西方文学流派里吸收、模仿、复写、内化，把横跨大洋的拉美异域文学带向了东方的土地。甚至在当代中国文学里，能够获得诺贝尔文学奖这一殊荣的，也正是将魔幻现实主义精神贯彻到底的乡土作家莫言。可以说，魔幻现实主义在中国当代文学史上留下了十分浓重的一笔。

然而，要想理解马尔克斯对中国文学的影响，就不能被其魔幻现实主义的书写所引入一个异国神明的逻辑体系中去，先从了解他的作品传入中国以及传播的路径入手，是有利于我们对他留下的种种文化痕迹进行判断的。马尔克斯与中国文学界的种种联系和纠缠，既不完全起源于魔幻现实主义，也不会仅仅停留在魔幻现实主义的余响之中。

马尔克斯哪一个时期的创作使得中国作者认识到了魔幻现实？又是哪一阶段的书写突破了文化冲击的藩篱，将荒诞与现实耦合在一起，并将它们传递给中国广大的当代作家？明晰这些问题，对了解马尔克斯及其思想对中国文学的影响，会有更加清晰的认识。

第一节　马尔克斯在当代中国的影响与传播

20世纪六七十年代以来，以马尔克斯为代表的拉美魔幻现实主义文学在全世界范围内获得了广泛关注，为第三世界的文学发展拓展了新的道路。本节主要论述马尔克斯的"闯入"在中国当代文坛所引发的激烈讨论。

一 马尔克斯作品的汉译与接受

对于20世纪80年代的中国文坛而言，马尔克斯的影响无疑是多方面的。从正向的角度而言，一方面，随着马尔克斯的作品进入中国，以反向"同质化"的文学接受去研究当代文学的新动能与新融合，是非常有助益的；另一方面，通过反思这种"闯入"，可以阐释和描述中国当代文学的封闭维度被外来文化打开后的排异反应和接受过程。在某种程度上，马尔克斯走入中国文坛未尝不是中国当代文学走向新融合的一种开端。

纵观中国当代文坛，许多作家对魔幻现实主义都有过非常深刻的学习与认识，可以说，这一文学观念的形成主要来自马尔克斯的《百年孤独》，但又不止于此。马尔克斯在世界文坛上不仅被视为魔幻现实主义的重要代表，而当时中国的文坛将这一"断章取义"的理解当作广泛共识。马尔克斯的《百年孤独》于1967年问世，1970年，这一著作的英译本也在英国完稿出版，在世界各国产生广泛的影响。在中国，文学刊物上关于马尔克斯的最早记录，是1979年《世界文学》杂志上刊登出的一段简短的与马尔克斯相关的文字描述。1980年，马尔克斯所著的短篇故事首次在《外国文艺》上发表。20世纪六七十年代，《百年孤独》并没有特别迅速地在国内产生激烈的影响和震荡，在20世纪80年代之前，中国学界乃至中国人对马尔克斯和魔幻现实主义的认识，很大程度上处于一片空白的状态。

对马尔克斯的广泛接受以1980年为转折点，这一年，中国正式与哥伦比亚建立外交关系，政治上的良性往来带动了文化上的互通，中国学界在这时逐渐对哥伦比亚独特的历史文化产生兴趣，并带动了对其中一些优秀文学作品的译介与研究工作的开展。

1982年，马尔克斯的代表作《百年孤独》正式在中国出版。1982年，马尔克斯凭借《百年孤独》将诺贝尔文学奖收入囊中,并因此享誉全球,也正是从这一时期开始,国内渐渐兴起了研究马尔克斯及其作品的潮流。但是,马尔克斯真正对当代中国文学引起比较大的反响的时期,却是在1984年才开始大范围出现。在这一年,《百年孤独》的中文译本中比较具有代表性的两部作品先后出版发行:一是由黄锦炎、陈泉和沈国正合译,由上海译文出版社出版的中译本;二是由高长荣翻译,北京十月文学出版社出版的中译本,这两个中译本的出版进一步深化和扩大了马尔克斯在中国的影响范围。整体而言,这两个中译本的语言非常流畅、比较贴合原著文意,做到了既尊重原始生态语境,又把人物形象与话语生动地表现出来,深受中国学界的追捧,它们也是对中国作家最具影响力的两个翻译版本,这两个中译本此后也多次被再版发行。从文学接受的角度而言,以马尔克斯为代表的魔幻现实主义文学在中国的接受过程与中国当代文坛的历史震荡有非常密切的关系,这种关系亦非常具有"魔幻"色彩。反向来看,正是在经历了一个"漫长的"接受过程之后,拉丁美洲神秘而独特的文化特质以及对第三世界文学的"感同身受",马尔克斯最终在中国文坛居于非常重要的地位,他的创作方式直接影响和启发了一批重要的中国作家,中国学界也开始持续地挖掘马尔克斯的作品与文学思想。

20世纪80年代的中国翻译界并非只有《百年孤独》一枝独秀,马尔克斯的其他长篇小说在80年代也出现了较好的翻译版本。例如:1985年,山东文学出版社出版了殷信翻译的《族长的秋天》;1987年,黑龙江人民出版社联合漓江出版社推出了分别由蒋宗曹和姜风光、徐鹤林和魏民合译的两个版本的《霍乱时期的爱情》(二册合译)。除此之外,马尔克斯的文学讲话录《番石榴飘香》也由生活·读书·新知三联书店在1987年完成了出版发行,这部作品的出版使得中国社会对马尔克斯的注意力有了更大范围的提升,从其作品衍生到对其个人思想与主张的关注,更有助于中国当代学术界对马尔克斯的文学思想和文学追求进行更深层次的理解。到了20世纪90年代,马尔克斯及其作品在中国的当代文坛得到更加广泛的传播,更多长篇小说与作品集相继出版。1990年,长篇小说《迷宫中的将军》在海南出版社出版；随后，云南出版社出版了一系列关于马尔克斯的作品，1993年出版了吴健恒翻译的《百年孤独》，1995年出版了马尔克斯的短篇小说集《一个遇难者的故事》（王银福译）和《两百年孤独：马尔克斯谈创作》等。总体而言，大量译介读物的出版对马尔克斯在中国的传播产生重要影响，既满足了中国读者旺盛而又猎奇的阅读需求，也给中国学界提供了一种新的研究方向：随着马尔克斯的传入，中国当代文学的创作在坚守自己原有的传统认知体系的同时，掀起了一阵新的接受外来思潮影响的变化波澜。马尔克斯不再是那个"横空而来"的异域作家，而成为一位独具艺术魅力的世界性的新生文学的作家代表，中国文坛上刮起了一股带有魔幻现实主义色彩的文学创作高潮。

二 中国当代文学中对魔幻现实主义的吸纳与变形

1978年，改革开放政策亦带来了文化领域的对外开放，国内一时间涌入大量崭新的西方文化思潮和文学作品，中国学者更加迫切地希望去了解和学习这些新风格、新形式的外来文化与奇特的文学风格。正是在这样的背景下，拉美魔幻现实主义文学的传入，对中国文学创作，尤其是对中国当代敢于"猎奇"的年轻一辈作家产生了非常重要的影响。

在传入之始，光怪陆离、色彩斑驳的魔幻主义世界对于中国学界而言是非常陌生的，面对这种神秘而稀奇的文学创作，许多勇于开拓和探索的中国作家怀有一种既想跃跃欲试又无从下手的矛盾心态，这使得以马尔克斯为代表的魔幻现实主义文学，在当代中国当代文学的跌宕起伏中注定要卷起一阵风雨。马尔克斯影响了一批优秀的中国作家的同时，尤其在文学形式上，这一"吸纳"与"引入"也成为后来被追随和效仿的流行。甚至可以说，在中国当代文坛对魔幻现实主义的文学批评和美学理论尚未开启之时，这些新风格、新语句就已经在一定程度上刷新了当代中国文学创作思想和文学形式。

在这个意义上，在中国当代文学的"当代化"与时代化的迫切要求中，学习和接受马尔克斯这类新奇叛逆的文化现象，不仅是中国文学创作上需要时间缓冲和沉淀的过程，更是当代中国学界深入探索特定地域文化内涵的一项必要研究。在80年代中国的文化语境中，拉丁美洲文学常常与一种"文学爆炸"画上等号，或者将"文学爆炸"与魔幻现实主义文学相提并论，这在当时显然是一种十分错误的理解。在理论上，"文学爆炸"与魔幻现实主义文学虽然有所交汇，但却各不相同。"所谓'文学爆炸'，是指在1962—1972年期间，拉美世界涌现了一批高质量的小说作品"[1]，多种创作流派和新的文学形式一时间声名鹊起，这一现象在当时的拉丁美洲甚至全世界引起了巨大的轰动。反观"魔幻现实主义"，事实上不过是当时众多高质量文学派别中的一种，可以理解为"文学爆炸"的附属品之一。在马尔克斯作品传入中国之初，国内学界在很长一段时间里混淆了这两个概念，甚至会存在一些概念上的误用或语义上的误读。而且由于马尔克斯《百年孤独》的巨大影响力，马尔克斯和《百年孤独》在中国几乎成了魔幻现实主义的代名词，在当时各类文学选集和公开的出版物中，都不难发现马尔克斯及其作品的踪影。整体而言，虽然前期的学习和吸纳中存在这样或那样的问题，但是极大地拓宽了马尔克斯及其作品的公众视野。在某种程度上，正是这一阶段的艰苦工作，为国内关于马尔克斯和魔幻现实主义文学的后续研究打下了非常坚实的前期基础。

在文学史的研究方面，国内学者刨根问底并拓宽研究视野，开始认识到拉丁美洲文学的创作思潮并不只有魔幻现实主义，而且马尔克斯在中国的"登陆"的确唤醒了一批中国作家的创作灵感，他们立足于本土文化经验，将魔幻现实主义文学加以中国本土化的"变形"，以一种全新的创作方式和激情开启了国内文学创作的新高峰。其中，比较具有代表性的是寓言一类带有神话色彩的文学作品。在马尔克斯的作品中，"寓言"是神话衰落后的产物，随着时代的发展变迁，它也"与时俱进"地走进了现代文明，经历了一个发展演变的过程。在外

---

[1] 陶冬：《拒斥·共鸣·重构——阎连科对马尔克斯的接受研究》，硕士学位论文，贵州大学，2019年。

部表现形式上，其从一开始的"片段式"寓言，逐渐走向了多义的象征与隐喻的联结；在内容上，现代寓言用现代的眼光来观照已逝的历史与传统，并将西方文化中笼罩的两希文明的印记照印在现代文学作品中。在西方文学传统中，《古希腊神话》与《圣经》昭示了人类与文明的起源，神的谕旨、人的本性、宇宙的创世、人类的启示，等等，这些传统的神话和宗教理念同样渗透在《百年孤独》中。在现代文明的注视下，马尔克斯不仅以寓言的方式诉说了知识的可贵，解除了原初民的彷徨与无知，更凝结成了一种新的文化内核与叙事模式，让后人情不自禁地顶礼膜拜和对号入座。在拉丁美洲这片神秘、奇异和怪诞的大陆上，马尔克斯一方面验证着寓言的真实；另一方面又不断地演绎着自身的寓言，最终的结果就是"真实"与"寓言"的直接对话。在拉美人民的眼中，切实可感的现实与抽象虚构的寓言，从来都不是泾渭分明的，就像马尔克斯一直不愿承认"魔幻"一词一样，因为他就是在以自己的方式讲述着自己记忆中的和感受到的故事。童年的成长经历、西方文化的侵入和浸染，以及本土文化的特色，共同塑造了马尔克斯独特的书写方式。

"有地方色彩的，倒容易成为世界欢迎的"，鲁迅的这句话除了可以用于描述马尔克斯，也同样可以用在中国文学界对魔幻现实主义的祈愿上。但准确地说，所谓的"魔幻"，并不是真正的"魔幻"，而是根植于现实的土壤之中，讲述着地方文化的故事，这样的一种命名方式，更多地源自处于不同文化语境的人，对于他者文化的一种文化想象，是一种虚构出来的文化"幻象"。事实上，马尔克斯所代表的拉美魔幻现实主义以其浓郁的地方色彩入驻世界文坛的成功案例，亦被当作80年代的国内文坛期冀去实现的目标。在这个意义上，马尔克斯的获奖对于中国文坛而言，反而具有了一种别样的意义——第三世界国家文学的举世瞩目，使许多中国作家看到了突破西方强势的话语权和走向世界的新希望，以及让中国的民族文化与地方文化逐渐摆脱边缘地位、见证中国文学和提高中国文化自信的新希望。

第二节　多元文化融合对中国当代文学的影响

　　拉美魔幻现实主义所表征出来的独特的文化属性，主要是在其多元文化的转换空间中形成并生长起来。魔幻现实主义传入中国，同样在很大程度上促进了中国当代文学的多元融合。

　　对于中国文坛而言，更为重要的影响在于一种外来的"眼光"与"视角"。《百年孤独》中的村镇史、家族历史和殖民文化的民族色彩，都给此时的中国文学带来了重新审视中国现代历史变迁的机会。或者说，正是在马尔克斯的影响和启发下，这一时期的中国作家创造出许多具有典型特色的城镇和乡村，它们独特的风格让人印象深刻。当代作家笔下那些极具乡土特色又光怪陆离的地区及事件，在亦真亦幻中让读者流连忘返。贾平凹的商州、莫言的高密东北乡、阎连科的山脉，等等，这些地理环境富有非常明显的地方文化特征和神秘色彩，勾勒和建构出一个个中国当代社会的魔幻寓言，这可以说是马尔克斯影响当代国内文坛的一个重要标志。总之，魔幻现实主义和中国当代文学之间的碰撞和融合，亦将中国传统文学思想有机地注入新的现实体系中，为中国当代文学的发展指引了一条新的方向。

　　魔幻现实主义的传入，促进了中国当代文学对外来文化的多元吸收与本土化融合。概括而言，其对中国文学的影响具体可以体现在以下三个方面。首先，曲折发展的社会历史和古老神秘的神话传说，为拉美文学的创作提供了重要的源头和素材，这直接启发了中国当代作家按照"相似的"方式，试图在中国文化土壤中寻找新的创作灵感和文化养料。其次，拉丁美洲与近现代以来的中国社会，都经历了长时间的社会历史动荡时期，同时兼有传统与现代融合的文化大背景，使得当时的中国文学界具有比较良好的共鸣基础，对未来文学的走向有了更为清晰的脉络，同时也促进了中国文学界向着求同存异、和光同尘的方向发展。在有拉美文学作范例的情况下，正确地看待当代文学界随着社会变化而产生的新题材、新写作，顺应了时代的潮流。最后，马尔克斯作品中呈现出的复杂的文化因素，融合了拉丁美洲被入侵和压迫的历史现实，和拉美人民对真正的自由、独立和民主的美好向往，肩负着厚重的历史使命感，这种隐含的创作意图，为中国当代文学增添了新的创作动机。

在此基础上，本节将从以上三个方面综合分析多元文化融合的来源及影响，以及马尔克斯作品传入中国后对中国当代作家的意义，进一步探究马尔克斯多元文化下的写作意义。

一　魔幻现实主义的多元文化因素

马尔克斯的"魔幻现实"并不刻意追求魔幻，而倾力于描写"神奇的真实性"。所谓"神奇的真实性"，是一种建立在非洲、加勒比地区多元文化基础上，融合非洲、印第安民族文化与其他多个插入其中的文化之后，以这种多元的社会历史观为表现核心，运用魔幻手法作为重要表现方式的文学概念。正是在这种超越新现实主义概念的巨大启发下，中国现代文学正在追求"神奇效果"的过程中，开辟出一条新的创作路径。

从外部的社会环境来说，在时间的检验中，任何文化现象的形成都离不开具体的历史文化发展过程。拉丁美洲拥有悠久的历史和独特的地理文化，在欧洲殖民者武力踏入前，拉美大陆上就呈现出多种文化的交织，包括印第安人创造的神秘而古老的玛雅文化、启蒙开智的阿兹特克文化和成熟典型的印加文化，等等，星光璀璨，光彩熠熠，创造出令人望尘莫及的古老文明。直到1492年，哥伦布第一次踏上拉美大陆，拉丁美洲随后进入了殖民地阶段，西方入侵者的闯入给拉美人民的生活和整个拉丁美洲的文明发展进程带来了翻天覆地的影响。一方面，曾经居于主流地位的印第安文化在时代的发展变化中衰败式微，饱受西方殖民者的强势入侵和大肆破坏，逐渐走向了衰落；另一方面，西欧各种新的文化形式与文化传统，也随着强硬的军事入侵和占领，在当地文化中走向主流位置。此外，非洲黑奴的输入、西方殖民者的军事独裁、贸易往来的经济环境等因素使得世界各地的文化习惯、艺术形式都在拉丁美洲得到传播与变形。传统的拉美文化无论从社会的价值观念与风俗习惯，还是从文化与科技的发展，都受到了外来文化的强势冲击，正是在这样复杂而多元的文化生态的影响下，拉丁美洲文化的"线性"历史发展被切断，形成了多元文化杂糅之下的新的文化形式。

从马尔克斯个人的创作经验来说，他从小就受到了各种文化的耳濡目染，在他的许多作品中包含着混合多元的文化元素，融汇展现出具有魔幻现实主义的文学特色。正如马尔克斯所言："在拉丁美洲，我们有各种文化因素混合在一起，并在整个大陆传播。这就给拉丁美洲文化带来了丰富和发展的机会，在拉美大陆最初存在于哥伦布地区的各种土著文化基础上，在发现新大陆之前就有了西方、非洲和某些东方文化。"这种文化关系的多元融合更多的是一种潜在的影响和文化现象，一种内在的心灵体验，而并非在拉丁美洲人民的生活中直接表达出来。也就是说，多元文化的载体实际上就是那个"加勒比世界"，它们共同形成的"混乱的"文化空间虽然看起来非常杂乱，对于马尔克斯而言却是一个无比纯净的世外桃源，也正是这样的"世外桃源"成为马尔克斯创作的源泉，为他的文学创作提供了丰富多元的文化养料。因此，所谓的"魔幻"，在本质上源自拉美文化现实本身的魔幻属性与神话特质，对于马尔克斯而言，他的生活和情感经验更趋近于现实而非魔幻，如何揭开魔幻的外衣，去更好地呈现和书写现实，才该成为"魔幻现实主义"文学创作的真正旨归。

在具体的文学创作中，以马尔克斯为代表的魔幻现实主义作家善于运用史诗的叙述结构和循环叙述方式，形成他们勾勒和描绘这种世界的独特手段。这种多元复杂的叙述方式传入中国后，为中国当代作家提供了非常重要的借鉴意义。叙述方式的改变，不仅表现在对传统单行线叙述模式的打破，更重要的是为中国作家提供了多角度的创作视野，启发我们以一种新的思维方式重新认识这个复杂的现实世界。在这样的影响下，一方面，中国当代文学的叙述方式变得更加多样，内容主题也更广泛，同时在形式与内容两个层面上，丰富了当代国内乡土文学的内涵；另一方面，这种循环叙事的模式，打破了"过去和现在"之间的时间阈限，以"有和无"为主题服务，拓展了作品表现的宽度和广度，丰富了作品的主题内容。

在20世纪以来的拉丁美洲文学中，魔幻现实主义形成一段发展变化的历史。第一个获得诺贝尔文学奖的拉丁美洲小说家是来自危地马拉的阿斯图里亚，他是公认的拉美魔幻主义文学的创始人。1967年，瑞典皇家文学院在对他的评语中这样写道："他的作品深深植根于印第安人的文化印记和拉丁美洲的民族特质。"这不仅仅是阿斯图里亚，甚至可以说是绝大部分拉美作家都具有的典型特质。阿斯图里亚生长在浓厚的印第安文化氛围中，有着与生俱来的叙述天赋，并且熟悉各种印第安文化中的古老玄幻神话。在阿斯图里亚的文学创作中，他一方面大量吸收了古印第安文学的营养，加上他在后续的学习和教育阶段中，超现实主义对他产生非常重要的启发，使得他的创作形成一种将神话传说和现实生活相混淆的新奇风格，也使他的作品披上了一层神奇和梦幻的色彩。此外，他的作品常常借古讽今，对社会现实有一定的批判和警示作用。例如：在他的处女作同时也被认为是魔幻现实主义的开山之作的《危地马拉传说》（1930年）中，作者将一个充满荒诞事件的现实生活描绘成一个魔幻色彩十分突出的世界，本质上蕴含着对现实世界的深刻隐喻。可以说，尽管他此时还没有有意识地把现实与魔幻相结合的手法真正地运用在文学创作中，但他的前期创作为这一主义的后续发展提供了非常宝贵的创作灵感，对阿斯图里亚的研究也成为对魔幻现实主义探索的起点。

正是在这种创作方法的启发下，中国当代文学也大胆地开启了新的尝试，以阎连科的作品为例，就非常典型地反映了外来文明在中国乡土社会中的适应与影响。具体体现在以下两个方面。

第一，外部政治文明操控原有乡土社会的人的命运。阎连科的作品《受活》被誉为"当代中国政治寓言小说的杰出作品"，作品讲述了在经济和政治文明的双重夹击之下，受活村的发展历史。

第二，外部的经济文明腐化了乡土社会中的人的精神世界。小说《炸裂志》表现的就是城市化进程中，外部经济文明诱导传统乡土社会自觉加入其中的故事。

　　社会的城市化进程必然会波及农村,外部经济文明之于乡土社会,就像那辆从炸裂村呼啸而过的火车,巨大的经济利益就像火车上的煤炭,引诱着乡土社会中的人们不惜一切代价想要捞取一部分收入自己的口袋。同时,一部分颇有野心的人试图爬上"经济文明的火车",以此获取政治利益,再进一步满足自己膨胀的经济野心,由此逐渐陷入不可化解的循环,陷入经济文明的泥淖无法自拔。较之《炸裂志》中全民疯狂地追逐巨额财富,《丁庄梦》在表现外部经济文明的破坏性时则保留了一部分乡土社会的人文风貌。作品中的人物并没有孔明亮那样大的野心,可能只是为了得到一点儿钱,买自己喜欢的洗发香波,因为同村的另一个女孩在用;可能只是想带家人吃点儿好吃的,去下个馆子,因为全家人很久没有开荤了……他们没有什么极其奢侈的诉求,但正是这些看起来并不出格的想法,将他们一点点带向深渊,即使知道卖血不好,但是可以不用费力就获得一点金钱,获得欲望的满足,便是一次次漫无止境地去做,便是"上瘾",一旦成"瘾",就是不可救的疾病。外部经济文明的入侵,使乡土社会的人们陷入对金钱的追逐中,丢弃了原本的伦理秩序和道德观念,乡土社会的精神建设已经走到崩溃的边缘,精神文明大厦岌岌可危。

　　总而言之,对于原有的乡土社会而言,外部世界的政治文明和经济文明入侵,大多数是一种被迫的、非自愿的入侵和改变。这种"被迫"可能来自一种强大的政治权力,却压制了乡土社会的自然发展;这种被迫还来源于外界环境的强大诱惑,未曾见过世面的乡土社会中的人难以抵挡好奇和猎奇心理,从而陷入外界文明社会的圈套,逐渐丧失和抛弃了自己原有的价值观。但需要注意的是,乡土社会的人们,同样存在主动去探求外界文明的可能与意愿,但无论是《百年孤独》中香蕉公司的建立,《受活》中柳县长想要买列宁遗体发展经济,《炸裂志》中炸裂村的爆炸式城市化之路,还是《丁庄梦》中卖血成瘾而感染"热病",无论哪种方式,外界文明对乡土社会的入侵,都是以政治文明、经济文明为切入点。最终,这种入侵的结果导致了现代精神文明的崩塌。涌入的外来文明与原有的伊甸园式（在中国，也称"桃花源"式）的乡土文明发生激烈的碰撞，改变了乡土社会原有的道德秩序和伦理规范，乡土社会里人们对于外部文明的新鲜感随着时间的流逝也渐渐丧失，当他们意识到原有乡土文明的优越性并且想要重返乡土文明时，却发现他们已经"回不去"了。

二 魔幻现实主义的社会批判价值

对于马尔克斯而言，文学有重要的现实意义。多元文化的本质在于文化之间的碰撞交融，通过新的文学形态来表现作家无法用传统形式表现出来的感受，找到生活中细小的情感经验，以文学表达我们的现实经历。魔幻现实主义的创作风格的产生并不是一蹴而就的。事实上，在20世纪三四十年代，许多拉美作家就一直致力于探寻新的文学形式。可以说，拉美魔幻现实主义创作风格的形成，正是在多元文化激荡的现实空间中不断地探索和实践，以及在对超现实主义等欧洲近代派文学流派的扬弃中逐渐成形，马尔克斯魔幻现实主义创作手法的日臻成熟也很大程度上归功于此，并走向世界，最终发展成为一种风靡全球的文学形式。

诚然，每一种文化都有自身的独特之处，多元文化背景下的文学创作可以说为当代文学创作开辟了新的思路和创作源泉。马尔克斯指出："活着为了讲述生活，生活并非一个人的经历，而是他的记忆，为了讲述生活的记忆。"[①] 在马尔克斯看来，整个拉美国家的社会现实和历史文化都是真正的社会投影，在《百年孤独》所展示的那个近乎神话的世界中，有拉美人独立奇特的精神共鸣与文化传统，同时又融入了人类近百年来斗争并生存下来的历史缩影，更重要的一点在于，以文学的方式提出了对现代人和当代社会命运发展前景的深刻反思，作出具有文学色彩的预判与警醒。也正是在这个方面，中国当代文学结合时代政治背景与社会历史变革，对中国现代社会的书写与描述，同样在多元文化融合的拉美文学中找到了反思社会与历史的共鸣。

---

① ［哥］加西亚·马尔克斯：《活着为了讲述》，李静译，南海出版公司2016年版，第1页。

第五章　马尔克斯与中国当代文学

在马尔克斯的观点中，实现真正的自由与民主，达到一种超然的理想社会状态，是作家进行文学创作的根本动力和最高追求，即文学的真正使命在于，致力于让全人类摆脱痛苦、孤寂与隔阂，实现人与人之间的团结和交流，从而达到精神上的联系和情感上的共鸣。马尔克斯说："对我来说，团结的含义就像天主教徒所理解的'天主教人大家庭'一样，它的含义是非常明确的"，"我们每个人都要对全人类负责。当你理解了这个点后，你的政治认知水平就达到了顶峰"。[①]可以看出，马尔克斯旨在通过《百年孤独》使每一位读者都能从中得到一种亲近感，继而在现实生活中反观自身，找寻和辨识出与他人、社会以及自己之间的沟通和情感联系。正如马尔克斯所言："我希望一个读者能从乌苏拉身上认出他的祖母，而另一个读者能看出像自己的胞妹的那一个。我希望每个人在阅读这本书时，都能够联想到自己的亲人的形象。"[②] 因此，在马尔克斯的创作理念中，文学创作是一种独立的行为，更是一种自由，多元文化的表现就是不在乎条条框框的随意，又独具匠心地表达出自己的理念与执着，这在他很多作品里都有体现。例如，在极端奋斗的自由下度过一生的《枯枝败叶》的主人公，一心追求理想时的他是孤独的，但也正是这种追求让他得到了自由；《恶时辰》中的镇长，即使有一段时间忙得没时间与人交流，甚至连吃东西都顾不上，但他依然愿意在山坡上、在房间角落里、在田野上发呆神游，或者自由奔跑和喃喃自语；在《百年孤独》中的人们更是自由到了极致，他们不受法律杀人偿命的约束，不在乎他人的眼光，他们随处搬家落脚重新生活，可以自由地和人恋爱、结婚，度过看起来荒诞的一生，这些注定在正常的现实中无法随心所欲、放任自流的自由举动，在马尔克斯笔下的魔幻现实主义文学作品中有了崭新的开拓。

在此基础上，如何使拉丁美洲脱离现实的孤独状态，融入世界的大家庭中，

[①] ［哥］加西亚·马尔克斯：《两百年的孤独——加西亚·马尔克斯谈创作》，云南人民出版社1997年版，第124页。

[②] ［哥］加西亚·马尔克斯：《两百年的孤独——加西亚·马尔克斯谈创作》，云南人民出版社1997年版，第170页。

一直是马尔克斯最关注的话题。出于对所处地区严峻的现实考量和对人民命运的关注，马尔克斯这位有着强烈责任感的作家大声呼吁道：要求世人关注拉丁美洲的现实孤独，同时，他们还必须及时改变衡量拉美经济发展水平的标准。与此相比，中国当代文学创作与马尔克斯的这一主张非常相像。在旷日持久的斗争实践中，3 亿拉丁美洲民众必将牢记他们所经历的惨痛历史，并为创建一个公正、合理、和谐的新大陆不断努力。对此，马尔克斯一度充满信心地指出："我们有理由认为，要建立一个新的乌托邦还不会太晚，那将是一个新的、生机盎然、绚烂如锦的乌托邦，在那里，任何人都能自主决定死亡的方式，爱情真诚无欺，幸福能够实现，而命中注定一百年处于孤独状态的人家最终会得到幸福。并将永远拥有第二个机会出现在世界各地。"① 这是拉丁美洲民众的心声，亦是全世界被压迫民族的正义呼喊，同样在中国大陆上引发了强烈的共鸣。

在多元文化的激烈碰撞中，人类对自由的追求更源自一种对现实社会的批判。结合 20 世纪以来的社会历史背景，多元文化的产生离不开来自现实中的悲剧历史事件，两次世界大战给全世界热爱和平的人们带来了巨大的情感伤害，虽然在社会的发展阶段上，南美洲一直处于"掉队"状态，但智者对世界潮流风向的把控是敏锐的，马尔克斯不仅感受到了这股世纪的风向，也成为这一风向的引领者。马尔克斯挥起自由批判之剑，首先将剑锋指向把拉丁美洲人民拖入人间炼狱的"战争"。例如，小说《迷宫中的将军》中的主人公，就是以玻利瓦尔即拉丁美洲的解放者为创作原型，这部作品也是马尔克斯关于战争的理解的集中体现。在这部小说中，马尔克斯没有像其他伟人小说那样选取主人公人生中最辉煌闪耀的时期来讲述，而是选取了玻利瓦尔生命的最后一段日子，这也是他人生中最落寞的一段日子。这个战功赫赫，几乎驰骋了整个南美洲的解放者，出场时也没有雄姿英发、君临天下的姿态，而是身形枯槁地泡在药物弥漫的浴盆中，从远

---

① ［哥］加西亚·马尔克斯：《两百年的孤独——加西亚·马尔克斯谈创作》，云南人民出版社 1997 年版，第 210 页。

处看像死了一般。

英雄可以迟暮，但颓唐、枯槁、奄奄一息的英雄形象则是大多数人无法接受的，但这样的小说开头正是马尔克斯精心设计的。曾经雄姿英发的英雄变成了奄奄一息、瘦骨嶙峋的病衰者，小说在开篇就打碎了传统观念中英雄的形象，消解了崇高的英雄和战争。紧接着，小说重点讲述了将军的最后一次旅行，此时的将军已经卸掉了解放者的光环，放下了至高无上的权力，就像老者（其实，当时将军不过只有35岁）一样故地重游，也是他的又一次精神之旅。然而，普通的大众并没有忘记他，依然给予他山呼海啸式的欢迎和至高无上的待遇。虽然这一切冲淡了追今抚昔的伤痛，但重点在于，现在的将军不但重病缠身、幻觉不断，还行动不便，时而需要停留休息。但人们的记忆却似乎永远停留在当年那位威武雄壮、意气风发的将军身上。这里的讽刺愈演愈烈，人们用想象虚构了心中的英雄，而忽视了英雄真正的存在。真正的英雄希冀得到人们持久的拥戴，但人们拥戴的却是自己心目中的那位将军。当将军恍然大悟的那一刻将会如何面对，可能就像旅程途中偶然拾到的一条狗，将军毫无迟疑地给它取名叫"玻利瓦尔"。更残忍的真实发生在知晓将军真实情况的阶层中。将军原来的手下为争夺权力而兵戎相见，将军费尽一生精力缔造的联合王国轰然崩塌，将军意欲东山再起的愿望也在爱将的惨死中烟消云散……最后，将军在身体和精神的极度衰弱中去世。当滤去曾经耀眼荣光的外衣，裸露出的真实让人触目惊心，将军用鲜血和生命换来的竟是民众的蒙昧无知、战友的尔虞我诈和理想的幻灭难寻。那么，战争的意义何在呢？将军一直在寻找出路，但路始终在迷宫中，作家在怀疑，而疑问恰恰暗合了将军在迷宫中苦苦寻找的谜底。

马尔克斯关于社会批判的另一个维度是拉丁美洲的权力政治，特别是那种令人窒息的政治权力。小说《族长的秋天》以异彩纷呈的意象和跌宕起伏的句式塑造了这样一位拥有至高权力的统治者。在自己的国家他拥有不容置喙的权势，"当他沉默和感到不高兴的时候，我们也得受罪和沉默，当他的公鸡斗赢了我们的公鸡时，必须爆发出暴风雨般的欢呼，我们的那些公鸡都被训练得会甘心被他的公鸡打败"。无名族长在他的国家一言九鼎，相当于上帝一般的存在，但是，他的权力却是源于外国势力的扶持（出卖公海），由此形成一种非常滑稽的对立，族长对内令行禁止、杀伐无度，对外却低眉顺眼、卑躬屈膝，政治制度的虚伪在这里昭然若揭。当然，人类在各个历史时期一直没有停止对权力的不懈追求，马尔克斯相信人类创造的最复杂也是层次最高的结果是政权。但是，他既看到了权力在规范社会秩序方面的重要作用，同时亦看到了由此引发的人类的一系列不幸，马尔克斯在不少作品中都描述了人类因追求最高权力而使自己陷入孤身一人的绝境，在侧面反映出多元文化中的权力欲望是一种重要因素。多元文化的存在有其特定的历史意义，马尔克斯关于多元文化的艺术呈现和表达，也启发我们更深入地思考当代文学发展的出路。

第三节 现实主义内核与中国当代文学观

本节立足于全球文化视野，试图审视魔幻现实主义与中国当代文学之间的内在联系，深入思考其中蕴含的深层次的哲理内涵及其对中国文学的影响，其中内在的价值取向不仅仅表现出拉丁美洲人民的精神面貌，更具有全球性、普适性的思想意义，启发我们更好地认识世界。

一 马尔克斯的文学创作与现实

文学经典的意义和价值，常在于作品中所蕴含的深厚的主题意蕴。其中包含着作家对人类现实处境的深切关注，对人类生存命运的深入思考，从而启发我们在现实生活中寻求终极的审美救赎之道。优秀的文学作品源于生活，又高于生活，文学创作与现实经验之间的关系密不可分。

首先，马尔克斯的创作生动地体现了文学与现实之间的互动关系。文学作品根植于社会现实的土壤，马尔克斯始终强调文学创作要重视文学和现实之间的互动关系。在他看来，"小说是用密码书写的真实，是作者对现实的猜测。小说里的现实与真的生活不同,尽管后者来自前一种。这和做梦是一样的","一切好小说都是对世界的猜测"。文学与现实世界有着密切的联系,这是一种对现实经验的艺术表达,人在品读和鉴赏文学作品时可以获得一定程度上的自由,追求精神上的满足和人格的自由。一部优秀的文学作品,"不仅以政治和社会的内容使读者优先考虑,而且以其深入现实的力量使读者感到不安"。文学不仅传达作者的私人情感,而且着眼于对社会现实问题的深切观照,其真正的目标是指向未来,抛弃多余的主观抒情与主观感受,描绘和揭露社会的黑暗、错综复杂的社会关系及矛盾的社会心态,引导人们在现实生活中通过发挥自身的能动性来更好地改造现实,这是一切优秀文学作品所具有的正向作用。在此基础上,马尔克斯认为,"理想的长篇小说是充分自由的。它不仅包含了政治的社会内容,而且以其洞察现实生活的强大力量来激动读者。如果一部长篇小说能把现实的生活翻一遍,从反面来表现生活的话就更好了"①。可以看出,马尔克斯不仅仅强调文学的现实内容,更加强调所具有的改造世界的力量。

其次,马尔克斯的文学作品体现了对个体人格的重塑作用。在马尔克斯看来,"文学起着帮助人更好地了解现实的作用,这是一种具体的文学功能。现实是通过文学作品,特别是长篇小说来描述的。小说的用途是解释人生的问题"②。但是在具体的表述中,马尔克斯更像是一位行为学家,他没有过多地将笔墨倾注于人物内在情绪的变化,而是以人物行动的外在形式表现他们的情绪、心理。例如《百年孤独》中并没有太多关于人物心理方面的描写,里面的角色像一群强迫症患者,被某种特定的、具有统摄性的激情所驱使,似乎在马孔多,只有通过永不停歇的运动,才能维持生命。马尔克斯说:"我们在讲述同一个故事时,也是同样的现实,我们每个人都在揭示同一部分的现实","我的作品中的人物在

---

① [哥] 加西亚·马尔克斯:《两百年的孤独——加西亚·马尔克斯谈创作》,云南人民出版社1997年版,第172页。

② [哥] 加西亚·马尔克斯:《两百年的孤独——加西亚·马尔克斯谈创作》,云南人民出版社1997年版,第175页。

表现这种虚幻的现实时是真实的。我避免打破这些看起来像是现实一样的事情和看起来像虚幻一样的事情之间的分界，因为我所在的世界里，并没有这样的藩篱"。① 可以看出，他所理解的现实，是一个独特而具有神奇色彩的现实，却正是拉丁美洲人民正在感受的现实，或者说，正是马尔克斯记忆中的真实，这种记忆是一种奇特的、与主体无关的记忆，是事物本身对自己可能拥有的未来的记忆，提醒我们不要遗忘的同时，还包含有对美好未来世界的期待。从抽象的角度来说，如果所有的事物都能以合乎逻辑的方式发展，那便没有任何东西是不同寻常的或魔幻的，而这正是全人类所希望达到的理想状态。打破空间与时间的藩篱，从外到内，马尔克斯真正观照的是每一个人类个体内心的精神文明世界。

  作为一种艺术精神的依托，现实构成了独一无二的现实文学观精神内涵。马尔克斯指出："写作者必须坦诚地认同一点，即比我们更优秀的作家名叫现实。我们的职业，也许就是我们光荣的职业，在于为了尽可能地模仿它……作家唯一应该做的，就是简单地相信现实生活，而不是试图解释它。"② 为了达到这一目的，马尔克斯坚决主张作家要保持和现实之间的常态接触，要时刻警惕创作与现实之间的疏离和脱离，特别是要警惕由闭塞的狭义现实主义带来的疏离现实和脱离生活环境，要时刻感受现实世界中的真实情感。正如《百年孤独》中关于"孤独"的主题，几乎是人类悲剧命运中永恒的主题，马孔多所处的孤独的地理空间，几乎被城市居民和外界所遗忘，在这个空间中，布恩迪亚家族中的每一位成员分享的孤独，就如同一种"诅咒"，他们也因无法坠入爱河而变得坚强。主人公何塞·阿尔卡迪奥·布恩迪亚由于娶了表妹而忍受着孤独（畏惧家族近亲结婚的诅咒），经过艰苦的跋涉和勇敢的开拓，他终于拥有了自己的家园，但暮年却因精神失常被捆在树上，最后在孤独中死去。奥雷里亚诺上校自幼聪明，乐于接受新鲜事物，出于对政治虚假（正偷换选民的选

---

  ① ［哥］加西亚·马尔克斯：《活着为了讲述》，李静译，南海出版公司2002年版，第330页。
  ② ［哥］加西亚·马尔克斯：《两百年的孤独——加西亚·马尔克斯谈创作》，云南人民出版社1997年版，第165页。

第五章　马尔克斯与中国当代文学

票）的愤怒走上反抗之路，在历经了32次起义、14次谋杀、73次埋伏和1次行刑之后，他辉煌的履历赢得了人们的尊重。但他到晚年幡然悔悟，明白什么才是人生最重要的存在，从前的壮烈瞬间失去了价值，最后在周而复始制作小金鱼的过程中，上校孤独地走完了自己的一生。阿玛兰妲更是孤独命运的牺牲品，她为人勤劳、心思细腻、手工活出色，但是胆怯懦弱，最后在对爱情的渴望中孤独终老，留下终身的遗憾。

　　马尔克斯认为，在作家失去与现实接触的那一天，便失去了与现实接触的能力，他便已经不再是一个作家，拉丁美洲一切魔幻的现实都真实地发生在这里，抑或说，这种现实甚至比想象中更为玄幻，强盗能成为一国之主，逃犯则成了杰出将领，妓女化身为总督……作者着墨不多的桑塔索菲亚·德拉·彼达也是孤独命运的写照，她美丽、勤劳、沉默寡言，在庇比尔·特尔内拉的安排下被阿尔卡蒂奥强暴，漂泊无依的她先是服从了命运的摆布，而后又在布恩迪亚家族里任劳任怨地工作，照顾奥雷里亚诺上校和年幼的奥雷里亚诺，最后成为家族中唯一一位离家出走的人，她默默地存在又默默地走开，这种悄无声息的孤独甚至使读者都会忘记她的存在。还有似乎隔绝在家族之外的两个蕾梅黛丝，她们的美丽一度征服了家族中的所有人，是两个孤独而绝美的灵魂，蕾梅黛丝·摩斯科特在被恶意的诅咒中伤后，留下了长久的遗憾（乌尔苏拉坚持摆着她的银框照片，直到小镇最后的濒临消失），美丽的蕾梅黛丝最后也走向升天的神话式结局，难以抹平人们心中的伤痛（她的故事被活着的人反复传说），小说中的美好都不是永恒的，曾经光彩夺目的两个人孤独寂寞地离开，英年早逝（成仙），没有享受到美德所应给予她们的馈赠。费尔南达更是孤独的集大成者，他从小受到禁欲的宗教的洗礼，思想禁锢和封闭，用众叛亲离来形容费尔南达的生活恰如其分，他是一个完全被亲情和生活抛弃的人，又因新事物的困扰而导致精神失常，陷入一种孤独的思考……

　　马尔克斯将被孤独环绕和折磨的气氛丝丝入扣地渗透到作品中，因他切实感受到了拉美世界中无助的孤独现实，而这些孤独也有不同韵味。辉煌过后的

· 165 ·

幡然悔悟，以及由此产生的空虚寂寞，是一种来自信念的孤独；渴望追求爱情但总功败垂成，是一种情感的孤独；曾经光彩夺目的美好走向戛然而止的命运，是一种美丽的孤独；自己执迷不悟且伤己毁人，是一种执拗的孤独；奋不顾身地追求自我自由，是一种理想的孤独，这些都是人生中可能会发生的孤独体验。如果以人道主义思想来看这些表述似乎有悖常理，但是以现实主义的眼光来看待，就能看见金钱至上的社会中贵族阶级的腐败堕落与人心的贪婪卑鄙。这些看似是想象的东西，正是拉丁美洲和拉美人民生活的现实，亦是人类的现实。

二 马尔克斯与中国当代文学的共鸣与观念

在马尔克斯看来，现实绝不应当只是对情感或理性的粗略描述，他心中包含的现实不仅吸纳一切自然现象、社会生活、文化现象、历史事件以及各种思想观念，还包含那些古老的神话故事和传说中的灵魂重现等迷信思想，以及许多令人觉得难以置信的东西。马尔克斯将这些复杂而神秘的内容调和进他创造的文学世界中，在某种程度上为我们提供了认知和感知世界的另一种方式，冲破了现代科技理性的思维阈限，在某种程度上，还趋近一种神话或原始的思维方式，将人们对社会文明的认知提升到一个以前没有企及的高度。中国当代作家们看到了异域文明中将现实与神话的完美结合，也有很多本土的探索与实践。如阿城的作品中，常常以具有独特区域本土的环境与人际生活为依托，加之各种山村乡野的习俗、崇拜的思想糅合，表现出一个个兼具自然性与人性的独特的树王、棋王等生动、鲜活的人物。

马尔克斯的作品中有很多拉美传说、故事的改造，马尔克斯的闪光之处在于，他能毫不避讳地直面拉丁美洲的魔幻现实，并将它们用最平常的语言娓娓道来。他经常提到一个荷兰探险家厄普德格拉夫的例子：他在亚马孙河流域曾经遇到过一条沸腾的溪水，把鸡蛋放入河中5分钟后，鸡蛋就能被煮熟；他还到过一个地方，在那个地方的人们都不能说话，否则就会遭受倾盆大雨的洗礼。在位于

第五章 马尔克斯与中国当代文学

阿根廷南部的里瓦达维亚海军准将城（Comodoro Rivadavia），一个马戏团被飓风尽数吹到了高空，第二日渔民用网击毙了死狮和长颈鹿，等等。① 正如马尔克斯所言，他并非想要通过《百年孤独》这部作品对人类历史进行隐喻或讽喻，而是想艺术地再现自己的童年世界，他之所以选择这样一种叙述方式，还源于他那位酷爱占卜算命的祖母对他的影响。这种非理性的叙述结构更趋近于一种日常事务，尤其体现在他对某一特定物体或对象的独特的"专注"。不同于弗洛伊德心理分析式的联想方式，马尔克斯对事物的联想更加专注，用他的话来说，即使全世界都在质疑你所说的东西，你都不要对自己所讲述的事情产生怀疑，因为在文学创作中，没有什么能比一个人自己的信念更加具有说服力。在马孔多，只有特定的、单一的事物才是存在的，这与一种原始的思维模式相关，在马尔克斯的笔下，即使那些宏大的战争与历史也必须依附于细小的、经验性的活动，他用一种沉着的、彻底宁静的语调来讲述自己的故事，一切叙述材料的堆砌和累积都是源于他专注于对某一对象的描绘，通过源源不断的材料累积，协调起这些不同的叙述层次，最终在无法预见的循环和重复中，耗尽了它们的叙述动力。

不可否认，在小说所跨越的百年历史中，包括哥伦比亚内战、新殖民主义、政治暴力、性行为、死亡与孤独等一切深刻的历史主题，因为"计算机与原始的农耕文明并存导致拉丁美洲本身就身处在其标准化的不平衡当中，一个需要注意的奇迹是，曾出现于每个历史阶段的生产方式都身处其中"。马尔克斯异常敏锐地察觉到外部文明对拉丁美洲的影响，也看到了人们在疾病蔓延之下的惶恐与反应，他从人们口口相传的经验中汲取养料，接受他曾经听到和看到的东西，将一切令人震惊的、记忆深刻的片段性内容拼接起来，面对这些人物的悲剧性命运，或许集体死亡是作家能够给出的唯一的救赎之道。正如弗里德里克·詹姆逊在评价《百年孤独》时所言："没有魔幻，只有隐喻：物质的崇高性的体现之一是只

---

① ［哥］加西亚·马尔克斯：《两百年的孤独——加西亚·马尔克斯谈创作》，朱景东译，云南人民出版社1997年版，第112页。

· 167 ·

是在超越中体现出的一点勇气⋯⋯黑格尔面对阿尔卑斯山时表现出来的本体论意义上的冷静是讲故事的人所必须采取的手段：'如此而已'。"① 相比于对资本罪恶的控诉，马尔克斯更加关注的是西方资本和商品化原则入侵之后，被殖民地人民的反应，这种形态各异的孤独的反应，本质上更是一种抵抗异化的方式。在这个意义上，马孔多人民身上的复杂性和矛盾性在于，既有对物质性的抵抗，又有对物质性的新奇感、崇尚和依赖，当马孔多的文化孤立状态被强力打破之后，社会秩序变得愈加混乱，最后还受到战争的威胁，但战争可以结束，而布恩迪亚的孤独并没有结束，在这一漫长的历史发展中，马孔多始终没有得到一种渐进性的、线性的发展状态，这同时也是构成现代社会的一种混乱或不和谐的因素。

马尔克斯用文学引领拉美人民展开了一场文化思想上的革命，对于中国当代作家而言，魔幻现实主义非常重要的一个意义在于，它提供了一种立足于本土化的语境和文化经验中来"讲故事"的方式，这种叙述风格深刻影响了莫言、贾平凹、余华、陈忠实等优秀的中国作家。以圆梦诺贝尔奖的中国作家莫言为代表，就深深地受到马尔克斯作品的滋养。莫言也被誉为"中国的马尔克斯"，他曾说过："1984年第一次读到《百年孤独》时，我感到非常惊讶，惊叹于原来小说也可以这样写！""那之后十几年，我一直在和马尔克斯'搏斗'"，而莫言最终也取得了一场完美的"胜利"。2012年，诺贝尔奖委员会对莫言的颁奖词中也对他的努力予以了肯定：莫言"将魔幻现实主义与民间故事，历史与当代社会融合在一起"。在他的作品中，采用的是魔幻的方式，再将中国独有的经验与记忆注入作品中去。就如同莫言在获得诺贝尔文学奖时的演讲中所言：

> 我要干的事情其实很简单，那就是用自己的方式，讲有关自己的故事。我所采用的方式，就是我所熟知的集市上那些说书人所采取的方式，同时也是我的爷爷奶奶、村里的老人们讲故事的方式。坦率地说，讲述的时候，我

---

① [美]詹明信：《詹明信谈〈百年孤独〉：没有魔幻》，徐亮迪译，中国社会科学网，2017年。

没有想过谁会是我的听众,也许我的听众就是那些同我母亲一样的人,也许我的听众就是我自己,我自己的故事,起初就是我的亲身经历。①

在莫言看来,以马尔克斯为代表的魔幻现实主义作品中非常重要的一点在于,为当代作家的创作开辟了非常广阔的天地,运用一种"非照相式"的方式去描述现实,使用主观想象和夸张扭曲的研究与观察方法,即借助魔幻来表达现实,魔幻只是实现的手段,现实才是其最终要达到的目的,这种创作手法让作家的写作充满了没有上限的可能性。

在此基础上,莫言最与众不同的一点在于,他始终秉承着站在人的角度去写"人"的理念,他将魔幻现实主义的手法与自身的情感经验和中国经验相结合,在自己的记忆深处去找寻那些最质朴的人性印记,形成独具中国特色的创作方式。在他的作品中,人的命运与情感,人的局限与宽容,以及人为了坚持信念、追求幸福所做出的牺牲,等等,都可以在他笔下的个体身上得到非常生动的表达和诠释。莫言曾经说过:"我想要在作品中展现出中国人民的生活,表现中国的独特文化和民族风情"。他笔下的"高密东北乡",虽然是基于他童年生活经历基础上构思出来的一个文化幻象,但是他始终试图将其打造为中国社会的缩影,希望其中人物的痛苦与快乐,不仅仅属于那个地区、那个时代的人们,同时也属于当代中国,更能够在全人类的高度上去打动世界。

莫言的另一部代表作品《酒国》,更是体现了深刻的中华文化内涵和对当代中国社会的深刻反思。中国的酒文化具有非常悠久的历史传统,其文化特质贯穿于社会生活的各个方面,但是在现代社会中却逐渐丧失了自身的文化意义,甚至成为人们发泄欲望的一种工具。莫言敏锐地发觉到,这是中国传统文化价值在当代社会的不幸沦丧,他以魔幻的手法勾勒出一个虚幻的国度("酒国"),而更深刻的意义在于引发我们关注和思考符号背后的深层次的社会问题。在这个层面

---

① 莫言:《我知道真正的勇敢和悲悯》,《领导文萃》2013 年第 12 期。

上，我们可以看到莫言作品中，不仅蕴含着深刻的民族文化烙印，同时具有时代的反思，从而有了非常重要的当代意义与价值。

优秀的文学作品是对普遍人性的观照与表达，是面对一切不合理的现实所发出的正义呼声。面对祖国和人民的不幸，无尽的愤怒和忧虑胀满了作家马尔克斯敏感的心灵，他用作品发出了对时代正义的呼喊，这同时还源于他作为一位"第三世界"作家和知识分子的深深的使命感与道义担当。在全球资本主义与后现代文化逻辑的统治下，为了积极应对资本主义世界的文化入侵，以马尔克斯为代表的拉美魔幻现实主义作家较早地做出了反抗的努力，试图用文学与艺术的方式去抵抗和批判资本主义文化逻辑，表达属于自己本民族的文化寓言。这些作家试图努力唤醒民族文化深处最厚重的历史记忆，他们以笔为剑，提醒人们一定不要遗忘那些深沉的悲痛过往。成功的是，他们的努力被看到了，马尔克斯等人的作品对于提升第三世界国家的文化自信力，树立独立、自立和自强的文化意识，引领民族文化从国内走向国际起到了非常重要的作用，从这些作品中汲取的十分强大的现实力量，亦是任何一个民族国家、任何一个时代的知识分子所肩负的文化使命与道义责任。

结　语

　　以作家身份参与公共思考的马尔克斯对拉丁美洲这片土地有着深厚的感情，在作品、访谈、演讲中，马尔克斯表达着自己对拉丁美洲民族认同、文化身份建构、殖民历史反思的观点，他致力于探讨拉美文化的未来，因此，马尔克斯的努力在当下仍有深刻的现实意义。风起云涌的 20 世纪是全球化进程进一步加快的世纪，面对全球化进程这一议题，后殖民主义与后现代主义批评关注的民族、性别、阶级等问题仍没有摆脱西方话语霸权，与此同时，对第三世界民族持续存在的误读又让全球化背景下的民族身份认同更加模糊，由此形成了东西方社会相互拒斥、激烈冲突，理想与现实交织，"全球化"现实之下龃龉颇多，情境也愈发混乱，现实变得愈加奇幻而沮丧，理想主义者们的痛苦在历史与现实中也愈发难寻出口。21 世纪前 20 年充满动荡与磨难，在一系列人为灾难面前，不同民族的命运开始前所未有地紧密联系在一起，早先发生于不同族群间的矛盾倾轧，此时开始慢慢转变为整个人类的共同问题，并且比任何时候都更加严峻。马尔克斯的小说正是在这样的背景下，始终记录并思考着现实，作家本人也一直以写作之形式探寻答案。

　　本书通过详细分析马尔克斯作品，于其字里行间思考"在作家笔下，社会现实何以变为魔幻现实？现实又如何更理想化地绽放于作家笔端？"在对现代文学进行文化研究时，后殖民主义批评的话语仍然具有很强的影响力，而笔者使用这一视角进行研究本身就贴合着马尔克斯本人那强烈的政治倾向。后殖民主义与后现代主义思潮对国家、种族、阶级、性别等问题进行了解构与重建式的讨论，拓宽了"文化身份"这一因流动而混杂的概念。我们知道，观察别人就是反思自己，对文化、思想与历史进行探寻，其根本目的也是体认自己，这是人类文明丰富成果的最终指向，也是人文艺术温柔熨帖的原因之一。

亚洲的历史与拉丁美洲有很大的相似性，我们都曾经历被殖民、被奴役的时代，也经历过艰难困苦的斗争，虽则在中国这片土地上生活的人们如今可以说是胜利了，但拉丁美洲地区的人们大多还挣扎在社会混乱的阴影之中。马尔克斯对社会现实有着长久而坚定的思考，对他生活的这片土地有着深沉的热爱，他用倾珠碎玉般"狂浪"的笔调描写拉丁美洲那灰暗、潮湿、动荡的土地，拉丁美洲也因此打开了一扇向世人诉说自己的窗户，马尔克斯之于拉丁美洲的意义，仍然通过他出色的文辞熠熠光辉。马尔克斯作品不啻文学史上的经典作品，而经典之所以伟大，是因为它包含着深邃的思想，这思想既立足当下，又超越时间，对世界文学和中国文学产生了深远的影响。

通过分析马尔克斯作品，本书认为：自我与他者不仅在文学作品中，更在社会现实中长久存在，但是，不同民族文化的碰撞，带来的不应该是意识形态的二元对立，而应是相辅相成的理解与共情。萨义德认为，他者对文化的旁观，可以帮助"自我"更好地认识自身文化，即"唯有当他同这种文化隔绝时，他才有可能理解它、超越它"[1]。文化身份的复杂性也蕴含于自我与他者的辩证关系中，表现在认同与建构的紧密联系里，于不断认同、建构中获得新的体认，始终保持开放，似乎是文化交流的理想状态。马尔克斯的作品讨论了如何在全球化与逆全球化并行的今天探寻世界文化的交流发展，同时又不至于迷失，甚至变异。可以说，从"地理大发现"之前，全球化早已存在，但当时的全球化更多是强势国家对弱势国家的殖民；而在当今，它不再是西方化或美国化，而拉丁美洲的"被发现"也逐渐顺应人类交流发展的趋势，切近多元文化资源的价值共享。

---

[1] 赵一凡：《从卢卡奇到萨义德：西方文论讲稿续编》，生活·读书·新知三联书店2009年版，第198—199页。

交流的目的是更好地进步，但如何超越二元对立，在流动中获得成长，是我们一直思考与努力的方向。或许，保持思考、不断吸收是方法之一，但如何创造性地交流，以到达哈贝马斯所说的"合理化交流"的状态，还需吾辈在漫漫之途中探索。

参考文献

一 作品部分

［哥］加西亚·马尔克斯：《百年孤独》，范晔译，南海出版公司2011年版。

［哥］加西亚·马尔克斯：《霍乱时期的爱情》，杨玲译，南海出版公司2012年版。

［哥］加西亚·马尔克斯：《我不是来演讲的》，李静译，南海出版公司2012年版。

［哥］加西亚·马尔克斯：《一桩事先张扬的凶杀案》，魏然译，南海出版公司2013年版。

［哥］加西亚·马尔克斯：《没有人给他写信的上校》，陶玉平译，南海出版公司2013年版。

［哥］加西亚·马尔克斯：《恶时辰》，刘习良、笋季英译，南海出版公司2013年版。

［哥］加西亚·马尔克斯：《枯枝败叶》，刘习良、笋季英译，南海出版公司2013年版。

［哥］加西亚·马尔克斯：《族长的秋天》，轩乐译，南海出版公司2014年版。

［哥］加西亚·马尔克斯：《迷宫中的将军》，王永年译，南海出版公司2014年版。

［哥］加西亚·马尔克斯：《礼拜二午睡时刻》，刘习良、笋季英译，南海出版公司2015年版。

[哥] 加西亚·马尔克斯：《世界上最美的溺水者》，陶玉平译，南海出版公司2015年版。

[哥] 加西亚·马尔克斯、P. A. 门多萨：《番石榴飘香》，林一安译，南海出版公司2015年版。

[哥] 加西亚·马尔克斯：《苦妓回忆录》，轩乐译，南海出版公司2015年版。

[哥] 加西亚·马尔克斯：《梦中的欢快葬礼和十二个异乡故事》，罗秀译，南海出版公司2015年版。

[哥] 加西亚·马尔克斯：《爱情和其他魔鬼》，陶玉平译，南海出版公司2015年版。

[哥] 加西亚·马尔克斯：《一个海难幸存者的故事》，陶玉平译，南海出版公司2017年版。

[哥] 加西亚·马尔克斯：《没有人给他写信的上校》，陶玉平译，南海出版公司2018年版。

[哥] 加西亚·马尔克斯：《一起连环绑架案的新闻》，林叶青译，南海出版公司2019年版。

[哥] 加西亚·马尔克斯：《米格尔在智利的地下行动》，魏然译，南海出版公司2019年版。

[哥] 加西亚·马尔克斯：《蓝狗的眼睛》，陶玉平译，南海出版公司2015年版。

二　著作部分

阿英：《晚清小说史》，东方出版社1996年版。

陈光孚：《拉丁美洲当代文学评论》，漓江出版社1988年版。

陈光孚：《魔幻现实主义》，花城出版社1986年版。

陈晓明：《中国当代文学主潮》，北京大学出版社2013年版。

陈众议：《拉美当代小说流派》，社会科学文献出版社1995年版。

陈众议主编：《马克思主义文艺理论研究》，中国社会科学出版社2014年版。

邓楠：《全球化语境下的民族文化身份认同——魔幻现实主义与寻根文学比较研究》，作家出版社 2006 年版。

杜小真：《福柯集》，上海远东出版社 2003 年版。

方汉文：《后现代主义文化心理：拉康研究》，上海三联书店 2000 年版。

韩南：《中国近代小说的兴起》，徐侠译，上海教育出版社 2004 年版。

胡经之：《西方文艺理论名著教程》，北京大学出版社 2016 年版。

亢西民、李家宝：《20 世纪西方文学》，高等教育出版社 2010 年版。

乐黛云、张辉：《文化传递与文学形象》，北京大学出版社 1999 年版。

李春辉：《拉丁美洲史稿》，商务印书馆 1983 年版。

李应志、罗钢：《后殖民主义：人物与思想》，北京师范大学出版社 2015 年版。

林被甸、董经胜：《拉丁美洲史》，人民出版社 2010 年版。

林一安：《加西亚·马尔克斯研究》，云南人民出版社 1993 年版。

刘文龙：《拉丁美洲文化概论》，复旦大学出版社 1996 年版。

柳鸣九：《未来主义·超现实主义·魔幻现实主义》，中国社会科学出版社 1987 年版。

罗钢、刘象愚：《后殖民主义文化理论》，中国社会科学出版社 1999 年版。

罗如春：《后殖民身份认同话语研究》，中国社会科学出版社 2016 年版。

马广利：《文化霸权：后殖民批评策略》，光明日报出版社 2011 年版。

彭诗琅：《诺贝尔文学奖金库：作家传略卷》，中国社会出版社 1998 年版。

史成芳：《诗学中的时间概念》，湖南教育出版社 2000 年版。

王蒙：《红楼启示录》，生活·读书·新知三联书店 1991 年版。

王岳川：《后殖民主义与新历史主义文论》，山东教育出版社 1999 年版。

王治河：《福柯》，湖南教育出版社 1999 年版。

吴兴勇：《世界航海家列传哥伦布传》，中国海洋大学出版社 2015 年版。

谢大光：《拉丁美洲散文经典》，学林出版社 2011 年版。

徐贲：《走向后现代与后殖民》，中国社会科学出版社 1996 年版。

许志强：《马孔多神话与魔幻现实主义》，中国社会科学出版社2009年版。

杨凯麟：《分裂分析福柯：越界、褶曲与布置》，南京大学出版社2011年版。

杨照：《马尔克斯与他的百年孤独：活着是为了说故事》，新星出版社2013年版。

叶舒宪：《神话——原型批评》，陕西师范大学出版社1987年版。

尹承东、申宝楼编译：《马尔克斯的心灵世界——与记者对话》，中央编译出版社2015年版。

曾利君：《马尔克斯在中国》，中国社会科学出版社2012年版。

张国培：《加西亚·马尔克斯研究资料》，南开大学出版社1984年版。

张京媛主编：《后殖民理论与文化批评》，北京大学出版社1999年版。

张丽华：《现代中国"短篇小说"的兴起——以文类形构为视角》，北京大学出版社2011年版。

张其学：《文化殖民的主体性反思——对文化殖民主义的批判》，北京师范大学出版社2017年版。

张玉能、陆扬、张德兴：《西方美学通史·十九世纪美学》，上海文艺出版社1999年版。

赵德明、赵振江、孙成敖编著：《拉丁美洲文学史》，北京大学出版社1989年版。

赵稀方：《后殖民理论》，北京大学出版社2009年版。

赵一凡：《从卢卡奇到萨义德：西方文论讲稿续编》，生活·读书·新知三联书店2009年版。

赵一凡、张中载、李德恩主编：《西方文论关键词》，外语教学与研究出版社2006年版。

郑克鲁：《外国文学史（下）》，高等教育出版社2006年版。

郑书九：《拉丁美洲"文学爆炸"后小说研究》，商务印书馆2013年版。

中共中央马克思恩格斯列宁斯大林著作编译局：《马克思恩格斯文集》，人民出版社2009年版。

周梅森：《中国往事》，中国文学出版社、新世界出版社1998年版。

朱光潜：《西方美学史（下卷）》，人民文学出版社1979年版。

朱立元：《当代西方文艺理论》，华东师范大学出版社2014年版。

［澳］比尔·阿希克洛夫特等：《逆写帝国：后殖民文学的理论与实践》，任一鸣译，北京大学出版社2014年版。

［巴］爱德华·W. 萨义德：《文化与帝国主义》，李琨译，生活·读书·新知三联书店2003年版。

［德］埃德蒙德·胡塞尔：《内时间意识现象学》，倪梁康译，商务印书馆2009年版。

［德］埃利亚斯·卡内提：《群众与权力》，冯文光等译，中央编译出版社2003年版。

［德］恩斯特·卡西尔：《人论·序》，甘阳译，上海译文出版社1998年版。

［德］黑格尔：《法哲学原理》，张企泰、范扬译，商务印书馆1997年版。

［德］马克斯·韦伯：《经济与社会》，阎克文译，商务印书馆1997年版。

［德］伊曼努尔·康德：《历史理性批判文集》，何兆武译，商务印书馆1990年版。

［法］阿尔贝·加缪：《西西弗神话》，杜小真译，人民文学出版社2011年版。

［法］加洛蒂：《论无边的现实主义》，吴岳添译，上海文艺出版社1986年版。

［法］米兰·昆德拉：《小说的艺术》，董强译，上海译文出版社2014年版。

［法］米兰·昆德拉等：《巴黎评论：作家访谈》，黄昱宁等译，人民文学出版社2012年版。

［法］米歇尔·福柯：《权力的眼睛——福柯访谈录》，严锋译，上海人民出版社1997年版。

［法］米歇尔·福柯：《知识考古学》，谢强、马月译，生活·读书·新知三联书店1998年版。

［法］米歇尔·福柯：《自我技术：福柯文选Ⅲ》，汪民安编，北京大学出版社2015年版。

参考文献

［法］乔治·巴塔耶：《色情史》，刘晖译，商务印书馆2003年版。

［法］热拉尔·热奈特：《叙事话语　新叙事话语》，王文融译，中国社会科学出版社1990年版。

［法］萨特：《存在与虚无》，陈宣良等译，生活·读书·新知三联书店2014年版。

［哥］达索·萨尔迪瓦尔：《回归本源》，卞双成、胡真才译，外国文学出版社2001年版。

［哥］达索·萨尔迪瓦尔：《马尔克斯传》，卞双成，胡真才译，上海人民出版社2008年版。

［哥］加西亚·马尔克斯：《加西亚·马尔克斯中短篇小说集》，赵德明、刘瑛译，上海译文出版社1982年版。

［哥］加西亚·马尔克斯、［秘］曼努埃尔·奥索里奥：《两百年的孤独——加西亚·马尔克斯谈创作》，朱景东等译，云南人民出版社1997年版。

［哥］加西亚·马尔克斯、［秘］曼努埃尔·奥索里奥：《我是一个现实主义作家》，朱景东等译，云南人民出版社1997年版。

［古］阿莱霍·卡彭铁尔：《小说是一种需要：阿莱霍·卡彭铁尔谈创作》，陈众议译，云南人民出版社1995年版。

［加］马歇尔·麦克卢汉：《理解媒介：论人的延伸》，何道宽译，译林出版社2011年版。

［加］诺思罗普·弗莱：《批评的解剖》，陈慧、袁宪军、吴伟仁译，百花文艺出版社2006年版。

［美］查尔斯·E.布莱斯勒：《文学批评：理论与实践导论》，赵勇、李莎、常培杰等译，中国人民大学出版社2015年版。

［美］吉恩·贝尔-维亚达：《加西亚·马尔克斯访谈录》，许志强译，南京大学出版社2019年版。

［美］罗伯托·冈萨雷斯·埃切维里亚：《现代拉丁美洲文学》，金薇译，译林出

版社 2020 年版。

［美］依兰·斯塔文斯：《他创造了〈百年孤独〉——加西亚·马尔克斯的早年生活（1927—1970）》，史国强译，现代出版社 2014 年版。

［美］宇文所安：《中国"中世纪"的终结：中唐文学文化论集》，陈引驰、陈磊译，生活·读书·新知三联书店 2006 年版。

［美］詹姆斯·施密特：《启蒙运动与现代性：18 世纪与 20 世纪的对话》，徐向东、卢华萍译，上海人民出版社 2005 年版。

［秘］欧亨尼奥·陈－罗德里格斯：《拉丁美洲的文明与文化》，白凤森、杨衍永、刘德、齐海燕译，商务印书馆 1990 年版。

［墨］恩里克·克劳泽：《救赎者：拉丁美洲的面孔与思想》，万戴译，北京日报出版社 2020 年版。

［斯］斯拉沃热·齐泽克：《意识形态的崇高客体》，季广茂译，中央编译出版社 2014 年版。

［乌］爱德华多·加莱亚诺：《拉丁美洲被切开的血管》，王玫等译，南京大学出版社 2018 年版。

［乌］爱德华多·加莱亚诺：《拉丁美洲被切开的血管》，王玫等译，人民文学出版社 2001 年版。

［英］阿兰·谢里登：《求真意志——密歇尔·福柯的心路历程》，尚志英、许林译，上海人民出版社 1997 年版。

［英］艾勒克·博埃默：《殖民与后殖民文学》，盛宁、韩敏中译，辽宁教育出版社 1998 年版。

［英］安东尼·吉登斯：《社会的构成：结构化理论大纲》，李康、李猛译，生活·读书·新知三联书店 1998 年版。

［英］巴特·穆尔－吉尔伯特：《后殖民理论——语境　实践　政治》，陈仲丹译，南京大学出版社 2007 年版。

［英］弗吉尼亚·吴尔夫：《到灯塔去》，马爱农译，人民文学出版社 2003 年版。

[英] 杰拉德·马丁：《马尔克斯传》，陈静妍译，中信出版社 2014 年版。

[英] 杰拉德·马丁：《马尔克斯的一生》，陈静妍译，黄山书社 2011 年版。

[英] 克里斯托弗·巴特勒：《现代主义》，朱邦芊译，译林出版社 2018 年版。

[英] 罗伯特·J. C. 扬：《后殖民主义与世界格局》，容新芳译，译林出版社 2013 年版。

[英] 史蒂芬·哈特：《马尔克斯评传》，王虹译，漓江出版社 2014 年版。

[英] 斯图加特·霍尔、[英] 保罗·杜盖伊编著：《文化身份问题研究》庞璃译，河南大学出版社 2010 年版。

三　论文部分

蔡翔：《有关"杭州会议"的前后》，《当代作家评论》2000 年第 6 期。

查明建：《比较文学视野中的世界文学：问题与启迪》，《中国比较文学》2013 年第 4 期。

陈光孚：《"魔幻现实主义"评介》，《文艺研究》1980 年第 5 期。

陈黎明、汪雪荣：《魔幻现实主义与 20 世纪后期中国文学人的观念的嬗变》，《云南社会科学》2007 年第 1 期。

陈思和：《当代文学中的文化寻根意识》，《文学评论》1986 年第 6 期。

陈思和：《民间的还原——文革后文学史某种走向的解释》，《文艺争鸣》1994 年第 1 期。

陈仲伟、王富银：《中华文化典籍外译传播障碍研究》，《海外英语》2019 年第 1 期。

崔玉霞：《论〈百年孤独〉的"陌生化"艺术》，《江西社会科学》2008 年第 9 期。

邓龙、裴筠：《从文学翻译批评标准简析〈百年孤独〉中译本——以黄锦炎译本和范晔译本为例》，《兰州教育学院学报》2017 年第 11 期。

葛苑菲：《论〈百年孤独〉的魔幻现实主义特征》，《新疆职业大学学报》2006

年第 2 期。

何花莲子、韩启群：《21 世纪以来美国生态文学在中国的译介》，《安徽文学（下半月）》2018 年第 11 期。

何岳球、黄小娟：《魔幻中的怪诞——以〈百年孤独〉为例》，《湖北社会科学》2013 年第 1 期。

洪伊鑫、鲍志坤：《评叶君健翻译观》，《海外英语》2019 年第 20 期。

胡颖峰：《论福柯对现代性的批判》，《浙江社会科学》2014 年第 3 期。

黄锦秋：《一个优秀作家的责任与担当》，《文艺评论》2011 年第 5 期。

季红真：《寻根文学的历史语境、文化背景与多重意义——三十年历程的回望与随想》，《文艺争鸣》2014 年第 11 期。

蒋天平：《社会建构论下〈霍乱时期的爱情〉对殖民医学的逆写》，《国外文学》2020 年第 4 期。

金开诚：《文化的定义及其载体》，《中国典籍与文化》1992 年第 3 期。

旷新年：《"寻根文学"的指向》，《文艺研究》2005 年第 6 期。

李运抟：《论"卡夫卡式"与"马尔克斯式"的中国叙事——中国当代小说叙事试验的一种解读》，《天津师范大学学报》（社会科学版）2015 年第 5 期。

廖珊：《〈百年孤独〉汉译史（1982—2018）问题探讨》，硕士学位论文，北京外国语大学，2018 年。

林一安：《摆脱孤独的又一次拼搏——〈迷宫中的将军〉创作前后》，《世界文学》1990 年第 2 期。

刘秋：《马尔克斯作品改编电影中的后殖民女性观》，《电影文学》2017 年第 18 期。

刘蜀鄂、唐兵：《论中国新时期文学对〈百年孤独〉的接受》，《湖北大学学报》（哲学社会科学版）1993 年第 3 期。

刘秀玉：《略论〈百年孤独〉的叙事艺术》，《辽宁大学学报》（哲学社会科学版）1998 年第 5 期。

陆杰荣、张丽：《形而上学研究的主体视域初探——形而上学境界论演进的一种理解》，《理论探讨》2015年第1期。

陆璇璇：《电影〈霍乱时期的爱情〉主题解读》，《电影文学》2016年第7期。

马小朝：《论魔幻现实主义的艺术原则及艺术价值》，《外国文学评论》1990年第1期。

南帆：《魔幻与现实的寓言》，《当代作家评论》2013年第1期。

齐金花：《魔幻现实主义与幻觉现实主义文学生产肌理的比较——以马尔克斯与莫言为例》，《中国比较文学》2020年第1期。

饶海燕：《经典向经典"致敬"——从川端康成睡美人到马尔克斯苦妓回忆录》，硕士学位论文，福建师范大学，2017年。

饶岩岩：《中国文学作品的"出口"译介模式——以莫言英译、美译作品为例》，《黑河学院学报》2019年第9期。

师彦灵：《再现、记忆、复原——欧美创伤理论研究的三个方面》，《兰州大学学报》（社会科学版）2011年第2期。

石文颖：《亦幻亦真 亦喜亦悲——读马尔克斯的短篇小说〈巨翅老人〉》，《名作欣赏》2004年第6期。

宋朝、余成敏：《〈枯枝败叶〉：孤独的死者大夫形象分析》，《名作欣赏》2018年第5期。

孙利益：《陕西当代文学的世界性因素研究》，《小说评论》2015年第3期。

陶家俊：《身份认同导论》，《外国文学》2004年第2期。

滕威：《加西亚·马尔克斯在中国》，《艺术评论》2014年第7期。

王逢振：《越是民族的越是世界的：一个悖论》，《外国文学》1997年第3期。

王婷、石云龙：《重构黑人女性身份，再现自我化过程：〈宠儿〉的后殖民女性主义解读》，《北京航空航天大学学报》（社会科学版）2011年第6期。

王亚平、孙淑芬：《从"奇特化"视角解读〈百年孤独〉》，《江西社会科学》2011年第10期。

吴梦宇:《寻根文学形成的内生性和世界性》,《南昌大学学报》(人文社会科学版)2019年第4期。

徐静:《魔幻现实主义文学再解读》,《安徽大学学报》2005年第2期。

许志强:《"后现代"视野中的拉美魔幻现实主义》,《中文学术前沿》2012年第2期。

杨乐强、刘丽杰:《〈启蒙辩证法〉中启蒙的缘起、维度及其当代反思》,《南京社会科学》2020年第1期。

杨晓莲:《拉丁美洲的孤独——〈百年孤独〉的文化批判意识》,《西南民族学院学报》(哲学社会科学版)2002年第10期。

于海飞:《色彩词的模糊性与系统性探析》,《广西社会科学》2006年第1期。

于文夫、代安楠:《莫言魔幻现实主义文学的中西观》,《求索》2013年第1期。

袁洪庚:《〈一桩事先张扬的凶杀案〉中的"真相"》,《当代外国文学》2019年第4期。

曾利君:《马尔克斯与中国文学》,《福建论坛》(人文社会科学版)2014年第6期。

曾利君:《意识形态化、审美经典化与功利价值化——〈百年孤独〉的中国接受与本土化策略》,《重庆师范大学学报》(哲学社会科学版)2008年第6期。

张德明:《时间、追忆与身份认同——从荷马、普鲁斯特和马尔克斯笔下的三个经典细节说起》,《宁波大学学报》(人文科学版)2008年第4期。

张绘:《马尔克斯的文学观与文本特征》,《求索》2013年第7期。

张静:《马尔克斯作品译介变异研究》,硕士学位论文,吉首大学,2015年。

张秀琴、孔伟:《福柯的意识形态论:"话语—权力"及其"身体—主体"》,《国外理论动态》2016年第7期。

张一兵:《回到福柯》,《学术月刊》2015年第6期。

张玉敏:《浅谈〈百年孤独〉的魔幻现实主义》,《时代文学(下半月)》2011年第4期。

张云霞:《〈百年孤独〉的文化批判意识》,《语文建设》2016 年第 36 期。

赵欢春:《意识形态话语权及其当代建构》,《江苏社会科学》2016 年第 5 期。

[哥]玛·埃·萨佩尔、申宝楼、尹承东:《一本报复性的书——加西亚·马尔克斯谈〈迷宫中的将军〉》,《外国文学》1989 年第 6 期。

[美]依兰·斯塔文斯、林源:《加西亚·马尔克斯的旅行:从阿拉卡塔卡到马孔多》,《当代作家评论》2012 年第 2 期。

四 英文部分

Gene H. Bell-Villada, "Pronoun Shifters, Virginia Woolf, Béla Bartók, Plebeian Forms, Real-Life Tyrants, and the Shaping of García Márquez's 'Patriarch'", *Contemporary Literature*, 1987.

Harold Bloom ed, *Bloom's Modern Critical Interpretations: Gabriel García Márquez's One Hundred Years of Solitude*, New York: Infobase Publishing, 2004.

Herman J., *Trauma and Recovery*, New York: Basic, 1992.

Homi. K. Bhabha, *The Location of Culture*, New York & London: Routledge, 1994.

Homi. K. Bhabha, *The Post-colonial Question: Common Skies, Divided Horizons*, London & New York: Routledge, 1996.

John S. Christie, "Fathers and Virgins: Garcia Marquez's Faulknerian Chronicle of a Death Foretold", *Latin American Literary Review*, 1993.

Mabel Moraña, "Modernity and Marginality in Love in the Time of Cholera", *Fin de Siècle in Latin America*, 1990.

Michael Palencia-Roth, "Gabriel García Márquez: Labyrinths of Love and History", *World Literature Today*, 1991.

Michel Foucault, *Power/Knowledge: Selected Interviews and Other Writings*, 1972 – 1977, New York: Vintage Books, 1980.

Michel Foucault, *The Order of Things: An Archaeology of the Human Sciences*, New

York: Routled, 1989.

Moretti and Franco, *The Modern Epic: The World-System from Goethe to Garcia Marquez. H. Quintin, Trans*, New York: Verso, 1996.

Philip Swanson ed. , *The Cambridge Companion to Gabriel Garcia Marquez*, New York: Cambridge University Press, 2010.

Robert J. C. Young and Colonial Desire, *Hybridity in Theory, Culture and Race*, New York & London: Routledge, 1995.

Robert Young, *The Void of Misgiving, Communicating in the Third Place*, New York: Routledge, 2009.

Sara Castro-Klaren, *A Companion to Latin Amercian Literature and Culture*, New Jersey: Blackwell publishing Ltd, 2008.

Spivak, *Can the Subaltern Speak? In Donna Landry and Gerald Maclean eds, The Spivak Reader*, New York & London: Routledge, 1996.

Spivak, *Outside in the Teaching Machine*, New York & London: Routledge, 1993.

Spivak, *Outside in the Teaching Machine*, New York & London: Routledge, 2009.